魅丽文化 花火工作室

灿烂的她

She's Brilliant

全2册

墨书白 著

下

江苏凤凰文艺出版社
JIANGSU PHOENIX LITERATURE AND ART PUBLISHING, LTD

目录

CONTENTS

目录

C O N T E N T S

第一章　我想要听真话

慕雪的动作很快，《玩转文字》决赛开播前，慕达日化已经顺利拿下了双冠名的资格，同时冷玫也接触了杨西泽，只是对方是块难啃的硬骨头，和星空传媒死死地绑在一起，没有跳槽的打算。

《玩转文字》决赛前一天晚上，杨薇有些紧张，她停掉直播，一个人坐在阳台上，静静地眺望远处。

她需要独处来让自己内心平静。

最后这场比赛杨薇准备了很久，她对第一名有一种刻在骨子里的渴求，她说不出这份渴求来自什么地方，或许是赵阳兰留在她生命里的影子，也可能是每个人骨子里，都想要成为最好的自己。

杨薇静静地在脑海里排演着明天要表演的节目，正练得投入，周文的电话突然打断了她的思绪。她接起电话，笑着靠在椅子上："文哥？"

"薇薇……"周文似乎有些犹豫。

杨薇静静地等待着，静默片刻后，她立刻察觉周文这通电话非比寻常，似乎要和她说一件很重要的事。她直起身子，问："发生什么事了？"

"我必须和你说一件事，"周文终于下定决心，迅速开口，"刚才《玩转文字》节目组来找我，要求我明天把票投给杨西泽。"

杨薇愣了愣，随后就听见周文说："我让方淮去查这件事了，杨西泽是星空传媒旗下的艺人，星空传媒是主要投资方，他们估计想要力捧杨西泽。”

杨薇慢慢平静下来。

周文继续说：“我帮你是肯定的，可节目是录播，就算我把票投给你，估计导演也会想办法改变这个结果。”

“你也不能把票投给我。”杨薇果断开口，声音平静，“一旦你把票给我，所有人都会意识到你和我关系非比寻常，不要说冠军，就是前面的成绩他们都会觉得有问题。”

“我知道，”周文皱着眉头，“我就是在想，这个事情要怎么处理。”

杨薇沉默着，过了很久才开口：“文哥，如果这时候让你退出《玩转文字》，对你有影响吗？你需要赔付违约金或者其他吗？”

“这个倒没有，”周文迟疑着，“其实他们和我提过，如果这件事我做不了，可以换其他人来。”

“那你能不能换别人上？”杨薇话语里带着几分愧疚，“这件事你不能再牵扯进来了。我知道这个要求很无理，但是……”

“这不是问题，”周文着急了，“我要是退出了，你……”

“这只是一次比赛。”杨薇平静地说，“我不是小孩子，不需要一等奖来让我开心。这个世界没有绝对的公平，星空作为投资方，建立了这么好一个平台来捧一个人，我完全理解。

“我在这个舞台上，尽我所能做到最好，我把我想展现的东西展现了，至于评价如何，那便与我没有多大关系了。

“我想你应该明白。”

“我明白。”周文有些无奈，“做艺术的，我们必须要专注自己本身。”

太在意别人的评价，会轻易毁掉一个有才能的人。

杨薇挂完电话，门铃突然响了起来，她起身去开门。

宋哲站在门口，似乎有些不好意思，他低头解释：“我从阳台看到你还没睡，就想过来和你聊聊天。”

“聊天？”杨薇有些疑惑。

宋哲轻咳了一声：“那个，明天就比赛了，你是不是很紧张？我来安慰你一下，免得你胡思乱想。”

杨薇笑了笑：“我没事，打算睡了。”

“真没事？”宋哲狐疑。

杨薇神色平和：“我能有什么事？”

宋哲没说话，他盯着她，打量许久之后，他突然说：“你不高兴，我确定。”

杨薇愣了愣，宋哲突然想起来，周文是评委，杨薇是不是知道了星空在后面搞鬼？

宋哲心里有些紧张，又带了几分激动，像个悄悄帮妈妈做了家务的孩子。他很想告诉杨薇自己做的事，又觉得主动说出来有些掉价，他想了想，有些不自然地说：“那个，你别担心，没事的。”

“嗯？”

“明天好好比赛，一切都不要想，你只需要好好比赛，你一定会是第一名。”

“你这么确定？”杨薇有些好笑。

这一次，宋哲看着杨薇，无比认真地说：“我确定。”

杨薇没说话，她静静地看着宋哲，内心说不出是什么感觉，她突然觉得，如果这份“我确定”来得再早一点，就再好不过了。

杨薇的神色平和又温柔，宋哲被她注视着，感觉心跳慢慢加快，他很想问问她在看什么，又怕开口之后，这目光会离开。

于是他绷紧身子，一动也不敢动，过了许久，杨薇轻笑起来：“好，我努力。”

“去睡吧。”杨薇的声音带了一种少有的温度，像年少时那样，她笑眯眯地说了句“晚安”。

等杨薇关上门，宋哲才回过神来，他抬头呼出一口气，有几分雀跃。

他觉得，自己距离杨薇好像又近了一点。他甚至开始产生一种错觉，杨薇回到他身边，指日可待。

后来他才明白，一个人要是选错了方向，所有的努力，都是在加速对方的逃离。

第二天早上，杨薇早早来到现场，现场已经人满为患，《玩转文字》爆红的收视率让她人气高涨，她一下车就看见许多举着牌子的粉丝拦在道路两边。

冷玫和向维护送着她往里面走，他们才走到入口，就听见后面传来女生们爆炸式的尖叫。她下意识地回过头，发现杨西泽推开车门，从车上走了下来。

他依旧是意气风发、张扬的模样，他的粉丝似乎也学习了他的浮夸作风，尖叫声直冲云霄，杨薇赶紧拉着冷玫和向维逃离现场。

“他的粉丝也太狂热了，”向维忍不住埋怨了一句，“这要是专门雇下来得多少钱啊？”

“人多口杂少说话。”冷玫提醒向维，同时看了一眼杨薇，“别被他影响。”

“嗯。”杨薇点点头，没有多说，她一直在思索等会儿的稿子。

在后台化完妆，一切准备就绪后，杨薇和其他选手在会场碰了面，大家点点头，算打招呼了。

赛场上，主持人已经开始介绍嘉宾，今天的评委里没有周文，于是主持人特意放了一段周文录制的解释视频。他人气非凡，哪怕是视频，一出现全场就被尖叫声淹没了。

杨西泽忍不住小声说了句：“有脸真是了不起，看这些人花痴成什么样了。”

杨薇听到这话，看了杨西泽一眼，直接说："有脸当然是比没脸好。"

杨西泽听到这话，顿时扭过头来："你说谁呢？"

"嗯？"杨薇抬头看着杨西泽，笑起来，"我说谁呢？你急什么？"

这话把杨西泽怼得一时说不出话来，好在主持人宣布选手入场，大家立刻笑意盈盈上台了。

这次比赛环节比较多，先是娱乐环节，每个人进行一段配音，热身后，就到了六个人独立表演的环节。

杨西泽依旧是极具煽动力的演讲。

如果说之前席蓉之类的选手是以哭惨打动观众，杨西泽就是找到了观众所谓的"爽点"。这个社会压力太大，每个人都有那么一些想骂又不敢骂的人，而杨西泽就替他们痛痛快快地骂出来。

杨薇听着赛场上掌声一波接一波，她仔细聆听着杨西泽的演讲，不得不说，杨西泽还是有两把刷子，他每句话都能骂到人最想骂的地方，这也是种能力。杨薇分析他的优点，思索该如何改善自己的稿子。

杨薇上场的时候，赛场上所有人还沉浸在被杨西泽煽动的余韵里，一个个都恨不得自己化身杨西泽，将他们讨厌的人骂之而后快。

杨薇上场后没说话，大家见她不说话，慢慢安静下来，下意识地将注意力集中，这时候，她开口了。

"你们知不知道如果别人骂你，最好的回应是什么？

"对，就是像我刚才那样。哦，不是，我不是说你们在骂我，我就是做个示范，没有任何反击的意思。

"怎么越说越乱，主要这事和我今天的主题有关，我今天要谈《批评的本质》。"

这个主题跟杨薇海选时的主题相近，海选时她讨论的是骂人，但稿子写得比较粗糙，都是临时写的。这次她做足了准备，用"批评"的话作为主线，大致描述了"批评"背后，古今中外多次观念的变迁。

这需要极高的知识储备，而且类似科普的事要说得吸引人，很难。

可杨薇几乎每句话一个爆点，全程无尿点，等到最后，她慢慢地说："骂人放到现在，是一种宣泄，是一种发泄渠道。我们喜欢否定而非肯定，喜欢谩骂攻击而非夸奖赞誉，还为此找了诸多冠冕堂皇的理由，直率、刀子嘴豆腐心、批评使人进步，可再多的话语也掩盖不了一个事实，当你骂人的时候，你在伤害对方。

"同样的话你敢对你的领导说吗？你敢对你要讨好的对象说吗？你们不敢。所以你们清楚这话不是什么好话，却要对朋友和亲人说出来，把最好的自己留给别人，把最坏的自己留给爱你的人，还说这是因为我把你当自己人，那对不起，这种自己人，我不要。"

这一番话说完，大家又笑又爽又深思。

宋哲静静地看着杨薇，在她的话语里，他脑海里出现了无数个画面。

他一边思索，一边看着台上进入最后的辩论环节，这个环节之后，就要正式投票了。

六个人根据之前关卡的分数分成三组单人 PK（对决），杨薇不出所料分到了杨西泽。双方互相提问回答，各自两分钟。

他们辩论的主题是人欲应当尊重还是限制，杨薇抽到的观点是限制，而杨西泽抽到的是尊重。

计时开始后，双方语速极快，互相提问和回答，两人势均力敌，唇枪舌剑。所有人随着倒计时的滴答声和双方的语速变得格外紧张。

宋哲坐直了身子，收起笑容，身体紧绷。

PK 到最后几秒，杨西泽大声说："我只问在场的观众，谁支持存天理，灭人欲？！"

问完这话后，计时表跳到杨薇那一边，杨薇抬眼看他，平静地说："这句话的原话是——饮食，天理也；山珍海味，人欲也。夫妻，天理也；三妻四妾，人欲也。人欲是要更多，天理是刚刚好，存天理，灭人欲，这句话，谁支持？”

杨薇话音刚落，计时结束。

屏幕上出现两个人的面容，杨西泽脸上带着克制不住的攻击神色，而杨薇始终平静如初，哪怕经历了一场犹如神仙吵架一般的辩论，她也没受半分影响。

片刻后，全场尖叫欢呼，掌声雷鸣。

最后，所有选手被叫到舞台上，开始了场内外观众计票环节。

杨薇并没有什么期待，在她拼命做好自己，做到自己能做到的之后，觉得一切就与她没有什么关系了。冠军已经内定，她也可以理解这种商业行为，她没什么好争的。

她的作品展现给大家，愿意看的人看到了，愿意认可的人认可了，这就够了。

她含着微笑静静等待，甚至抽空和旁边的人说话。

她和杨西泽的选票一骑绝尘飞奔而上，所有人都看着大屏幕上的数字，直到最后数字定格，她比杨西泽整整多出五万票。

到了评委举牌，评委举牌的分数占据了分数比例的百分之四十，选手们都很紧张，只有杨薇始终淡然。

过了许久后，评委开始举牌，杨薇把目光落到宋哲身上。她需要找一个目光降落点，她不想在第一时间，直面这场不公。

全场也就只有宋哲能让她暂时忽视这一切，宋哲见她看过来，忍不住弯起了嘴角，无声地喊：“加油。”

杨薇笑了笑，这时候评委将牌子举起来，所有人鼓掌尖叫，杨薇准备了很久，下意识地朝着杨西泽伸出手去，说了声：“恭……”

话没说完，她就听见粉丝齐齐地喊出她的名字。

她猛地抬头，看见三个牌子上，都写着她的名字。

她呆呆地看着牌子，整个会场都叫着她的名字，旁边的杨西泽朝她伸出手，皮笑肉不笑地说了句：“恭喜。”

这一声“恭喜”唤回了杨薇的神智，她迅速调整好表情，让自己不要显得太过诧异，她和选手一一握手，在众人的欢呼声中节目开始了最后的颁奖。

等一切结束，杨薇往后台走去，向维激动地朝杨薇冲了过来，猛地将她抱住，高兴地说：“赢了，赢了！你真的赢了！”

周边都是恭贺声，其他选手也走来和杨薇聊天，而杨西泽冷冷地扫了她一眼，转身走出去。

冷玫把向维拉开，脸上带着笑容，柔声说：“好了，先别忙，我们叫上人庆祝一下吧，赢了就是好事。”

杨薇张口，欲言又止，最后她叹了口气：“玫姐，你们去吧，我有些不舒服，想回家先睡一觉。”

冷玫愣了愣，最后明白过来，她点点头，拍了拍杨薇的肩：“回去好好睡一觉，凡事别想太多，赢了就是赢了，别多想。”

杨薇应了一声，借去厕所的名义出去休息，刚转出长廊，就看见杨西泽站在那里。他正低着头抽烟，看见杨薇来了，抬眼看了她一眼，她立刻明白了他的意思，跟着他进了安全通道。

“我觉得你好像有事想要问我。”杨薇一进门，杨西泽就开口。

杨薇也没有含糊，直接说：“我听说本来你该是冠军。”

“对，没错，”杨西泽点了点头，“不过资本市场嘛，谁有钱谁就是老大。”

杨薇皱起眉头：“这是星空传媒主办的节目……”

“那公司也不可能为了我一个第一名得罪赞助商对不对？”杨西泽笑起来，他上下打量了杨薇一下，确认她是真的不知道，才说，“就一个星期前，慕达日化成了《玩转文字》的冠名赞助商，我听说你是他们的代言人。”

“我没有……”

“你可以回去问问。”

杨西泽扬了扬下巴，杨薇沉默了，杨西泽的烟抽完了，他把烟扔到一边，转身走出去。

杨薇从安全通道出来，冷玫和向维带着人护送着她走出演播厅，一出来记者和粉丝都蜂拥而至，她遮着脸，被冷玫挤着上了保姆车，刚上车，就听见一声“恭喜”，那声音里是克制不住的欣喜。

杨薇抬起头，看见宋哲坐在后座，笑眯眯地看着她。他的笑容里带了几分讨好，像一个等着家长发糖的孩子。她抿了抿唇，点头：“谢谢。”

车离开了人群，很快就安静下来，向维和冷玫一路叽叽喳喳聊着天。宋哲想和杨薇搭话，但是车里人多，他也就没有多说话，只是目光时不时地偷偷落在杨薇脸上。

杨薇似乎是累了，她将头轻轻靠在玻璃窗上，忽明忽灭的灯火落在她脸上，神色平淡。保姆车把人陆续送走，就剩下宋哲和她，还有司机，宋哲起身，往前探了探身子，小声问：“你是不是不舒服？”

“没有，”杨薇回头看他，笑了笑，“就是有点累。”

宋哲“哦”了一声，似乎是想说什么。

杨薇想了想，抬眼看了过去，突然问：“你们是不是帮我和慕达日化签了代言？”

“嗯。”宋哲轻咳了一声，带了几分得意，“我去谈的。”

说着，他又看了杨薇一眼。

杨薇点了点头，没有多说。

她怀疑宋哲在她夺冠这件事里推波助澜，她甚至知道，此刻宋哲正渴望她的夸奖。

说服慕达日化，肯定要付出一定代价，所以她没有任何角度说宋哲不好，甚至于她还有那么几分感动，宋哲在对她好。他愿意为了她的努力而费心，这对于这位公子爷来说是了不得的进步，可是她无法夸奖他，她不能去回应一份不会继续的感情，这只是徒增伤感。

两人一直到家门口，都没再说一句话，宋哲被杨薇的态度搞得有些冒火，可他也不敢说什么，等进了电梯，他终于忍不住说：“你觉得我有什么地方做得不对，你可以跟我说。”

“没有，”杨薇微笑着说，“我真的只是有点累。”

说着，电梯门开了，杨薇瞧着宋哲，神色温柔：“你早点休息吧，大家都忙一天了，你今天来给我加油我很高兴。谢谢你，晚安。”

宋哲说不出话来，杨薇迟疑了片刻，又说：“我想去休息了。”

说完，杨薇便转身离开。

宋哲看着杨薇的背影，一瞬间，他感觉又回到了刚回国的时候。那时候，赵阳兰让他们订婚，她也一直这样，无论高兴不高兴，难过不难过，都是一个样子。

杨薇永远从容平和，时时刻刻想着他。她的情绪都死死地藏着，别人很难从她身上发现瑕疵和不悦。

于是他从一开始的介意，到后来的反复试探，最后变得无所谓。

他以为她不会受伤，永远包容，直到最后她奋力反击，他才明白，她的内心就像一把刀，要么不出鞘，出鞘就见血。

愤怒和无力一起涌上来，宋哲在杨薇进门前大步冲过去，一把拽过她，抬手将她刚刚打开的门按回去，死死地盯着她，咬牙说：“你说清楚。”

“我……”

“你不要这样，杨薇，”宋哲的语气里带着哀求，“你不要把所有事都放在心里，天天自己琢磨自己想，想要怎么样给我一个最好的处理方案。你和我离婚，你对我不负责任，我们的关系不要兜兜转转又回到最开始的时候。”

“杨薇，”宋哲深吸一口气，“我承认在那段失败的婚姻里我要负主要责任，可你得正视一件事，你从来没对我敞开过内心。你把话都藏在心里，扛着所有事情，你这个样子，哪怕我完美无缺，这段婚姻也走不长，你明白吗？”

这话让杨薇内心有些触动，有种莫名的情绪袭来，让她惶恐不安。她垂下眼睛：“你先放开，我们冷静一下，再来谈。”

“我没什么好冷静的，你也没什么好冷静的，”宋哲紧紧地抓着她的手，急促地说，“你觉得我做得不对，不就是一句话的事情，你有什么不敢说的？”

“宋哲，你不要这样……”

“我不要怎样？！”宋哲提高了声音，“我要一句真话我错了？”

他直直地盯着她，眼里带着愤怒：“哪怕是朋友，你对我说一句真话，有什么错？

“你骂我也骂过了，打我也打过了，现在你还小心翼翼怕伤害我，你怕什么？你有不满你就说啊！”

“宋哲！”杨薇猛地推开他，“我想自己安静地想想，你就不能放过我吗？”

宋哲退了一步，杨薇迅速开门要进去，就听宋哲在背后说：“那我帮你说。你是不是觉得这个冠军是我给你的？”

杨薇顿住。

宋哲继续说：“不是，我找了慕雪，但我没让她给你冠军，我让她给你一个公平竞争的机会，如果你赢了，你给他们免费代言三年，如果你没拿冠军，赞助费我出一半。那一半钱不走公司，是我私人账户。”

“我知道你不是只想要冠军，”宋哲的声音低了下去，“我说过了，我在改，我在想你在想什么，你怎么就不信呢？”

杨薇没说话，她背对着他，根本不敢看他。

宋哲见她沉默，走到她背后，迟疑了片刻，慢慢伸出手，试探地从背后抱住她。

温暖的触感让杨薇忍不住颤了颤，她觉得自己仿佛回到了中学，身后这个人还是那个傲慢又别扭的少年在絮絮叨叨：“不要听我妈的话，她可烦了……”

她有些恍惚。

他继续说：“杨薇，”他小声又温柔，“我知道，你习惯把我当成责任，是我妈教你把我当个孩子看，是我妈教你要时刻照顾我，要喜怒不形于色，要当一个优雅的女人。可是你长大了，你是可以依靠我的。”“杨薇，”他收紧了双臂，“别把自己藏在心里。”

杨薇没说话，她感觉宋哲像一支强势武装的军队，碾压过来，无论她设置任何障碍，他都能打破。她突然有些害怕了，这个人比她想象中成长得更快，也比她期望中更好。

一个人若对一个人期望太低，那么就很容易感到惊喜，继而……欢喜。

她察觉到内心那份悸动，觉得自己似乎分裂成两个人，一个心灰意冷、冷眼旁观，一个小心翼翼地看着窗外那个努力想要进门的人。

她低垂着头，好久后，才说：“放开吧，我累了。”

宋哲愣了愣，他想过杨薇会说什么，却没想到她只是这么一句话，他的所有力气仿佛都砸在了棉花上，让他无措又愤怒。

他脾气上来了，怒气冲冲地说道：“我不放！你不和我说清楚，我就不放！”

杨薇闭上眼睛。

“宋哲，你确定我说的话，你想听吗？”

宋哲僵了僵，他有些害怕，却还是咬牙说：“你说。”

“宋哲，其实从我选择这条路开始，我想选择的就是一条自己的路。这条路上不该有你，更不会有你的帮助，我不想欠你人情。”

“我不需要……”

“你敢说你做这些，不是期待着什么回报？”杨薇睁开眼睛，神色冷静，眼中全是了然，“你始终把我当成你的妻子，几亿的广告费说砸就砸，如果你只是把我当成普通朋友，你会这样做吗？

“你不会。你放不下，这对我来说，就是最大的困扰。我想要冠军，我想要公平，可我不是小孩子，我有自己的处理方式，我知道这世界是不公平的，公平只能自己去挣，星空投了钱捧杨西泽，这有什么不公平？我不需要你用这么大的代价来给我一个公平的舞台，然后献宝一样地告诉我，你改变了。杨西泽得到星空的投资，那是他凭本事得到的，可你给我的投资是我凭本事得到的吗？如果不是，那就是困扰。

“我不在意你改变与否。”杨薇推开宋哲的手，回头看他，眼里带着疲惫，“我很高兴你学会怎么对一个人好，可那个人不该是我。如果是我，这就是负担。”

宋哲没说话，他捏紧拳头，死死地盯着杨薇。

杨薇注视着他，片刻后，她轻轻笑了：“你看，你要真话，当我说出来了，你又生气了。”

“我没有。”宋哲挤出一个笑容，“我觉得你和我说真话，挺好的。我喜欢听，我改了，真的，和以前不一样了。”

杨薇没说话，她静静地看着他，眼中带了几分悲悯。

“宋哲，你别这样。”

“没有，真的，你别担心，我没生气，我挺好的。你就是觉得我干涉你的人生，我知道了，我以后不会了，我……”

“阿哲，”杨薇骤然打断他，“别为了爱情连自己都丢了！”

宋哲愣了愣。

杨薇说完这句话后，似乎也觉得自己说得重了点，忙要开口解释，却被他抢先说：“那你到底要我怎样？”

宋哲再也笑不出来了，他静静地看着杨薇，疲惫中带着绝望。

“我不为爱情丢了自己，你说我傲慢，说我伤害你，说我不好。

“我低了头，我事事想着你，我努力想对你好，你又说我为了爱情丢了自己。

“你的未来没有我，你以为我不知道你现在不想看到我，不想让我出现，不想见到我？我知道啊。

“可我能怎么办？”宋哲笑得苦涩，“我又能怎么办？杨薇，别这么逼我。”

“对不起。”杨薇垂下眼睛，“我是该给你时间。”

“你不是该给我时间，”宋哲平静地说，“你是该给我结果。”

“让我死心，”宋哲的话语里带着几分偏执，“或者让我死。”

这话让杨薇心里猛地震了一下，眼里全是震惊。

宋哲迎着她的目光，眼中带着无奈：“你看，你始终在乎我，你放不开我。我知道，我知道你的这一点在乎，所以我就死死抓着放不了手。”

杨薇说不出话来，她呆呆地看着宋哲。

宋哲深吸了一口气，笑起来：“算了，不要说这么沉重的话题了，去睡吧。你拿到冠军，这就很好了。别管过程了，反正都过去了，对不对？”

说着，宋哲上前，轻轻抱了抱杨薇：“晚安，冠军。”

杨薇还没来得及反应，他就放开手，转身离开，似是被人追赶一般，仓皇逃离。

杨薇躺在床上睡不着，反复想着宋哲的话。

其实宋哲说得没错，他们婚姻的失败，她是需要负责的。而宋哲此时此刻的状态，她也是要负责的。

杨薇辗转反侧了一晚，第二天早上，她一打开微博，就发现自己微博炸了。她以为是大家的祝贺，然而点开评论后，看见铺天盖地都是骂她的。

杨薇愣了，她仔细看了一下，全是“小三”“暗箱操作”之类的字眼。

她皱起眉头，冷玫的电话这时打了过来，冷玫似乎才刚睡醒，语气不太好：“微博你看了吧？”

“看到了。”杨薇不是第一次经历这种事，她看着屏幕，神色平静，“怎么回事？”

“昨晚有人发了帖子，”冷玫将自己打听出来的消息告诉杨薇，“爆你。”

第二章　我凭什么要让给你

宋哲和杨薇吃完饭，迅速收拾好外卖盒子之后便跑了。

杨薇自己一个人坐在房间里，静默了几分钟，将猫猫平台的合同拿出来。

按照猫猫平台的合同，如果杨薇违约，需要赔付一千万元的违约金。在猫猫平台这段时间，她到手的代言费和礼物费用已经有四百万元了，如果再将现在住的这套房子抵押，一千万元够了，还有剩余。

她算清楚赔款的能力，便打开手机，开始刷微博。

微博已经彻底炸了，登录都困难。宋哲刚刚在微博上甩出了自己和杨薇的结婚证和《玩转文字》投资方的构成图，以及星空传媒截图证据。虽然没有任何文字，但信息量巨大，直接回应了网上黑杨薇的两个关键问题。

第一个是黑幕。

《玩转文字》的主办方是星空传媒，杨西泽是星空传媒的人，而整个《玩转文字》投资人里没有任何宋氏集团的影子，因此，杨西泽黑幕的可能性比杨薇大得多。

第二个是小三。

无论武纶和宋哲有没有关系，从结婚证的时间来看，杨薇都不可能是小三，武纶才可能是小三。

这三张图片信息量太大，发出来没有多久，各路评论纷至沓来，角度各异，内容刁钻。有人质疑宋哲婚内出轨，有人骂武纶小三，连几个质疑杨薇黑幕的人，也在这些桃色新闻的猜想中被打压下去。

毕竟，比起冠军黑幕不黑幕，大家更关心他们三个人的感情故事。而在这件事中，杨薇作为一个受害者，干干净净。

杨薇最早开始直播的视频片段流传了出来，大家开始从过去的痕迹里理清杨薇和宋哲之间的故事，各种猜想都有，但所有人都确定一件事——杨薇的确是宋哲的太太，和他离婚后才步入直播平台。

杨薇看着网上粉丝和KOL（关键性话语权的人）发生各种争执，她看着这一切，感觉内心平静，毫无波澜。

她想发声，却觉得有点疲惫。

她看着屏幕上那些骂人的话，手机突然响了起来，是周文。

她知道周文肯定是来询问这些事的，于是深吸一口气，接起电话："文哥。"

"你没事吧？"周文开口。

杨薇下意识地想说"没事"，话出口的瞬间却顿住了，片刻后，她慢慢地说："文哥，我有点茫然。"

"嗯。"周文的声音一如既往的温和，让杨薇回归平静。他们好像回到了最初认识的时候，她依靠着这个人的安慰和陪伴，慢慢走出了离婚的阴霾。

杨薇深吸一口气："最初我做直播，给大家讲段子，是希望给大家带来快乐。我看见有人因为我高兴，我就很高兴。在我最艰难的时光里，是大家陪伴我，所以我也希望我能用同样的陪伴，回报所有人。

"可我现在感受不到了。

"我好像走在一条争名夺利的路上，好像回到了以前，一直在争第一名。我给大家讲笑话，开直播，是想陪伴大家，不是为了当一个明星。"

"我明白。"周文说，"就像我唱歌、演戏，也只是因为热爱，而不是为了出名。"

这话让杨薇突然安定，她仿佛找到了盟友，她开始拼命倾诉自己的不安，倾诉自己身边发生的种种。

她对宋哲的感情，对这份感情的惶恐，对人生的茫然，对前路的无知。

周文静静地听着，等到杨薇说完的时候，她感觉一切又恢复平静了。

杨薇深吸一口气，有些不好意思："我说太多了，对不起，文哥，我不该说这些负能量给你听。"

"这不是负能量。"周文迟疑了很久，才说，"杨薇，其实你经历的，我都经历着。我最初找到你的时候，就是希望有一个人，能带着我离开慕雪。我觉得那个人是你。"

杨薇愣了，随后又听周文说："我很喜欢和你相处的感觉，其实我想过无数次，如果我没有遇见慕雪，我先遇见你，我大概会喜欢你。我设想过和你在一起的样子，我觉得我们应该会很搭，我们可以一起看电影，一起吃饭聊天，我们几乎不会有争执，我们的生活会很平静，很温和。

"我因此接近你。"

"文哥……"

"你说的感觉我都懂，我对慕雪的感情，和你对宋哲，如出一辙。我不可能回头，我告诉自己我会有更好的人生。在宋哲逼你的这些时间里，她也同样在逼我，她的每一次示弱，每一次讨好，我都会感到心动和害怕。因为我知道她就是火，我不能回头。"

杨薇沉默着，周文的话落在她心上，她明白他的意思，他的每一个字，她都感同身受。

周文那边传来电梯的声音，他有些紧张："所以我打算离开了。"

"去哪里？"

"我要去美国，我拿到了好莱坞的资源，要去那边拍电影。我在那边也有些产业，如果可以，我大概不会回来了。"

听到这里，杨薇的心沉了沉，如果周文走了，这里就只有她一个人去面对这一切。她再也找不到一个人，能明白她的内心和感情，可她还是笑着说："挺好的，祝福你啊。"

"杨薇，"周文那边传来脚步声，"你能不能跟我走？"

周文平静地说："我没喜欢过其他人，我也承认，我心里或许还有慕雪，可是我想我们都是要往前走的，我们能不能，试一试？"

杨薇整个人都呆住了，门外传来了门铃声，杨薇慌张地说："文哥，你等一下，有人按门铃。"

杨薇有些慌乱地挂了电话，稳了稳心神，才跑到门口。打开门，周文就站在那里，他似乎是跑过来的，还喘着气。

杨薇呆呆地看着周文，他笑了笑，站直身子，一脸认真："我觉得这话当面说比较好，所以我特意赶过来了。"

"杨薇，"周文伸出手，手里放着一个戒指盒，盒子里戒指上的钻石在灯光下光芒四射，他看着杨薇，"我们在一起，试一试，行不行？"

话刚说完，电梯门就开了，宋哲提着菜从电梯里出来，他转头一看，整个人都蒙了。他的目光落到周文手上的戒指盒上，有种莫名的愤怒和疼痛袭来。

"你们在做什么？"

宋哲克制着自己的语气，勉强一笑："过家家呢？"

周文没说话，他拉住杨薇的手，强行将戒指放到她手心上。

"我等你回复。"

他的声音很低："半个月后，我就走，我希望我们一起。"

说完，周文放手，转过身，大步朝电梯走去。

和宋哲擦身而过的瞬间，宋哲突然叫住周文："周先生。"

宋哲的声音充满冷意："不要有下次。"

周文按下电梯键，平静地说："与你无关。"

宋哲捏紧拳头，僵着身子走到杨薇面前。杨薇握着周文给她的戒指盒。这戒指盒像一个魔盒，里面装满了诱惑，让她几乎没有抵抗力。

宋哲停在杨薇面前，看她握着戒指盒，艰难地笑起来：“喜欢这样的？我给你买，买个比他好的。”

杨薇听到宋哲的声音，抬眼看向他。

宋哲的笑容几乎是挤出来的，比哭还难看。他提着菜，应该是下班后就去买菜，想回来给她做东西吃。

宋哲现在厨艺大涨，得了空就想表现。

杨薇看着宋哲买的菜，有些呆滞。周文的话信息量太大了，让她措手不及。宋哲见她不说话，笑着伸出手，哄着她：“把戒指给我。”

“哦，你回来了。”杨薇回神，握住戒指盒，往自己兜里揣去。

宋哲一把抓住杨薇的手，盯着她，笑容渐渐隐去：“把戒指给我。”

“给你做什么？”杨薇皱起眉头。

宋哲克制着情绪，尽量让自己的语气缓和一些：“你不能要，我还给他。”

杨薇没说话，宋哲握着她的手有些颤抖，他勉强勾起嘴角：“你总不会真的收下吧？”

“阿哲，”杨薇抬眼看宋哲，“这和你没有关系。”

没有关系。

与他无关。

这是杨薇的感情，她的生活，她和他没有任何瓜葛，她不是他的谁，她已经离开他，她不是他的妻子很久了，她找到一个新的人，要离开他，和他没有任何关系。

这话狠狠地刺痛了宋哲，他盯着她，漂亮的眼渐渐湿润。

杨薇看着面前的人，他和以前已经大不一样了，她很难再从他身上看到当初那个傲慢的贵公子模样，他像被人扒了壳的贝壳，最柔软的地方展露在这磕磕碰碰的世界里，随便一戳，他便疼得浑身颤抖。

杨薇觉得心疼。

她体会自己内心那份感情，她感觉到悸动、惶恐和不安。

“杨薇……”宋哲看着她，固执地说，“把戒指给我。”

杨薇没说话，看着他的眼睛，好久后，她轻笑：“听不懂吗？”

“这个戒指我收下了，”她微笑着，“我与你没有关系，你……”

杨薇话没说完，宋哲猛地出手，想去抢那个戒指盒，杨薇看出他的意图，死死攥紧了盒子，两个人争抢起来。他不敢太用力，又不愿放手，像这段感情，尴尬僵持，又无可奈何。

她所有的反抗都像是利刃，一刀一刀划过他的心，他的动作忍不住猛烈起来，他们拉扯着进了屋，他一边努力控制自己，一边又觉得面前的人在不断地激怒他。

他有无数想问她的话，他算什么，想问他们这么多年算什么？一个周文……一个出现了还不到一年的周文，就那么重要？她怎么能因为另一个男人这样对他？

她怎么能为了一个出现得这么晚的男人，一个和她没有任何关系的男人，这么对他？

她想做什么？她想接受这枚戒指，想和周文在一起，想离开他？她是不是还想和周文结婚，和他一起生活，和他经历所有他们经历过的，没经历过的事，然后生儿育女，白头偕老？！

那个画面浮现在宋哲眼前的一瞬间，他再也控制不住，猛地将她推到墙上，怒吼：“给我！”

杨薇拼死拽着那个戒指盒，她的指节已经泛白，却仍旧紧紧抓着，她倔强地看着宋哲。

“你这是做什么？”杨薇的声音尖锐，“在威胁我、控制我、恐吓我？你不是说你变了吗？怎么，都是骗我的？”

这话说得宋哲的脸色白了又白，杨薇趁机推开他，一脚踹到宋哲肚子上，他猝不及防被她踹得坐在地上，她一手抓着凳子，盯着他：“你不是说你只是需要时间吗？不是说你会离开我，你会和我变成亲人，我们互相照顾当朋友吗？！你和我说过的，你都忘了？！”

宋哲颤抖着唇，他不敢说话，杨薇看着坐在地上的人，看着他失魂落魄的模样，疼痛划过她的心。

毕竟是喜欢了那么多年的人，对这个人的疼惜成了习惯。她看不得他失意，也见不得他难过。可她退不了，她太清楚这个人的性子了。

他示好，他学习，都是因为他觉得她喜欢他。可如果有一天她不喜欢了呢？

他从来不是一个会爱人的人，也不是一个会尊重人的人。

她受够了。这个叫宋哲的人带来的一切，她都受够了。她不能再给他任何希望，否则就是把他们放在悬崖边上，随时随地都有可能跌下万丈深渊。

“宋哲，”杨薇慢慢平静下来，“我已经给你太多时间了。就这样吧，以后你别来找我了。”

宋哲低着头，捏紧拳头，听着杨薇说：“我和文哥很合适，你如果真的喜欢我，我希望你祝福我。”

“你忘了……”

宋哲的声音微弱又颤抖，杨薇皱起眉头，随后就听到他大吼：“你忘了！你忘了！”

杨薇愣住。

宋哲抬起头，眼里含着泪：“你说你喜欢我，你忘了。

“你说你会喜欢我一辈子，你也忘了。

“你说要和我在一起，无论生老病死，无论贫穷富有，都和我在一起，你忘了。

“你说永远不会抛弃我，一直陪伴我，你也忘了。”

宋哲站起来，颤抖着身子，声音沙哑：“你忘记我对你的好，你也忘记你对我的感情，杨薇，不是我忘了我说的话，是你忘了你说的话。”

杨薇没说话，她看着面前颤抖着身子的男人，一瞬间，仿佛看到了当年那个独自出国、远赴他乡的少年。

如果那年她没有避开他，如果那年他们能在最后的时刻相见，或许他就会像此刻一样，哭着冲她吼出来。

吼得最大声的是他，最狼狈、最在意、最难过的，也是他。

杨薇克制住内心的震荡与悸动，不敢看他，她垂下眼睛："说这些事没有意义了，我和你说过，也说得很清楚，当初说好我给你时间，你会习惯离开我……"

"骗你的。"宋哲打断杨薇。

她没想到宋哲会这么说。

宋哲靠近杨薇，他高大的身躯笼罩着她，他独有的味道弥漫在她鼻尖，她不自觉退了一步，他也跟着向前一步。

"我骗你的，我怎么可能放开你？我不放，我一辈子都不放。我就是骗了你，我想让你看我能做到什么地步，我想让你看看我有多好，我想让你知道，如果你离开我，你会后悔。"

他抬手覆在她的脸上，哀求杨薇："你看看我。"

杨薇没动，他抓着她的手贴在他的胸膛上。

"你看看我。"宋哲再次请求，"你看看你面前这个人，我不是以前的宋哲了，我为你变得面目全非，我为你脱胎换骨，你怎么就不能抬头看我一眼？你为什么一定要去找别人？有什么是我给不了的，有什么是我不能给的？"

杨薇的睫毛微微颤动，她不敢看他。她怕一抬眼，她就会动摇。

宋哲似乎知道杨薇的软肋，他捏着她的下巴，逼着她抬头，然后他的吻落下来，又狠又决绝。

"看着我。"他闭着眼睛，含糊地说。

在宋哲闭上眼睛的时候，杨薇终于睁开眼，看着面前的人。

他们好久没这样近距离接触了，她能看见他浓密的睫毛，看见他如刀刻一般的眉眼，看见他决绝的神情，看见他的眼泪落下来，混进他们的唇舌之间。

苦涩在嘴角散开，杨薇冷静得仿佛灵魂从身体抽空，居高临下地看着两具躯体。她清楚自己的心动，这个男人如同罂粟，缠绕着她的生命。她总想触碰，明知结局不好。

宋哲的眼泪缠绕着她的过去，她的身子微微颤抖，他忍不住抱紧了她。

“回应我。”

宋哲带着哭腔：“杨薇，回应我。”

她不敢动，他的动作仿佛是发泄，是讨好，他竭尽所能，想求得她的回应和怜悯。

无数画面在杨薇脑海里闪过。年少时她跟在宋哲身后，悄悄看着他精致完美的侧脸。她和他新婚时，她故作镇定地伸出手挽住他的臂弯，他疑惑地看过来，她还要假装无事。

他们争执，他们疏远，他们相见擦身而过，他们在倾盆大雨里紧紧拥抱，杨薇安抚着刚刚失去母亲的他说：“没事，还有我。”

所有画面最后都交织成他们曾经有过的、短暂的愉悦时光。

亲密关系后，宋哲很少会靠近她，有次她问他，他们生个女孩还是男孩好。他懒洋洋地抬眼：“女孩吧。”

她问为什么，他轻轻一笑，说：“像你。”

于是杨薇就自作多情地想，他的意思是不是像她，他喜欢？

这是他们为数不多的美好时光，当他重新开启阀门，当他努力讨好，当他哭着求她，情绪和欲望终于冲破了她的理智，她猛地抱紧了他。

这一刻，杨薇确认，她必须离开。她必须远离宋哲，必须与他再不相见，才能确保她不会再受蛊惑。

她太贪恋宋哲的美好了，他的任何一点好，都容易在她这里变成糖霜。

他们拼命拥吻，一路从沙发到卧室，宋哲竭尽全力地讨好杨薇，她抬手遮住眼睛，低低喘息。

他紧紧地抱住她，逼问她："我好不好？"

杨薇不言，闭着眼睛，听着他绝望地说："别离开我，好不好？"

宋哲倾尽全力想留住她，所有他能说出口的，不能说出口的，他都努力去说。

杨薇的安静让他惶恐，哪怕她和他在身体上已经没有了距离，可他依旧觉得，她遥不可及。她似乎随时可能离开，随时可能消失，他只能用力地抱着她，叫着她的名字，反复确认。

他叫她的名字叫到声音沙哑，直到最后，他抱住她，将头埋在她颈间，哭了出来。

"我爱你啊。"

宋哲哭着说："杨薇，我爱你啊。"

杨薇睁开眼睛，看着天花板。过了好久，她伸出手，静静地抱住宋哲。宋哲轻轻颤了颤，随后控制住自己，安静地抱着她。

过了好久，杨薇的声音响了起来。

"谢谢。"

那是一种平和的不带半分情绪的语调。

一瞬间，宋哲明白了，哪怕他低头至此，也留不住杨薇。他只能抱着她，假装什么都没听到。

两人在床上躺了许久，杨薇觉得有些饿了，她推了推宋哲，宋哲装作什么都不知道，她说："我饿了。"。

宋哲犹豫了片刻，才说："我给你煮面。"

杨薇应了一声，宋哲抓了浴巾，随意冲洗了一下，就去厨房煮面。杨薇进了浴室，让水劈头盖脸落下来，在这狭窄的浴室里，有了一份少有的安定平静。

她和宋哲已经将近三年没有发生关系了，她曾经觉得，和这个人发生关系令她恶心无比。然而当他们的眼泪混合在一起，身体交织在一起，她骤然发现，这个愉悦与痛苦的过程，反而是一剂安抚她的良方。她在这个过程里找到了去路，找到了归宿。

杨薇洗干净脸，擦干头发，宋哲还在厨房，她看了一眼他的背影，轻轻开门出去，几乎没声音。她去小区药店里买了避孕药和矿泉水，吃了药后，坐在椅子上。

杨薇看着院子里的人来来往往，清晨许多老太太带着孙子和孙女出来遛弯，她看着那些孩子跑来跑去，十分可爱，她看了片刻，发现手机振动起来，是宋哲的信息："面煮好了，回来吧。"

她沉默好久，深吸一口气，才起身回了自己家。

到家的时候，宋哲坐在桌边，他穿着衬衣，低垂着头，面前放了两碗面，他看上去有些低落。

杨薇坐到他面前，叫了他的名字："宋哲？"

他猛地回过神来，抬起头看着她，张了张口，却什么都没说。

杨薇看着他面前没动的面，提醒："吃面吧，还要去上班。"

宋哲点了点头，他从杨薇手中拿过筷子，杨薇低着头，神色平静，仿佛昨晚什么都没发生过。

宋哲拿着筷子，过了好久，他才问："去做什么了？"

"出去走走。"杨薇从旁边拿了辣椒酱。

宋哲用筷子拌着面，似乎是在想什么，却一直不敢说。

这段时间里他已经学会了很多杨薇喜欢吃的菜，手艺越来越好，在短短的几个月里，完成了十几年未曾有过的蜕变和成长。

杨薇吃着面，淡淡地说："昨天的事你忘了吧，我的话说得很清楚，昨天就当是个告别仪式。"

宋哲捏紧了筷子，手因为过于用力有些泛白。

杨薇继续说："我很感激你这段时间所付出的一切，可是我有我的人生，阿哲，"她的声音柔软，"如果你真的为我好，你得让我往前走。"

宋哲没说话，杨薇想继续劝说的时候，他似乎是下了极大的勇气，抬起头，带着微笑，沙哑着声音说：“我没有阻止你往前走啊。”

他看着她，继续说：“我说了，我不在意的。你可以和周文在一起，我们就像现在这样，也挺好的。”

“你昨晚……昨晚也很喜欢啊。”宋哲的声音里带着遮掩不住的颤抖，“我觉得他不会有我好的，我们就像现在这样，你和他在一起也没事的……”

“宋哲，”杨薇的声音冷淡，“你在说什么？”

“我可以的，”宋哲反复说服自己，“我可以接受他，可以接受你们的感情，只要你一直陪着我，一直和我在一起。我什么都能接受……”

“宋哲！”杨薇猛地提高声音，皱眉盯着他，“别这么作践你自己。你想想阿姨，想想宋叔，他们把你这么宠大，你不能为了一份感情这么作践自己。你听我说，”杨薇走到他身前，拂开他的头发，表情认真，“你是赵阿姨和宋叔叔的儿子，他们骄傲了一辈子，优秀了一辈子，你也得这样。

“感情于人生，永远是锦上添花。如果它来了，你奋力保护珍惜，可它要走，你也要从容告别。”

宋哲颤抖着唇，呆呆地看着杨薇，杨薇还要说什么，却听到他带着哭腔说：“我做不到……”

他仓皇伸手，猛地抱紧她：“我做不到，杨薇，我做不到。我不觉得我是在作践自己，只要我们还能在一起，我做什么都行。”

宋哲的眼泪落下来，杨薇慌忙去推他，然而他不肯放开，她奋力抗争，直至他号啕大哭，杨薇被他的哭声弄愣了，她看着他像个孩子一样哭泣：“你不能留下我一个人啊……

“我什么都没有，我只剩下你，你不能这样的，杨薇……

“我什么都给你，宋家我给你，自由我给你，我的命也给你，我都走到这一步了，我都走到这一步了，你让我回头，我怎么回头？”

如果宋哲还是那个红着眼出国的少年，如果他对杨薇的爱意还只是一份感情、一份爱慕，他或许还能抽身。

可杨薇对他来说，是执着、是信仰、是亲情、是爱情、是他对下半生所有期许，以及上半生所有记忆。

哪怕是失去性命，也不能放手。

“那你想过我吗？”杨薇看着哭得无法自抑的宋哲，忍不住问，“你一直在说我不能丢下你，你在想你有多难过，多悲伤，多痛苦，可你想过我吗？

“你以为我为什么走到今天？”杨薇眼含泪，“我走了十三年！我走了十三年才能和你说离开！我想要未来，我想要另一个人生，我想要重新开始，你为我想过一次吗？！

“你现在这些行为，你撒泼打滚，你和那些对前女友死缠烂打的男人有什么区别？我的人生和你绑定了吗？我对你有什么责任吗？我凭什么？”杨薇快喘不过气来了，“我凭什么要喜欢你一辈子啊？！”

这话把宋哲骂傻了，杨薇抓着他的头发，迫使他抬起头来，她盯着他：“宋哲，你听好了，我要往前走了，我要喜欢另一个人，我要和你脱离关系。如果你真改了，如果你真的知道怎么喜欢一个人了，那请你尊重我。就像这么多年，我一直尊重你的一切决定。”

宋哲呆呆地看着杨薇。这一刻，他知道了他们之间的差别。她的喜欢，是希望两个人都过得好，所以当她以为他不喜欢她的时候，她不强求，不挽留，她默默帮他做好一切，甚至把赵阳兰给她傍身的百分之五的股份都给他，不怨不恨，平静抽身。

这是杨薇的喜欢，尊重，付出，牺牲。

而宋哲的喜欢，就是两个人在一起，无条件的，没有任何杂质的，双方融为一体。永远捆绑，永不背叛，永远属于对方。

她于他而言，太冷静，太薄凉。

而他在她眼里，又太幼稚，太决绝。

宋哲第一次发现他们之间的距离是不可挽回的，面前这个人，无论是不是对他笑了，是不是容忍他的接近，是不是对他好，他们之间的距离都不可能有任何改变。

那是一条无法跨越的沟壑，他想要填补，那就是精卫填海。

他永远失去她了，无法挽回。

绝望铺天盖地而来，宋哲坐在椅子上，抬头着她，好久后，他鬼使神差地说："那给我个孩子……"

杨薇怔住。

宋哲像是抓住了唯一的稻草，他握住她的手，祈求道："我不逼你，杨薇，我希望你过得好，我不逼你了。给我个孩子，我求你，"他眼中全是渴盼，仿佛疯了一般，"我不会再娶别人了，我以后就他一个孩子，我会好好抚养他，我会把我的一切都给他。"

杨薇看着眼前这个陌生的宋哲，她有些害怕，忍不住退了一步，他却步步紧逼，跟着她上前，急切地说："我知道你是去买避孕药，我知道你不想要孩子，你就当可怜我，这个孩子生下来，我保证这辈子都不纠缠，我会好好待他，我会……"

"宋哲！"杨薇不可思议地看着宋哲，"你真的，是喜欢我吗？"

宋哲愣在原地。

杨薇再次询问："你对我，真的是爱吗？"

是爱，还是在绝望和孤独中，寻找的那唯一的慰藉？

宋哲静静地看着杨薇，哽咽了好久，他说："是爱，也是唯一。"他可以容忍自己失去爱情，却无法接受自己失去人生。

杨薇说不出话来，她从来没想过，有一天，宋哲会变成这个样子。这样的宋哲，让她又恨又疼，又怜悯又厌恶，良后，她深吸一口气，推了推他："你放手。"

宋哲固执地拉着杨薇，抿紧了唇，仿佛她不答应，他就不放手。这样的举动成功激怒了她，她忍不住怒吼："你一定要搞得这么不堪吗？！"

“我凭什么为你生孩子？我想要的是什么你怎么还不懂？我和谁在一起不需要你的允许，我也不需要考虑你的感受，就算你今天告诉我……”

宋哲看着她，眼里忍不住有了笑意：“告诉你什么？”

“就算你今天告诉我，”杨薇咬着牙，身体微微颤抖，“你要去死，我也得走。”

宋哲似乎不意外杨薇的话，他静静地看着杨薇，平静之下，是遮掩不住的绝望和悲伤。

杨薇捏着拳头，反复告诉自己。

要断了。

她不能，也不该给宋哲任何希望。她必须让他彻底死心，彻底放弃，这样置之死地，才会有后生。

于是杨薇逼着自己说出更多话：“我想重新喜欢一个人，我想认认真真去谈一场恋爱，我希望对方对我好，尊重我，而我也给予他相应的尊重。我不可能在和别人相爱时和你保持任何关系，我也不可能在我们不相爱的时候要一个孩子。这对你不负责，对孩子更不负责。”

“宋哲，”杨薇的声音低了下去，“成熟一点。”

说完，杨薇拉开宋哲无力的手：“收拾一下，赶紧去上班吧。”说完就匆匆回了房间，她关上门，上了锁，靠着门坐到地面上，将手指插入头发中，咬紧牙关，一言不发，任凭眼泪落在衣衫上，又疼又绝望。

她听见宋哲站起身来的声音，听见关上大门的声音，她终于可以抱住自己，哭出声来。她的声音细细的，因为太久没有放声哭过，所以有些断断续续。她也不知道自己在哭什么，就是觉得有太多事压在心口。

杨薇不希望宋哲变成这样，她始终希望宋哲过得好，她也能过得好。可宋哲逼她选，逼她在伤害他和伤害自己之间选。

可无论哪个答案，都违背了她的心。她不明白，自己想要走出一段感情，想要好好谈一场感情，怎么就这么难？

杨薇站起来，拿出戒指盒，捧在手心里，坐在床上，蜷缩着身子。

这个戒指仿佛承担着她所有的希望，是她的救赎，她拿着戒指盒，颤抖着手给周文打电话。

“文哥……”她哭着说，“我跟你走，我们走。”

离开这座城市，离开这段感情。

他们曾经努力想维持友好和平，却不知道，如果两个人分开还能谈笑风生，不是没爱过，就是太爱了。

爱到学会成长，爱到可以宽容，爱到脱胎换骨，把幼稚的自己从世界删除，然后学会从容和得体，学会对世界温柔。

可无论是宋哲还是慕雪，他们的感情都只停留在喜欢。那份喜欢因幼稚而不知自省，当杨薇和周文为他们改变了自己的内心和性格时，他们始终还停留在——我愿意为了你改变。

这是两个层次的绝望。

周文听着杨薇的哭声，他知道那哭声代表什么，传达着什么，他痛苦地闭上眼睛，轻声说：“好。”

他说：“我带你走。”也带自己离开。

这一句话，拨开云雾，使大地光芒万丈，杨薇佝偻着身子，在那一瞬间，放声大哭。

这个时候，宋哲开着车冲出了车库，他神色平静，冲到大街上，拨通了冷玫的电话：“我想要周文的手机号码。”

冷玫愣了一下，然后应了一声：“好，稍等。”

宋哲挂了电话没多久，冷玫就打听到周文的手机号码，发到了宋哲手机上。

宋哲在车上拨通了周文的手机，周文和杨薇刚通完话，他看到这个陌生的号码，皱了眉头，接通了。

“我是宋哲。”宋哲平静的声音传了过来。

周文很快就理解了宋哲的来意，他应了一声，随后问："什么事？"

"我们谈谈吧。"

宋哲说："我想和你谈谈。"

周文没有说话，沉默了一会儿后，他答："好。"

宋哲给周文发了地址后直奔餐厅，他到了不久，周文就来了。

周文进门第一眼就看到了宋哲。

宋哲穿着米白色的西服，戴着金丝边眼镜，他坐的地方有光从玻璃上落下来，背后是庭院里郁郁葱葱的草木。

他看上去孤傲又冷漠，睫毛和指尖都带着一种与生俱来的精致。见周文进来，他转过头，朝周文点点头，礼貌地说："坐。"

他们见面的时候，杨薇也整理好了情绪，她认真地想了想，打开Word（文档），决定开始写自己的告别公告。

她已经无法再在直播行业里找到初心，她也不打算和宋哲僵持下去，她更不打算忍气吞声任由武纶的公关站出来胡说八道。

她打开了Word，想了许久，终于落下第一行字。

"我从未想过，第一次给大家写信，就是告别。"

周文拉开椅子坐下，两人沉默了片刻后，宋哲首先说："我和杨薇谈过了。"

"嗯。"周文应声，服务员开始上菜。

宋哲看着他，似乎有些疲惫，菜上完后，宋哲静静地注视着周文："我知道钱这些东西没办法让你退步。但是我很好奇，为什么是杨薇？"

"什么？"周文有些不理解。

宋哲神色平淡："你心里还有慕雪，为什么要在这个时候重新开始一段感情？这个人，还是杨薇。"

周文没说话，宋哲端起酒杯，抿了一口酒："其实你换一个人，会容易很多。你知道我不会轻易放手，和我对上，你需要付出很多代价。”宋哲抬眼，冷冷地看着他，“你确定这些代价是你能承受的吗？”

“你这样来找我，”周文端起茶，喝了一口，“杨薇知道吗？”

“她不知道，但是她知道与否，都不重要。”

周文低笑：“说了这么半天，我还是不明白，你到底要和我谈什么？”

周文放下茶杯，抬眼看向宋哲：“你也知道我不会放弃杨薇，那你还来和我谈？”

宋哲沉默了，他用审视的目光看着周文。

“我只是想知道，”迟疑了很久，宋哲才开口，“为什么，你要这么不计后果去抢一个你并不爱的人？”

周文没有直接回答，他垂下眼睛，喝了口茶，好久后，他才说：“一个人在黑暗里走得太久了，就想找一个人陪自己一起走。我现在没有爱上杨薇，可以后，我们会爱上对方。”

“为什么是杨薇？”周文自问自答，“因为她需要我，我也需要她。”

“你知道吗？其实有很多次，你们这份感情都快逼垮杨薇了。”周文抬眼看向宋哲，“杨薇需要我帮她撑下去。如果是一个普通女孩子，我不会在没有喜欢上对方的时候就提出什么要求，因为对方要的是一份感情，我给不了。可杨薇不一样，杨薇和我要的是帮助，是陪伴，她要的，我能给，我要的东西，她也能给。”

宋哲捏紧了拳头，冷冷地看着周文：“所以你追求她？”

“她很合适。”周文轻笑起来，“我从来没有对其他女性有过好感，杨薇是第一个，我觉得她是很不错的姑娘。和她在一起我很轻松，我能想象如果我们在一起大概是什么样。她也是。”

周文眼里带了温暖：“我们在一起的感觉是过去不曾拥有的。宋哲，其实在爱情这条路上，我和杨薇都已经是站在终点的人了。我们的心老了，我们害怕那种灼热的感情，害怕不可控的、要让我们粉身碎骨付出一切的感情，我们要的只是一个平静的家和未来。而这一切，你给不了杨薇，慕雪也给不了我。”

“如果你不会爱上她怎么办？”宋哲迅速地问。

周文怔住了，随后叹息一声：“你难道还不明白吗？我和杨薇在一起，最重要的并不是我们最后会不会爱上对方，而是我们能不能帮助对方走出来，给对方安定。”

“我不敢说我一定会爱上她，”周文神色平淡，“但她要的安定和未来，我能给。”

宋哲没说话，拿酒杯的手微微颤抖。

周文沉默了一会儿，说：“宋总，其实我过来就是想和你说，放过杨薇，也放过你自己。

“我们的未来，会过得很好。”

宋哲抿了口酒，酒水灌入他的食道，辣辣的。

他放下酒杯，抬头看向周文：“你知道我第一次见到杨薇的时候，是几岁吗？”

“十四岁。”他比画了一下，“那时候杨薇父母双亡，来到我家。来我家之前，我妈就和我说，她要过来，让我好好照顾她。我不喜欢她，我不明白为什么要让一个莫名其妙的人来到我的世界，所以我排斥她，拒绝她。”

“可这人傻啊，”宋哲的眼睛模糊了，他笑起来，“无论我说什么，做什么，她都不说话，让她写作业，让她背书包。后来我就觉得，这人是我的人，我得罩着她。

“谁欺负她我就找谁麻烦，谁让她不高兴我就让谁不高兴，她来的时候怯生生的，我带着她去店里试衣服，逼着她一件一件地买，什么贵买什么。她不敢大声说话，我逼着她大声一点，我说我听不见。那时候她什么喜欢，什么不喜欢，都不敢说，我逼着她告诉别人。她就一直摇头和我说，‘没什么喜欢的’‘随便’‘都可以的’，于是我就问她，”

宋哲笑得停不下来："你喜不喜欢我？"

那时候是夜里，他们坐在别墅天台上，星光落满杨薇的眼睛，她听见宋哲的话，慌乱、脸红，诸多情绪交织在一起，他捏着她的下巴，一脸认真："你敢说不喜欢？"

她赶忙摇头。

他就逼问她："那你是喜欢，还是不喜欢？"

她没说话。

他有些焦躁，正要骂人，就听她小声地开口："喜欢……"

"她说她喜欢我，后来她说她要喜欢我一辈子。她说过她会一辈子陪在我身边，我也信了。我爸死的时候，我家乱成一团，她就一直陪着我，拉着我的手，一直和我说，还有她。

"我妈走的时候，"宋哲有些克制不住自己的情绪，他闭上眼睛，不让自己显得太过狼狈，"也是她在我身边，说，还有她。

"你知道她对我来说意味着什么？"

宋哲睁开眼睛，看向周文，神色清明："她是我过去的十三年，是我永远的未来。她是我一点一点陪伴着长大的人，你说，"他猛地提声，"我凭什么要让给你？！"

"所以你打算怎么办？"周文冷眼看着宋哲，"继续逼她？把她当成你的所有物？宋哲，你要明白，她走到今天，成长为一位如此优秀的女性，不是你的陪伴，也不是你的塑造，是她自己，她感激你的帮助和成就，可是，她从来不属于你。"

宋哲听着周文的话，喘着粗气，站起身来。

周文警惕地看着宋哲，宋哲走到周文面前，身子微微颤抖。他捏紧拳头，然后在周文惊讶的眼神中，慢慢弯曲双膝。

他看着周文："所以，我求你。

"她对你而言，只是一时慰藉，可是对我而言，是我的命。"

“周文，”宋哲的身子颤抖，他一生骄傲，却在感情这件事上弯了脊梁，他压制着自己所有的情绪，“我知道，你和她都觉得我无药可救，我就是一场噩梦，如果她回头，那就是重蹈覆辙。我无法证明未来，可是周文，”他闭上眼睛，痛苦地说，“我是真的爱她。”

只是这份爱明白得太晚，也来得太迟。

“我绝对不会，”宋哲的声音沙哑，神情却异常认真，“让她重蹈覆辙。”

第三章　我们结婚吧

周文呆呆地看着宋哲，他从未想过，宋哲会做到这一步。

或许是当年初见宋哲时那个不容易让人接近的贵公子形象太深入人心，哪怕此时此刻宋哲跪着，周文也有些不敢相信。

他深吸了一口气，伸手去拉宋哲："宋总，你跪我也没有用。"

宋哲咬着牙关不动。

周文迟疑了片刻，然后说："宋总，这份感情，从来不是我退让你就能得到的。你跪我也好，和杨薇说爱不爱也好，这都像是一场自我感动。感情是你得让对方爱上你。"

"我没有办法。"宋哲有些麻木，"我能做的，不能做的，我都试过了。我能想到的，也都做到了。可她什么都不要。"

宋哲嘲讽："她只要我放手。"

他做这一切都是为了得到她，又怎么可能真的放手？

周文静静地听着，片刻后，他叹息："宋总，夏虫不可语冰，你真的不适合薇薇。你这一跪我受之有愧，我也不过是个追求者，最终杨薇的选择是什么，是薇薇的事情。如果没有其他事，我先走了。"周文站起身来，神色平静地往外走去。

宋哲跪在地上，高林进来的时候刚要开口，看见这一幕，顿时就噤了声音。

高林的心跳得极快，他怕宋哲发现他进来了，这大概是宋哲一生最屈辱的时刻，宋哲应该不想让任何人看见。

高林正打算离开，宋哲却叫住了他："网上的舆论怎么样了？"

宋哲自己站了起来，高林咬了咬牙，抱着一种视死如归的精神像平时一样报告："刚要和您说这件事，本来情况已经控制住了，网上现在的针对点都在武小姐和您身上，杨小姐反而多了许多支持者。但刚才杨小姐发了一个公告。"

宋哲抬眼看向高林，高林深吸了一口气，说："杨小姐要和公司解约。"

宋哲的睫毛颤了颤，他垂下眼睛，神色平静，这个消息在他意料之中。高林还想说什么，就听宋哲问："还有呢？"

最难启齿的已经说了，接下来的内容就好说很多，高林继续说："杨小姐把所有相关内容梳理了一遍，武小姐的微博沦陷了。"

宋哲没说话，拿出手机看杨薇发的公告。

杨薇没有什么动人的文采，整个公告就说了两件事，第一件事是她和猫猫平台解约，以后就当一个野生主播，随便播一下日常生活。

她大概说了一下自己的心路，认为自己找不到最初的感动了，沦陷于资源争抢中，这不是她做直播的初衷。

第二件事，她梳理了自己和宋哲的感情历程，以及和武纶的关系。

从最初她与宋哲因为家庭关系结婚，到武纶的绯闻和她后来做出的决定，以及她离婚，走上主播的道路。

她没有过度渲染自己受害者的身份，在误以为丈夫出轨最痛苦的两年，她只字不提。她不用说，网友也能从字里行间里知道到底发生了什么，那时候她过得多苦。

于是群众大怒，大批网友直奔武纶的微博，痛斥武纶为"精神小三"，属于"三而未遂"。

宋哲的微博也没有幸免，他不需要打开就知道内容有多么不堪入目，各种骂声不绝于耳。

高林有些担心地看着宋哲："还有就是，公司因为您的形象受损股价受到影响……"

"嗯，"宋哲应道，"季度财务报表要出了吧？"

"近期随时可以发布。"

宋哲接手之后盈利一直很漂亮，这次收购大米娱乐，将公司电影、艺人和直播平台联合进行互动宣传也取得了不菲的成绩。虽然宋哲的个人形象让股价有波动，但只要财务报表公布出来，股价自然能稳定。

"今晚把我的道歉信发出去，杨薇和公司解约的事情先按住，我单独和她谈。"

"是。"

高林见宋哲神情镇定，一如往昔，便放心了。他翻出本子："宋总，接下来的安排还有……"

宋哲静静地听着，过了片刻后，他才说："把这些事的时间都挪后吧，我状态不好。"

高林愣住了，看着面前神色平静的男人，一时说不出话来。

宋哲很少因为私事影响公事，他从来没有在这样平静的状态下，推后自己的工作。他仿佛从一个少年得志的年轻人，瞬间变成一个不苟言笑的男人。

高林心里有些难受，然而他也不能多说什么，只能应下："好的，我会安排，您好好休息。"

宋哲低低应了一声，在高林转身之前，他突然开口："高林。"

高林回过头，看见宋哲脸上的神情有些茫然："我真是垃圾。"

"宋总……"

"道理我都懂，可我做不到，我没法像薇薇一样放手。"

"我是个人渣。"宋哲低笑，抬手捂住自己的脸，"你说我这样的人渣喜欢她，她真是倒了八辈子的血霉。"

高林说不出话来，宋哲的话他明白，杨薇的处境他也清楚，可两个人的感情，容不得外人置喙。酸甜苦辣，唯有自知。

见高林没有回应，宋哲也没再说什么，他有些疲惫："行了，回去吧。"

说完，宋哲直接走出去。他往杨薇家去的时候，武邑也带着武纶赶过去。

武邑坐在武纶旁边，有些烦闷地抽着烟。

"你招惹谁不好，你去招惹杨薇，你当杨薇是吃素的吗？当初让你别去当什么明星，好好读书，考个好大学，你要经商要做公益，开个酒庄养养花有什么不好？你偏要去当什么明星。我不知道你的意思，现在我明白了，"武邑吸了一口烟，慢慢吐出来，"为了哲哥，是吧？死活去当明星，签在他公司名下。"

武纶不说话，她一向有些怕武邑，父母对她千娇万宠，只有武邑不买她的账。

武邑回头看武纶，见她僵着脸，忍不住问："你知道哲哥现在多痛苦吗？"

"那也不是我造成的。"武纶的声音冰冷，"就算没有我，你以为他们就会好好过下去吗？他们不合适！"

"那你就合适？！"武邑提高了声音。

武纶的脸色有些苍白，武邑翻出手机，打开她的微博页面，把评论给她看："你看看，你看看人家说的话，我不好骂你，你自己看看！我们武家的脸都被你丢尽了！你知道我们家公司的股价因为你跌了多少吗？你知道现在我出去都抬不起头来吗？谁都和我打听这事，武纶，你不要脸我们还要，你做事想过家里人吗？！"

武纶捏着拳头，僵着身子："我有我的自由……"

"那你把吃过家里的都给我吐出来！"

武纶听见这话，顿时红了眼。

武邑深吸了一口气，转过头去："武纶，一个人生来是有责任和义务的，自由并不是没有边界的。哲哥和杨薇到底合不合适，要不要在一起，那都是他们的事，他们结婚了，你就该把自己的感情放在心里，你不能这样。

“没有你的刻意作梗他们以前可能也不会在一起，但是现在他们没有在一起，的确是因为你，这件事，你得认。现在哲哥的痛苦都是你作出来的，这一点，你得记着。”

武纶没说话，两人到了杨薇家门口，武邑开了车门，转身对武纶说：“下来。”

武纶不动，给杨薇道歉这件事，她始终无法接受，武邑知道她的意思，他说：“如果你不下来，我就把你交给爷爷处理。”

听到这话，武纶下意识地颤了颤，他们家老爷子是个会动手的狠主子，如果知道她在外面做的这些事，非活活打死她不可。

她一咬牙，下了车，跟着武邑往杨薇家走去。

他们到的时候，杨薇正在查看自己的微博，微博上都是网友鼓励的话语，这令她感觉格外温暖和平静。

于是在见到这对兄妹的时候，杨薇心态平和。她招呼他们坐下，给他们倒了茶。气氛有些尴尬，武邑先开口：“这次的事情是小纶不对，所以我特意带她来给你道歉。”

杨薇点点头，然后听见武纶在旁边说了句：“对不起。”

听到这句话，杨薇抿了一口茶，平静地说：“如果不是诚心实意，就不要来道歉了。”

“你……”这话让武纶大怒，她想站起身来骂些什么，却被武邑一把按住。

“好好道歉。”

武纶咬紧牙关，其实刚才她已经想好了，可看到杨薇这么心平气和地说话，还刁难她的时候，还是有种羞辱感爬上心头。

武邑见她没有回应，抬起头来看她，抓着她肩膀的手力气大了几分：“道歉！”

疼痛让武纶忍不住流泪，她再也控制不住，大哭起来：“我不道歉！”

“我做错什么了，我要道歉？！我不道歉，我死也不道歉！你把我交给爷爷吧，我不道歉！”

“武纶！”

“她和哲哥分开又不是我的错，他们早晚要分开的。哲哥要的不是她这样的女人！哲哥要的是一份完完整整、干干净净的感情，她配不上！”

“武……”

武邑的话没说完，门外传来“滴”的一声。杨薇家里是指纹密码锁，她只录过自己的指纹，此刻传来这种响动，让她有些诧异。

片刻后，宋哲一只手拉着门柄，另一只手拿着西装外套，神色平静又温和，苍白的脸上带着几分疲惫。

他抬眼看向室内的人，露出一个笑容，仿佛是家中男主人一样，招呼道：“今天怎么这么多人？”

说着，宋哲换上拖鞋，关上大门，在大家的沉默中，将衣服挂在衣帽架上，自己拿了杯子，坐到杨薇身侧的椅子上，给自己倒了茶。

“你怎么……”

杨薇终于忍不住问，话没说完，就听宋哲说：“来了也好，我正要去找你们，尤其是你。”他的目光落到武纶身上。

这目光让武纶有些不自在，说话都磕磕巴巴的：“哲哥找我……做什么？”

“你是不是有什么东西，”宋哲的声音柔和，却让武邑背后发凉，“还欠着我们薇薇啊？”

“什……什么？”武纶愣了愣，下意识地看向杨薇，杨薇也有些发蒙。

宋哲看着武纶，平静地说：“你差她一个道歉。”

“为什么又要我道歉？！”听到这两个字，武纶顿时愤怒起来，她看着宋哲，眼里带着眼泪，“哥哥是这样，你也是这样，你们都让我给她道歉，我做错什么了我要道歉？！”

宋哲没说话，那平静的神色让武纶慢慢冷静下来。

她知道宋哲大概明白她做过什么，毕竟杨薇的公告里没有给她留半分颜面，她干脆拉开凳子坐下来，冷着声说："对，我是存着拆散你们的心思，我也不喜欢她，我嫉妒她。我和你从小认识，小时候他们都说我要嫁给你，她算个什么东西？！"

武纶抬起手指着杨薇，激动无比："她抢了我的东西，我找她麻烦不应该吗？"

听到这话，旁边喝着水的武邑一口水喷了出来。

宋哲悠悠看过去，武邑赶紧说："我错了，对不起，我不知道她脑子有病。"

武纶被武邑的话气得不轻，她还要说话，武邑却抢先说："算了，我来说吧。"

武纶被他按住，扭过头去，也不再说话，武邑叹了口气，给杨薇和宋哲添了茶："其实她喜欢哲哥，这事我知道。我那时候想，人一辈子总会喜欢一下别人，我以为她就是默默单恋，没放在心上。这一点是我作为哥哥的失职，我得和你们道歉。"

武邑抬头看向杨薇："当年她闹出绯闻那件事，家里都不知道是她让哲哥顶锅，如果知道，我们一定会早早把这件事和你说清楚。但是无论如何，她和哲哥一个已婚人士闹绯闻，家里都是不同意的，所以有一个月她没出现，就是被老爷子关禁闭了。"

武纶坐在一旁，面色上有几分不自然。

武邑接着说："我一直以为我这个妹妹只是娇惯了一些，但算不上坏。直到今天我才发现，她的确长歪了，这都是我们家的错。我得给你道歉，对不起，杨薇。"

听到这声道歉，杨薇心里舒坦了很多。就在她以为这事就这么算了时，宋哲突然开口："你呢？"

武邑愣了，随后又听宋哲说："你不需要道歉吗？"

“这么多年，你、我、武纶，都不需要道歉吗？”

武邑没说话，他知道宋哲指的是什么。年少时，他们骨子里都排斥杨薇。少年的恶意哪怕被遮掩，也会不由自主地表露。

他们曾经一起暗笑杨薇土气，明知她对宋哲的感情，还放纵着武纶的喜欢。

“武邑，其实你骨子里始终觉得，武纶对我的感情并不可耻，她和我才应该是一对，所以你才一直放纵。”

“不是……哲哥……”

“像个男人一点！”

宋哲骤然提声，这话将武邑的话堵住，武邑沉默下来，好久后，他才说：“对，我的确这么想过。可那是因为，我以为你不喜欢她。”

武邑抬眼看向宋哲：“我以为当年她抛下你，让你独自一个人出国，你不可能再喜欢她。你是我兄弟，我永远希望你过得好。所以当我真的长大了，我才明白，你对她是有感情的。这件事，我有错，你有错，小纶有错。

“我说这些不是为了减轻我们的罪行，杨薇，我为过去的我道歉，你希望我们怎么赎罪都可以，我带着小纶来，就是希望能弥补我们犯过的错。”

武邑一脸认真：“希望你能原谅，如果不原谅，也没有关系。”

杨薇没说话，她看着所有人。

宋哲双手抱臂，低头不语。武纶扭头在一旁哭泣，只有武邑认真地看着她，方正的脸上带着诚恳。

好久后，杨薇端起茶，笑了笑：“谁年少没犯过错？我无形之中或许也伤过人。其实认真说起来，你们也是帮过我的，所以我始终怀揣着一种复杂的感情面对你们。今天你既然道歉了，那我就给你一个回应，武邑，”她抬眼看着武邑，“没关系。”

这话说出来的时候，杨薇才发现，原来这么多年，她一直在等待一声“对不起”。

武邑点了点头，他转头看向武纶，神色认真：“小纶，你今天可以不说‘对不起’，我也知道带你来，你的‘对不起’不可能是发自内心。可你得知道，你是错的。”

“我没错！”

武纶梗着脖子大吼：“错的是你们！哲哥明明该喜欢我的！他对我好，他一直帮着我，他不喜欢她！我做一切都是为他好！”

“他该喜欢我的，”她哭着，“该喜欢我的啊！”

所有人都没说话，过了许久，宋哲突然站起来，走到武纶面前，神色平静。

“小纶，你站起来。”

武纶哭着不说话，宋哲强行将她拉了起来，他站在她面前：“一直以来，因为你是武邑的妹妹，所以我看在他的面子上照顾你，让你有了误会，我该向你道歉。”

“没有……”

“一直以来，没有和你拉开距离，在你成年后还把你当成以前的妹妹，是我的错。

“我该早一点让你迷途知返，该早一点让你清醒，可我没有察觉，没有在意，这都是我的错。”

“你没有……”武纶颤抖着声音，“你没有错，那都是因为你心里有我……”

“我没有。”宋哲果断开口，声音冷冽而平静，“我从头到尾，从始至终，只喜欢过杨薇一个人。”

宋哲的话音刚落，武纶猛地一巴掌扇了过去，她怒吼：“你住口！”

“啪”的一声脆响，宋哲被她扇得头偏了过去，武邑顿时站起身来，宋哲抬手止住武邑，转头静静地看着武纶，神色依旧平淡：“我不喜欢你。”

武纶“啪”的一巴掌，又抽了过去。她颤抖着手，咬牙看着宋哲：“不喜欢我，当初为什么帮我？为什么不和我保持距离？为什么还要答应帮我顶绯闻的锅？！”

“所以我说对不起，我不知道对你来说，同你签约，和你正常说话，帮你背锅，就会让你以为我喜欢你。可当时任何一个朋友让我帮这个忙，我都会帮。”

“你混蛋！”武纶又一巴掌抽了过去，她嘶吼，“你混蛋！你混蛋！你喜欢我，你该喜欢我的啊！”

她在愤怒时一巴掌一巴掌地抽过去，直到最后，她失去了力气，退了一步，手撑在凳子上，哭得声嘶力竭。

宋哲转过头来，抹干净嘴角的血，平静地问：“还打吗？”

“宋哲……”武纶颤抖着嘴角，“你怎么能这么狠？”

宋哲说：“我的‘对不起’，我说了，你的气，也撒了。我最后问你一遍，还打吗？”

武纶没说话，哭着要走。宋哲一把抓住她的手，猛地一巴掌抽在武纶的脸上。

武纶被宋哲一巴掌抽得撞在桌上，杨薇猛地站起来，和武邑一起看着这一幕。

“让你喜欢我，我很抱歉。”宋哲神色冷漠，“你是武邑的妹妹，也是我从小看到大的朋友，所以这些巴掌我受了，这是我的‘对不起’。可是武纶，这一巴掌是我给你的。

“你不该破坏我的婚姻，不该找杨薇的麻烦，不该把嫉妒放在无关的人身上。当初你不该算计着让我顶锅与你传绯闻，不该四处散播我和你的谣言挑衅杨薇，不该为了自己的名声上门找杨薇麻烦，今天你也不该死不认错对她大放厥词。

“我的错，我认。我和杨薇的事主因在我，当初答应顶锅的是我，我千刀万剐难辞其咎。我的错我会弥补，你的错你也得补偿。”

宋哲看着武纶，眼里没有一点温度：“你可以不觉得你错了，但你必须受到该有的惩罚，刚才那些巴掌，是我该受的。而这一巴掌，是替我、替杨薇打的。

“最后，我再说一遍。”宋哲神色肃穆，“我不喜欢你，”

这话让武纶的身子剧烈颤抖。

宋哲伸手抬了抬眼镜：“过去是，现在是，未来也是。如果你有怨恨，放在我身上。你可以恨我一辈子，”宋哲绕回自己的位子，从容坐下，抬眼看向愣着的武纶，“好过喜欢我一辈子。”

“我一辈子都不会喜欢你这样为爱情不顾一切，不辨是非的人。

“我喜欢的人，”宋哲的声音哽咽，“她与你、与我，截然不同。”

武纶没说话，她捂着脸，听到宋哲的话，整个人都反应不过来。

宋哲垂下眼睛，抿了口茶，低声说：“武邑，道歉没有这样空口白牙的，我记得她名下有一个工作室，签了好几个人。”

“你要做什么？”武纶抬起头来，难以置信地看着宋哲。

宋哲抬眼看向武邑：“你回去告诉老爷子她的事情，她该被管教一下，好好出去读个书，你觉得呢？”

“我明白。”武邑深吸一口气，抬头看向杨薇，“杨薇，她名下的明嘉工作室我会让她尽快把股权转让给你，我也会将她带回去给老爷子处理，她会息影离开娱乐圈出国读书，在你原谅她之前，她不会再回国，我也保证她不会再骚扰你。”

“股份就不用……”

“就这样吧。”宋哲打断了杨薇的话，“我会让律师去你那边办理手续，别拖着。”

说着，他抬头看了看时间，有些疲惫：“我也累了，你带武纶回去吧。”

武邑应了，站起身，拉着失神的武纶往门外走去，走到门前时，武纶突然顿住了脚步。

“对不起。”她声如蚊蚋。

杨薇愣了愣，武纶猛地打开门，匆匆跑了出去。

等两个人都冲了出去，杨薇才回过头看向宋哲。

宋哲坐在自己的位子上，端着茶，抿了一口。他的嘴角还带着淤青，可见武纶的手劲不小。

杨薇迟疑着，却先听见宋哲说："我在你睡觉的时候偷偷录了指纹，所以能够开门。但你放心，我不会随便开。"

他看着前方，眼神没有落在杨薇身上，语气平淡又冷静。

"当初我母亲留给你那百分之五的股份我没变更姓名，依旧是你的。家里别墅的指纹依旧是你的，你想回去就回去。我名下所有股份、房产和现金，我都愿意转让给你。猫猫平台的合约，你喜欢就留着，不喜欢就算了。

"我会支持所有你想做的事，你想当谐星、当演员、做投资，任何事，我都支持。家务我全包，孩子我来带，不会让你操心半点。你有任何不高兴的地方都是我的错，你想打想骂都可以。我会是一个很好的丈夫，哪怕你不爱我，你也能过得很好。"

"杨薇。"说着，宋哲转过来，清俊的面容在阳光下冷静得有些可怕。

他们并排坐着，就像年少时，他看着她，语气里没带一点期望，仿佛只是陈述一件事。

"跟我结婚吧。"他认真地看着她，"我把一切都给你。"

杨薇没说话，听着宋哲的口气，她明白宋哲并不是在和她求婚。他没有期望她的回答，又或许他已经知道答案，所以没有半点期盼。

杨薇犹豫了一会儿，然后说："如果我不答应呢？"

宋哲没说话，只是静静地看着前方。

"杨薇，其实道理我都懂。"

宋哲的语气平静："我知道过去都是我的错，武纶只是一个从犯，我才是最该受到惩罚的那个人。他们对你的态度都因我而起，他们没有多少义务要对你多好，可我有。

“我过去不曾尽到一个丈夫的责任，不曾好好对待过你，你当年有多绝望，多难过，都是我如今应得的。所以今天不管我多痛苦，都是活该。

“我也知道，爱一个人该包容，该牺牲，该爱你所爱，该尊重你的自由。可是我做不到。我努力过了，最后我放弃了。”

宋哲转过头来，看着杨薇：“我尽我所能对你好，你要什么我都给，除了离开我。”

杨薇被他气笑了。

宋哲被她的笑容刺痛了，可他面色不改，抬手覆在她的面容上，有些疲惫：“你可以骂我，也可以打我，这样做不对，我知道。可我没有办法，我不知道该怎么办，所以我不想再多想了。”

“我无法容忍你身边有其他男人，”宋哲的眼里带了冷意，“所以不要再和周文联系，如果你不想再给他找麻烦。”

杨薇没说话，她捏起拳头，宋哲静静地看了她一会儿，片刻后，他低下头想要吻她，她猛地一巴掌抽在他脸上，怒吼：“滚！”

宋哲被杨薇打了，也没有多在意，他转过头，面无表情地起身对她说：“你饿了吧？我去给你做饭。”

“你给我滚出去，”杨薇冷着声说，“我警告你，如果你不出去……”

“你要怎样？”

宋哲抬眼看过去，声音平静：“报警？”

宋哲把手机放到杨薇面前：“你报警，马上把我抓走。周文有一部片还没上映，是我们公司投资的，这部片他准备了三年，专门用来冲奖，现在正在评审。电话就在这里，你报警，我撤片。三年心血付诸东流。”宋哲低头看她，苍白的脸上带着她少见的漠然，“你确定，你付得起这个责吗？”

杨薇没说话，片刻后，她笑了。

“宋哲，你知道吗？哪怕我用最大的恶意揣测你时，我都没想到你能卑劣到这种程度。”

宋哲握着手机的手轻轻一颤，他垂下眼帘。

杨薇冷眼看着他：“如果你一定要走到这样的地步，那你是不是忘了，那百分之五的股份还没变更名字？”

“无所谓。”宋哲收起手机，“你可以把股份给二叔，你们可以撤了我的职，你把宋氏集团全毁了都无所谓。”

宋哲的话让杨薇捏紧了拳头，他抬起空洞的眼睛：“只要你在我身边，你把我的一切都毁了，也无所谓。”说完，他转过身去。

杨薇大吼：“你要做什么？！”

宋哲背对着她，顿了顿，才开口说：“煮面。”

说完他便去了厨房，等他进厨房之后，杨薇才坐了下来，她觉得宋哲疯了。

她可以对抗一个理智的宋哲、一个傲慢的宋哲，可她对抗不了这种不顾一切、不求后果的人。

杨薇缓和了一下情绪，试图理清思绪。她站在宋哲的角度想，以宋哲那样的性格，他执着什么就不会放手。

在此之前他已经尝试了所有办法，他无路可走，只能这样。可他不明白，这份感情里要的不是咄咄相逼，而是各退一步，给双方适当的空间。

杨薇想了一会儿，大概理清了思绪，给周文发了信息，询问了他电影的事情，确认周末就是颁奖典礼后，她迅速地冷静下来。

她现在要做的不是激化和宋哲之间的矛盾，而是要稳住他。两个星期后，她就会和周文一起离开，从此再不相见。

这段时间她不能让宋哲影响周文，也不能让他做出任何极端的事情来，她要稳住他。

就两个星期，就十四天。

这个数字让杨薇安定了许多，她闭上眼睛，喝了口水，等宋哲回来的时候，她睁开眼睛，异常清醒。

宋哲将面放在杨薇面前，拉开凳子坐下，随后就听见杨薇说：“我可以试着重新接受你。”

宋哲握着筷子的手顿住，他抬起头来。

杨薇冷静地说：“但我有条件。”

“好。”宋哲开口。

杨薇皱眉：“你知道我要说什么。”

“无论什么，”宋哲垂下眼睛，“只要你愿意重新开始，都好。”

“这段时间里，你不能找周文以及我身边任何人麻烦。”

“嗯。”

“你不能有亲密举动，除非我答应。”

宋哲迟疑了片刻，还是答应了：“好。”

杨薇舒了口气：“没有我的允许，你不能进出我的房子。”

“嗯。”

“还有……”杨薇迟疑了片刻，她看着眼前面如死灰的男人，说，“阿哲，我希望你能像以前一样活着。抛弃你伤人的那部分，依旧骄傲肆意地活着。”

宋哲没说话，听到她又慢慢地说：“我喜欢的是那样的你。”

他才说：“我尽量。”

话说完后，两人陷入了沉默，好久后，宋哲才问：“那么，我能不能也有一些要求？”

杨薇顿了顿，应道：“你说吧。”

“我希望，我们相处时，你内心哪怕有一丝动摇，都请遵从你的内心。”

宋哲看着她，眼里没有任何期待，他提出这个要求，可他没有指望杨薇会答应。

杨薇注视着宋哲的眼睛，想起最后的时间。

十四天，这是他们相处的最后十四天。

“好。”

宋哲猛地睁大了眼睛。

杨薇轻笑起来："我希望，我们能好好相处，阿哲。"

——我希望，在最后的时光里，我与你的记忆，并非不堪回首。

听了杨薇的话，宋哲竟然有些不知所措。他仿佛是一个刚刚告白成功的少年，激动得说不出话来。他握着筷子，紧张地说："好……"

说了这话，他又觉得一个字有些敷衍，于是忙又补充："我不会让你失望的！我会努力的！"

杨薇笑而不语，她的目光落到宋哲的碗上："吃面吧。"

宋哲和她一起吃完面，他去厨房洗碗。杨薇看了看时间，照旧上了直播。

杨薇一上直播，整个直播间都炸了。所有人都看了她的公告，知道她要退出圈子，做个野生直播。她和平常一样和他们聊天，然后回答着粉丝的问题。

"没事的，违约金在谈，我能赔。"

"不用担心啦，我以后就自由了，我会一直想你们的。"

"考试技巧啊？好多年没考试了，你让我回忆一下啊……"

宋哲洗好碗去找杨薇，然后听见了杨薇的直播声，他不敢闯进去，但又不想离她太远，于是搬了电脑过来，坐在房门外面，关了电脑的声音，看她的直播，听着她絮絮叨叨。

房间里的灯都关了，只有杨薇直播的房间还亮着，从房间里透出昏黄的灯光，柔软又温和，宋哲坐在黑暗里，靠着墙，借着那一点灯光，独处于黑暗。

她笑他跟着笑，她皱眉他开始担心。

等杨薇直播完毕，她关了直播间，出来倒水，宋哲还在看她的回复。

杨薇被蹲在门口的宋哲吓了一跳，惊慌不已："你在这儿做什么？！"

宋哲慌忙抱着电脑直起身来，说："对不起，我……"

"你在看我直播？"

在杨薇的目光下，宋哲顿时红了脸，杨薇去抢宋哲的电脑，电脑猝不及防被她抢了去，然后杨薇看到了"猫大侠"三个字。

两个人都呆住了，宋哲有些难堪，一想到自己那些幼稚的言论，就有种无地自容的感觉。

杨薇没说话，突然觉得这三个字有些烫手，她故作镇定地将电脑还给宋哲，轻咳了一声："原来'猫大侠'是你啊……"

宋哲垂着头，低低应了一声。

杨薇转头看了一眼房间里的挂钟，随后说："太晚了，回去睡吧。"

"好。"

宋哲抱着电脑，转过身往门口走，走到一半，他突然回头，有些慌张地说了声："晚安。"

杨薇愣了愣，下意识地说了句："晚安。"

随后就看见宋哲脸上露出笑容来，他抱着电脑，利落地走出去。

等他走了之后，杨薇有些茫然，她脑海里闪过"猫大侠"曾经幼稚的话语。

"你是最棒的。"

"你是最好的。"

她才意识到，原来宋哲已经给过她赞美。说不上心动不心动，只是她突然觉得有些可惜，如果早一点……

如果她早一点像现在一样果断，如果他早一点像现在一样对这份感情上心，他们还会错过吗？

然而这世上没有如果，如果凡事都有如果，这世上也就没有那么多爱而不得。毕竟大多数感情，不是错了人，而是错了时间。

杨薇睡了一个好觉，第二天早上她醒得早，阳光落在她脸上时才六点，她隐约听见门铃声，揉着眼起身，拉开房门，看见宋哲睡在她家门口。

他打了地铺，像一个流浪汉一样，堵在她家门口！

杨薇被宋哲的举动惊到了，她完全没想过有一天有洁癖的宋哲也能做出这种事。

宋哲似乎也察觉到旁边有人，迷糊地抬起头，看见目瞪口呆的杨薇，猛地清醒过来，直起身来，慌忙解释："我……我马上就走……"

“你睡这里做什么？”杨薇看着宋哲收拾铺盖，皱起眉头，反应过来，“你怕我跑了？”

宋哲的背有了一丝不自然的僵硬，杨薇有种难以言喻的感觉涌上来。

这个人昨天才化身霸道总裁威胁她，怎么今天就能软弱成这种样？

两人有些尴尬。

宋哲问：“你想吃什么？我去给你弄。”

“不用了，我……”

“喝粥吧？红枣枸杞粥，养气血。”宋哲直起身来，“我再给你煎个玉米饺。”

“宋哲，”杨薇说，“你不用做这些的。”

宋哲抿了抿唇，抬眼看她：“不做这些，我又能做什么呢？”

“让我做吧。”他叹息，“为你做点什么，我才心安。”

杨薇没说话,两人各自回去梳洗,等宋哲做好早餐,她到他的屋子里去吃。

宋哲坐在她对面，穿着白衬衣，外面是灰色的休闲西服外套，看上去秀雅许多。

他和她说着公司的事：“我前两天参加了一个财经人物的访谈，你有时间可以看看。”

“就南城那个频道，下午四点开播。

“现在大米娱乐盈利状况不错，我想对他们进行扩张。你准备离开猫猫平台，解约合同我会让向维来和你谈，后续我们要找个接替的人，你有没有推荐的？”

他絮絮叨叨，然后等着杨薇吃完，就去厨房洗碗了。

杨薇回了自己家，找了本书随意翻看着。

她静静地看了一会儿，随后门铃响了，她打开门看见宋哲站在门口，他一只手提着公文包，一只手拿着领带：“我不会打领带，你能帮忙吗？”

杨薇没说话，目光落在领带上，张了张口，许久，才说：“抱歉，我不帮我丈夫以外的人系领带。”

宋哲神色一黯，也没强求，收回领带，低声说：“我知道了。你今天好好休息吧，我先去上班了。”

说完，他便转过身，死死地拽着领带，朝着电梯走去。

杨薇静静地看着，电梯门开的时候，他转过头，朝她微微一笑，温和地说：“别看了，门口风大，小心着凉，我会早点回来的。”

杨薇愣了，一瞬间，她居然觉得，自己仿佛回到了新婚，她总喜欢早上送他出门，她就站在门口，看着他远走，然后一天一天的，把所有的人生和时光，都耗在同一件事上。

等待他，不断地等待他。只是他从来不曾回应，从来不曾说出她一直期盼那句话——我会早点回家。

杨薇好久才回过神，回到房间里给周文打电话，听了一下他的安排，把宋哲和她之间的事说了一下。

她没说宋哲用他逼她的事，不想给他增加麻烦：“最后就这么点日子，我想和他好好相处。等以后想起来，就会发现，哦，原来我们也是有一段好时光的。”

周文沉默，许久后，他笑起来：“你说得也是。”

毕竟是爱过的人，不想在余生回忆起来全是不堪。

两人聊了一会儿，杨薇处理了武邑那边律师发过来的合同，很快就到了下午。她坐在阳台上拉了会儿琴，回头看了一眼时钟，四点二十分。

杨薇看了一会儿，终于还是打开电视，点开财经频道。

财经频道里，宋哲穿着浅灰色格纹西服，戴着金丝眼镜，和主持人聊天。

他身上有说不出来的贵公子气息，哪怕一言一行都温和如春，却仍旧让人有种高不可攀的错觉。

他接手宋家后，宋氏集团连续三个季度的报表都呈现爆发式递增。主持人和他探讨经营思路和背后故事，杨薇静静地听着，不经意就是一个多小时。

最后半个小时，主持人问起他的私事，说是从网友那里征集的问题。

宋哲抬了抬手，礼貌地说：“请。”

女主持被宋哲这个绅士动作迷得脸红，轻咳了一声，低头念着卡片上的问题：“人生最重要的一个人是谁？”

宋哲没说话，女主持人笑了笑：“我来猜猜，是赵阳兰女士吗？”

听到这话，宋哲笑起来：“我母亲当然是我生命里很重要的人，可是如果说最重要的，应该是杨薇。”

“杨薇？”女主持愣了愣，随后反应过来，“就是前阵子拿到《玩转文字》冠军的女主播？”

“对。”宋哲点头，“她是我的前妻，我们从十三岁相识，然后一路扶持陪伴长大。

“她是我最感到愧疚的人，是我伤害最多的人，也是我最爱的人。

“我以前脾气很差，那时候年少无知，是她一直在包容我，忍耐我。可我不明白这种忍耐是一种付出，那时候我什么都没想过，就是一直特别任性。”

“所以你伤害了她？”女主持人明白过来。

宋哲苦涩地笑了笑：“对，伤得很深。”

“你觉得你在这段破裂的婚姻里，承担主要责任？”

“不，”宋哲开口，在所有人诧异的眼光中，平静地说，“不是主要责任，是全部责任。

“这段婚姻的破裂，可以说，全部是我的责任。如果她有任何的错，那都是我没有尽到作为丈夫的责任。

“我作为丈夫，本该给她一片天地，为她解决所有问题。可我不但没有，还放任自己，为了维护我微薄可笑的自尊心肆意伤害她，我对她冷暴力，我不在意她，放纵外界的绯闻，我对她的处境一无所知，我想任何一个女人拥有这样的丈夫，都可悲。”

杨薇看着访谈，听到宋哲重提这些残忍的过往时，眼泪就莫名其妙地涌了出来。

明明没有什么情绪，可就是泪如泉涌。电视上的人影已经模糊，可她仍旧能清楚地听到他的话。

“我做错了事，所以我一直想对她说一句话，这句话其实没什么分量，我说再多次也无济于事，唯有时间能帮我弥补和证明。”

“什么话？”女主持人已经完全被宋哲的话吸引。

宋哲抬起头来，面向镜头，缓缓露出了一个笑容：“杨薇，对不起。”

杨薇坐在沙发上，抱着自己，紧咬着牙关。然后听宋哲继续说：“还有，我爱你。”电视上的人笑容渐渐变得苦涩。

外面不断传来门铃声，杨薇恍若未闻，她想控制住自己哭出来的冲动，又做不到。

不知道过了多久，门终于被人打开，杨薇感觉有人冲过来，猛地将她抱进怀里。

“杨薇？你怎么了，杨薇？”

宋哲急促地询问，杨薇顿时在他怀中大哭。

不知道别人有没有过一段沉重如山的感情？背着它走在人生路上，无数次说要丢下，可说再多次，念再多遍，终究无法改变丢不掉它的事实。

每次将它的一部分扔下都是一个鲜血淋漓的过程，要斩断它，会疼得牙齿都要咬碎一般，又必须挥刀而下。

需要无数次，才会在漫长的时光里，归于平静。

让时光之河冲刷着那些血肉流去远方，立于河畔眺望它的方向。

如果这一生能再见到太阳，伤口会愈合，伤疤会结痂，那便守得云开见月明。

可如果这一生就这样下去，在阴暗里，那些伤口会留下丑陋的疤痕，然后每逢阴雨，便狰狞地疼起来。

“我恨你。”她对他拳打脚踢，“宋哲，我恨你！我恨你！”

宋哲不说话，他咬着牙，死死地抱着她。

她的拳头落在他身上，她的哭声砍在他心上，他觉得眼眶湿润，他抱紧她，哽咽着："那就恨下去！"

他闭上眼睛，抬手覆在她的头发上："恨我一辈子，千万别放手。"

听到这话，杨薇骤然失了力气。

与其说是恨他，倒不如说是恨自己。恨自己优柔寡断、难以忘怀，恨自己敏感尖锐、不够洒脱。

她不是记仇不记恩的人，不会因为宋哲说自己错，就真的觉得所有过错都在他身上。他给过她痛苦，也给过她欢喜，他固然曾对她恶言相向，但也为护着她被人打得鲜血淋漓。

宋哲感觉到杨薇渐渐平静，他突然觉得，怀里的姑娘孱弱得不堪一击，和他记忆里那个时刻保持着优雅，积蓄着力量的女人截然不同。

宋哲生平头一次觉得，自己是个男人，而不是个少年。

两人沉默了一阵，杨薇停止了抽泣声，好久后才说："放开我。"

宋哲这才放开了她，她觉得有些狼狈，去了浴室，宋哲听见浴室里传来的声音，他站在门口问："我去做饭，你想吃什么？"

"随便。"

宋哲应了声，便去了厨房。他做了三菜一汤，这时候杨薇也从浴室走了出来，她化了妆，遮掩了方才狼狈的样子。

宋哲招呼杨薇坐下吃饭，她坐下后，两个人一言不发地吃着菜，过了会儿，她先说："我看了你的访谈。"

"嗯。"宋哲低着头，没敢看她。

杨薇吃着东西："方才我对你说的那些话都是气话，不是真的，你别放在心上。"

宋哲夹菜的动作顿了顿，犹豫了片刻，才说："没有理智时说出来的才是真心话。"

杨薇没有回应他，他抬手给她夹了菜，继续说："我过去对你做过太多坏事，你有一万个理由恨我。"

"其实不是的。"杨薇抬眼看向宋哲，"关于该不该恨你这个问题我思索过无数次，我觉得，我不该恨你。

"你说话是不太好听，也好面子，这一切我都知道，我当年靠近你，就是因为这些对我来说，并没有那么在意。或许偶尔会刺伤我，但你对我的人生而言，正面意义远大于负面。"

杨薇深吸了一口气，继续说："是你给了我勇气，让我在忐忑的环境里面对一切。是你和我说你不在意我的分数、我的优秀，你只在意我本人，让我觉得自己在这个世界有一个栖身之地。是你在别人欺负、说我坏话时挺身而出，让我有安全感，让我觉得其他人不能随便欺负我……

"你对我的好太多了，我根本说不完。少年时我在你身边，真的很高兴。

"直到我当了你的妻子，"杨薇苦笑起来，"我学会了嫉妒。"

因为嫉妒才开始有了怨恨，然而对方明明早就表明，这段婚姻只是因为合适而诞生。

说恨，又有什么好恨的？自己犯的贱，又怎么能怪别人渣？肉包子要打狗，还指望着肉包子回来，不回来就去骂狗道德败坏，有这样的道理吗？

宋哲听着杨薇的话，比骂他还要让他觉得难受。他倒是宁愿杨薇像武纶一样，横行霸道。偏偏她又喜欢站在他人角度，自我批判自我认知。

杨薇看宋哲低头不语，也不再多说，两人默默吃饭。宋哲洗碗的时候，杨薇坐在沙发上看电视。在厨房里叮叮当当的声音里，周文给她发了信息。

"我这边基本都准备好了，你签证下来的时候告诉我。"

杨薇看着手机里的信息，听着厨房里的声响，瞬间对宋哲的厌恶和害怕都消散了许多。

一想到马上就要离开，这个人的诸多行为，竟然都能容忍。她回了一句“好”，随后迅速删除了信息。

宋哲洗完碗出来，看见杨薇穿着睡衣坐在沙发上，看着电影笑个不停。宋哲擦干手上的水，解下围裙，坐到她身边。见她没有拒绝，宋哲舒了口气，去拿桌前的薯片，倒了可乐，陪她一起看电影。

“这是说什么的？”

他随意询问，杨薇吃着薯片，漫不经心地回答：“偶像剧，说一个乘法都不好的女生喜欢上一个学霸，然后为他变得很好的故事。”

对于过去的宋哲来说，这就是低智商爱情故事。他一向鄙视，这一次却认真地问她：“现在演到什么地方了？”

杨薇有些诧异地看了宋哲一眼，但还是回答了他：“现在才第二次见面，之前……”

杨薇简单描述了电影前面的场景，而随着情节推进，电影里的笑点越来越多，杨薇笑得停不下来，两人之间的气氛缓和下来，全神贯注地看电影，没了最初的那份尴尬。

宋哲没有笑。

杨薇推他：“你怎么不笑啊？你好好看了吗？”

宋哲皱着眉头。

杨薇转头看他：“你别绷着脸啊，你要觉得好笑就跟我一起笑啊。

“你这个观影姿势不对，你要跟我一样放松一点，把腿盘上来。”

“盘……盘上来？”

“对，找个舒服的姿势。你这么紧张的样子不可能体会这种电影的好！”

宋哲想了想，决定豁出去，他放下了对这种爱情剧的戒心，放松下来，学着杨薇脱了鞋，盘腿坐在沙发上，拿了一包薯片，一边吃一边看。

这样看电影给了他一种与众不同的观影体验，他第一次发现其实这种电影也挺好看的，放下戒备后，笑点和泪点俱在。

后半截女主告白的时候，杨薇就开始哭，她哭得情真意切，宋哲在一旁看着，只能默默抽纸巾给她。

“他怎么这么绝情啊……”

宋哲又抽了张纸巾。

杨薇哭得不行：“除了帅，智商高还有什么好啊？女主不要喜欢他了，我太心疼了，呜呜呜。”

宋哲继续抽纸巾。

“我不喜欢这个男主，我要换男主！”

宋哲还在抽纸巾。

“你不要给我抽纸巾了！”杨薇吼了一声，宋哲吓了一跳，纸巾还拿在手里，杨薇指着电视，“你骂他啊！你快骂他啊！他拒绝了女主角，你骂他啊！”

宋哲沉默下来，片刻后，他点头：“好。”

然后他开始骂，从男主罗圈腿，智商低一路骂过去，宋哲骂人杨薇是领教过的，等他骂到后面，剧情开始大反转，原来一切都是误会，男主开始拼命追女主然后被拒绝，杨薇哭得更厉害了，这时候宋哲还在骂。

“男主好惨，呜呜呜……”

“没什么惨的，他过去这种人渣行径……”

“谁准你骂他的？！”杨薇猛地回头，一声怒斥，把宋哲给吼蒙了。

他沉默了片刻，想了想，给杨薇递了一张纸巾。

女人心，海底针，还是递纸巾吧。

两人吃完了薯片，看完了三部电影。最后一部是文艺片，镜头特别慢，宋哲就喜欢看这类型的片子，他看得津津有味，杨薇撑着眼皮，最后实在没撑住，脑袋一歪倒在了他肩膀上。

宋哲愣了愣，他回过头，她离他很近，近到能看清她细腻的毛孔，微颤的睫毛，能感受到她温热的呼吸。

室内的灯光柔和，片子里的法语歌曲调缓慢，夏末的风还有点热，宋哲静静地感受着这一切，像回到了年少时。

那时候他们没有争执，没有绝望，没有不堪，在一起，静静依偎。

和少年不一样的是，那时候的他，在杨薇靠过来时总会有那么一丝说不清道不明的紧张，心跳骤然加快，手心出汗，还要故作镇定，装作不耐烦。

可此时此刻，她靠在他肩头，他低头凝视着她的时候，内心圆满又温柔。他才发现这个人对他生命的意义，她是他的家，是他灵魂的另一半，如果他失去了这个人，人生便不再完整。

他静静凝视她片刻，温和地笑了笑，从旁边捞了毯子，轻轻地盖在她身上，然后回过头，安静地看完片子。

看完后，杨薇还没醒，他想了想，将她打横抱起来，往卧室走去。

杨薇迷糊中睁开眼，看见宋哲棱角分明的侧脸，他朝她笑了笑："你睡。"

听到这句话，杨薇觉得有些困，又闭上了眼睛。宋哲将她轻轻放在床上，给她脱了鞋袜，盖上被子，便准备离开。

杨薇听着他开门的声音，突然叫住他："今晚还要打地铺睡门口？"

宋哲背对着她，沉默了片刻后，说："没事的，这样睡我安心。"

现在这短暂的宁静是他逼来的，他又怎么能放心？

杨薇叹了口气："睡侧卧吧，别堵门口。"

宋哲回过头，面露诧异之色。

杨薇把自己蒙在被子里，片刻后，她听到宋哲问："我能不能，把地铺打在你卧室？"

杨薇听到这话，有些哭笑不得，她蒙着头问："你这是想干吗啊？求个安心还是耍流氓？"

宋哲承认："都有。"

“但是我觉得，”他又补充，“在你身边打地铺，严格意义上来说，并不算耍流氓。”

杨薇没说话，她蒙着头，静静感受着自己的想法。

她无法对这样的宋哲产生厌恶，甚至想到她即将离开时，还会有一种破罐子破摔的感觉。

宋哲见杨薇不说话，他走回床边，坐在她身边，将被子揭开，笑着说：“别把自己憋死了。”

杨薇埋着头不说话。

宋哲又说：“你答应过我的，遵从你的内心。如果你觉得不合适，我现在就出去。如果你内心并没有这样觉得，只是你的理智阻止了你，那就答应我。”

说着，他俯下身，靠在她耳边，认真地说：“这是我求你的。”

——不是你主动妥协。

听到这话，杨薇转头看他，她神色平和，没有半分逼迫。他似乎开始找到一种距离，跟随着她，又让她感觉安全。哪怕这份安全是建立在会离开、建立在没有未来的前提之下。

杨薇看着宋哲如星辰一般的眼，许久后，她笑了：“算了，那你别打地铺了。”

她抬手指向床的另一边：“分疆而治，你不准过来。”

“好。”宋哲笑弯了眼。

他直起身来，说了句：“你先睡。”

然后他回自己家抱被子、枕头、睡衣和衣服等各种日常物品。

他一走，房间里只有杨薇略显急促的心跳声，她长长地舒了口气。

没有多久，宋哲重新推门回来，他给自己铺好了被子，躺在杨薇身边。

杨薇的床很大，他们的距离根本无法感受到对方，杨薇背对着他，好久后，听到他说：“杨薇，今天我很高兴。”

杨薇没说话。

宋哲看着天花板，慢慢地说："我突然觉得，其实如果经历了这些磨难后，我们再在一起，也未必不是好事。"

"苦难是考验这种话听听就好，真要这么以为那就是傻，苦难就是苦难。"杨薇闭上眼睛，"如果可以，我不想经历这些。"

"是啊，"宋哲有些茫然，"如果可以，我也不想你经历这些。"

他侧过身子，看着她的背。

他很想拥抱她，又怕这份拥抱会打破这一刻的宁静，他注视着她："可我希望我能经历这些。

"如果不经历这些，我可能永远不知道，我多么喜欢你。永远不知道，我该如何去爱你。"

宋哲在杨薇离开时明白她的重要性，在她决绝放手时知道他对她的伤害不可弥补；在和她的争执和对抗中，回顾过去，反省自己，重新梳理那十几年时光，然后敞开心扉，去接受一个深爱着她的自己，去容纳这份感情。

自傲来源于自卑，伤害来源于惶恐。

当一个人无法包容真正的自己，必然会失衡。可谁都不能失衡一辈子，若一辈子都要与真正的自我抗争，大概一生都不会真正幸福。

然而不是谁生来就什么都会，大多数人，都是跌跌撞撞，一次次走错路，一次次吃过苦，才学会真正的包容与接纳。

杨薇不说话，听着宋哲的话，睁开眼睛。

"能和现在的你一起生活，我觉得很幸福。这种带着烟火气息的日子，我很喜欢。"

"杨薇，"他温柔地说，"我真的很喜欢你。

"后面的每一天，我都想告诉你一遍。

"我真的，真的，很喜欢你。"

杨薇听着他的话，没有出声。

过了一会儿，宋哲问：“明天晚上我们约会，好不好？”

杨薇没回答。

宋哲垂下眼睛，过了一会儿，他听见她说：“好。”

宋哲突然有点慌，觉得一切太顺利了，在他逼着她留下后，她的反应，太顺从了。

但他不敢多想，只能单纯认为，这是因为杨薇被他感动了。

第二天，宋哲去上班，杨薇去公司里和向维、冷玫签署解约合同。宋哲没有给她彻底解约的合同，而是和她重新签署一份降级合同，这份合同上她只是猫猫平台的普通主播，平台没有任何干涉的权利，她只要保证不违法，在猫猫平台独播，其他都与猫猫平台没有牵扯。

冷玫把合约说清楚，杨薇一页一页地翻看，看着合约上四百万的违约金，有些诧异：“就四百万？”

这个数字和她赚的钱差不多。

“宋总说了，你只是更换合同也不是彻底解约，所以不需要按照一千万来赔偿，我们的投资费用并不算全部损失，你还在为网站持续引流。这四百万是因为你解约导致公司没有预期盈利的赔偿，不过这个赔偿，”冷玫僵着脸，“宋总也从私人账户里出了。”

杨薇愣了，片刻后，她垂下眼睛，平静地说：“不用了，我回去会打到公司账上。”

说着，杨薇就要签合约，在签名前，向维忍不住叫住了她：“薇薇！”

向维涨红了脸：“留下吧，咱们走到今天多不容易，反正你以后还要直播，我一直当你的经纪人……”

“不用了。”杨薇笑了笑，她看着向维，“向哥，你是个好经纪人，你有你的野心，可我不能满足你这份野心。所以不用费心在我身上，我怕辜负你。”

“可是……”

“我只想单纯地做直播，”杨薇打断他，“我最初做直播，是因为大家的鼓励，我觉得他们给我带来了温暖，我以为自己也能这样。可是签约也好，你当我经纪人也好，早已偏离我最初的道路，向哥，以后我们还可以当朋友，但是经纪人的事情，就不用了。”

这话说出来，向维沉默了。

冷玫叹了口气，抬眼对杨薇说：“这是你的选择，我尊重。如果什么时候你想回来，可以随时联系我们。”

“谢谢。”杨薇笑起来。

解约合同签署完毕后，杨薇走出门，深深地舒了口气。她将解约的消息告诉了周文，周文说了句：“恭喜。”

过了一会儿后，周文发了张图片给她：“我和慕雪在游乐场，心情很复杂。”

杨薇沉默了一会儿后，笑着回了一句：“好好享受。”这话仿佛也是在告诉她自己。

回到家后，杨薇认认真真地化了一个妆，换上粉色的纱裙，看上去青春活力。做完这些后，她的手机响了起来，上面显示的是“宋哲”两个字。

她往门口走，一边接电话，一边换鞋子。

宋哲的声音带了几分愉悦：“我在楼下等你，下来吧。”

杨薇挂了电话，下楼就看见宋哲等在门口，他站在车旁边，看着杨薇的打扮，忍不住扬起笑容。

看得出来，宋哲也精心打扮过。杨薇走到他面前，也没有说穿，上车之后，她看着他，笑着问：“去哪儿？”

“吃饭，逛街，看电影。”

宋哲发动车，看了她一眼，眼里带着笑意：“约会的步骤是这样没错吧？”

“没错啊。”杨薇点头，“就这样吧。”

宋哲开着车带她往餐厅去，他今天开车开得格外平稳，就像现在的他，小心谨慎，忐忑上心，随时怕自己说错了什么，做错了什么。

他亲自选的车用空气清新剂，准备她喜欢的音乐，她察觉出来后，觉得心里压着什么，气氛有些尴尬。

杨薇转过头，看着窗外穿梭的人流，慢慢地说：“这是我们第一次约会？”

“嗯。”宋哲应了一声，这话问得他有些难受，“说起来，我们许多事情都没做过，以后有时间一件一件地去做。我们今天去电影院，明天去音乐厅，后天去博物馆，大后天去动物园……”

杨薇听着宋哲的规划，默不作声。

宋哲说了很多，等他说完后，杨薇才问：“我们不是都去过吗？”

宋哲呆住了。

她提醒他：“中学时，一起去电影院，音乐厅，博物馆，动物园……”

“可是不一样啊。”宋哲呢喃。

杨薇抬眼看他：“有什么不一样，都是我们两个人。”

“那时候，”宋哲看着前方，“我还不知道我喜欢你。”

杨薇沉默了。

宋哲想了想，纠正：“或者说，接受我喜欢你这件事。”

“这件事让你这么难堪吗？”

这个问题让宋哲沉默了很久，杨薇以为他不会回答的时候，他才说：“不是难堪，是害怕。”

“喜欢一个人是要付出很多的，你可能会受伤，也可能会难过，你得接受自己处于一个被动的位置。我觉得这样的人生太可怕了，我喜欢可控的人生。”

杨薇听着这话，忍不住笑了：“还是我傻。”

她最初喜欢他的时候，就没想过这些。

宋哲抿了抿唇，接着说：“可是喜欢一个人不是能控制的。杨薇，你不傻，傻的是我。

“能遵从本心的人，才是真正的聪明人。”

“宋哲，”杨薇抬手放在脑后，看着前方，“你长大了不少，都会灌鸡汤了。”

“看了许多地摊上五块钱一本的人生哲理书，”宋哲回答得一本正经，“自然长进不少。”

他们一起吃饭，逛街，看电影。

杨薇在前面买东西，宋哲在后面刷卡。她选东西，他提包。看电影的时候他们买了一桶爆米花，拿爆米花的时候手触碰在一起，他们同时回头，看着对方的眼睛。

片刻后，杨薇勾着嘴角：“不准拉我的手。”

宋哲扬起笑容：“好。”

两人看完电影已经是夜里十一点了，宋哲转头问她：“还有什么地方想去？”

杨薇下意识地想说回去，然而话出口之前，她想了想，说：“去酒吧？”

宋哲傻眼了。

“去你以前常去的那家。”

宋哲没说话，杨薇去酒吧这种事，对过去的宋哲来说，那是绝对不能容许的。

杨薇看他犹豫，叹了口气：“回去吧。”

“好。”宋哲开口。

杨薇好奇地回头，听到他说：“去吧。”

那些年，她无数次幻想过，宋哲在外面是什么样子。她用他的各种花边新闻去推测他的模样，甚至暗中去感受。去他去过的地方，喝他喝过的酒。

宋哲最常去的一家酒吧，叫“迷言”，是武邑开的。武邑年少时曾经想当个体育老师，考了北体，待了四年，不仅学会了北方的儿化音，还在三里屯受到启发，“迷言”是他回来亲手经营的第一个项目，感情十分深厚，于是抓着机会就要带着自己的狐朋狗友去。

“迷言”和杨薇去过的清吧不一样，门口是个大铁门，仿佛一个工厂，推门进去后，是震耳欲聋的音乐声。宋哲护着她往里面走，熟门熟路地叫了服务员，带着她上了二楼的一个房间。

落地窗从里看外面看得清清楚楚，但从外面看，黑乎乎一片，根本想不到里面别有洞天。

宋哲脱了外衣，坐到杨薇面前，抬眼看她：“喝点什么？”

“你推荐。”

宋哲点了点头，给杨薇点了杯适合女生的软饮和自己常喝的酒后，便让侍者退了下去。

房间门关上后，屋里静悄悄的，外面的喧闹声隐约可闻。杨薇看了一眼四周，觉得还不错，她不由笑起来：“其实我以前来过，来的时候还在想，你怎么会喜欢这地方，现在才知道，果然要和你一起来，才能发现这地方的好。”

宋哲笑了：“你当时来做什么？”

杨薇转头看向窗户：“来看看你平时的生活是什么样的，看看你以前来这里都玩什么……”

“我一般都和武邑一起来……”

宋哲轻描淡写地说着他过去的生活，杨薇只是笑而不答，两人一边说话，一边喝酒。

比起杨薇过去平静如水的生活，宋哲的生活里因为朋友很多而显得格外多姿多彩，杨薇听着，忍不住笑了。她发现其实从一个旁人的角度去听过去宋哲发生的事，竟会觉得宋哲这个人挺有意思。

两人喝得多了，宋哲说他的过去，杨薇说她的现在。

宋哲突然说：“你发现没？我总在说我之前做什么，你总在说你现在做什么。”

听到这话，杨薇怔住了，宋哲也察觉自己这话说得不对，他转过头去，遮掩着情绪："挺好的，证明你现在过得好。"

杨薇没说话，酒精让她有些上头，她看着对面的宋哲，忍不住说："你现在对我好，我知道。"

宋哲诧异，杨薇握住他的手，似乎是醉了，有些难过："你现在很好了，真的，比我想象的还要好很多。你对我好，我全知道。"

"可是对不起……"杨薇哽咽着，"真的对不起……"

宋哲看着杨薇，一时不知道自己该怎么做才符合此刻的场景。他觉得杨薇特别像在发好人卡，杨薇拉着他的手哭着忏悔，一边说"对不起"一边喝酒，情绪越来越激动，他有些扛不住，叹了口气，站起身说："好了，我们回去吧，你醉了。"

"对不起……"她认真地道歉，"对不起，我没有办法。"

"我知道了。"宋哲不和醉的人一般见识，他扶起她，有些无奈，"走了，回去了。"

宋哲把人半哄着带回家，给她洗了脸，擦了手，杨薇哭累了，躺在床上睡了。

宋哲洗完澡，回到床上，看见杨薇躺在床上，他忍不住走过去，坐在她床边，俯下身，小声问她："我可不可以亲你一下？"

宋哲本以为杨薇不会回应，然而在他问完话的瞬间，杨薇猛地睁开了眼睛。两人四目相对，他愣在原地，杨薇直直地看着他，也不知道酒醒了还是没醒。

过了一会儿，杨薇主动伸出手，抱着他的脖子，吻了上来。

宋哲忍不住笑了，他回抱住她，用另一只手托着她的头。这个晚安吻吻得缠绵又温柔，吻完之后，她靠在他的肩头，似乎是睡着了。

宋哲觉得心里满满的，他抱着她，低声说："这样就很好了。"

"你在慢慢喜欢我，"他自言自语，"对不对？"

杨薇没说话，迷迷糊糊中说了句：“对不起。”

宋哲苦笑，这时候，还说什么对不起?

他从背后抱着她，将头靠在她的肩膀上，他知道这时候她睡模糊了，才大着胆子开口：“杨薇，你还喜欢我的，对吧？”

杨薇没有回应，呼吸声均匀舒缓。

宋哲慢慢说：“我知道你还喜欢我，不然你为什么这么纵容我呢？我知道你害怕再和我在一起，可是一个人喜欢一个人，是克制不住的。

“我知道你喜欢我，”他闭着眼睛，“所以你放心，我不会放手的。”

没有人回应，宋哲笑了一声，靠着她渐渐入睡。

第二天，杨薇醒来时，发现自己睡在宋哲怀里，阳光落在眼睛上，让她皱了皱眉头，宋哲察觉她醒了，下意识抬手捂住她的眼睛，遮住了阳光。

“再睡会儿。”他低声说。

杨薇察觉有些不对，她僵着身子，他均匀的呼吸声传来，她在他怀里僵了一会儿，回忆了一下昨晚上发生的事情，叹了口气。

她觉得自己像一个将死之人，在人生最后的时间里做自己曾经最想做的事情。

这份遗憾或许已经没有当初那么渴求和需要，可人生哪有那么多刻骨铭心，求而不得？在这最后时刻，能把遗憾填补，也是一件令人高兴的事。

她闭上眼睛，宋哲收紧了手臂，靠了过来。

“薇薇，”他小声说，“你没推开我，我好高兴。”

“嗯。”杨薇知道他醒了，询问，“吃早餐，还是再睡一会儿？”

“还要上班。”宋哲的声音闷闷的。

杨薇笑了笑：“那我给你做个早餐吧。”

听到这话，宋哲有些忐忑：“要不我去吧？”

“没事呀。”杨薇说，“这段时间一直是你做，换我做一顿，也没什么。”

这话让宋哲的内心瞬间被欢喜充满，他竟有些想哭。他等这一刻好像等了一个世纪，于是他抱着她没有说话，好像放手她就会消失。

杨薇拍了拍宋哲的手，有些无奈："快放开，你要长在床上吗？"

宋哲有些不甘愿地放开了手。

杨薇站起身来，从旁边柜子上取了一个发圈，抬手捋了一下头发，露出纤细的脖颈。她进了浴室，他跟着过去，两个人一起刷牙洗脸，然后各自分开做事。

杨薇去厨房做早餐，宋哲梳洗，他们面对面吃了早餐，虽然没有多说什么，但宋哲觉得，这一刻，比杨薇说多少好听的，都令人高兴。

宋哲欢欢喜喜吃完早餐，主动帮杨薇把碗筷收起来，一边擦桌子一边说："这些东西你别管，你要愿意我就把林姨叫过来帮忙。你不喜欢别人来，就我晚上回来洗。"

"就放洗碗机的事，"杨薇斜靠在一边，看着宋哲做事，"我来就行，你好好上班吧。"

宋哲把擦桌子的毛巾洗干净，挂在挂钩上，又用洗手液洗干净手，这才去穿了外套，提着公文包准备出门。

杨薇闲着没事，便跟着他，宋哲看她站在旁边，将领带挂在脖子上，一边扣袖扣，一边探过头来，有些讨好："帮我系一下领带吧。"

杨薇没说话。

宋哲突然亲了她一口，眉开眼笑地说："晚上我洗碗。"

这话把杨薇逗笑了，她抬手替他系领带，笑着问："不系你就不洗了？"

"洗洗洗。"他忙说，"系不系都是我洗。"

杨薇笑着看了宋哲一眼，他感觉这一眼把他的心看化了，他静静地凝视着她，等她打好领结后，他突然说："你说我们什么时候能把结婚证再领上？"

杨薇放在领带上的手顿了顿。

宋哲连忙解释："开玩笑的，我走了，大家还等着我呢。"

说完，他拿着文件走了。杨薇看着他的背影，都能感觉到他的欢喜。

宋哲走之后，房间突然安静下来，杨薇在原地站了一会儿，开始和周文聊去美国的事情。

周文在美国有一些产业，他去拍电影，也给她安排了相应的事情。他希望她能管理他手下的产业，同时他也给她联系了美国那边的经纪人，她可以在美国重新开始她的脱口秀演出。

周文的规划让杨薇感觉很安心，至少他们不是毫无准备地离开，她知道她要去做什么。

为此她也做了相应准备，她同周文要了他在美国投资项目的资料，开始了解美国脱口秀的风格。

下午的时候，她的签证寄到了家里，她把消息告诉了周文，周文笑了："我买了下个星期天的机票，领完奖我们就走。"

"好。"杨薇打了一行字，"我居然觉得有点愧疚。"

"这时候什么都别想。"

周文的话让杨薇松了口气，她起身去了阳台。她在阳台上站着，没多久就看见宋哲的车开到了路边，他从车上下来，往她在的这栋楼走，走了没几步，他抬起头来。

他顿了顿，按理杨薇看不清他的表情，然而她居然觉得他笑了。

杨薇有些失神，宋哲突然跑了起来。

没了多久，杨薇就听见门口有了声响，她从卧室走出去，刚走到客厅，就被他扑过来，狠狠抱进怀里。

"我刚才看见你在门口等我。"他欣喜若狂，"你是不是在等我？"

杨薇没说话，她感受着宋哲的心跳和紧张，突然有些不忍，于是她垂下眼睛，低声应了句："嗯。"

她说："我在等你。"她主动抱住他。

这个动作让宋哲又害怕又欣喜，他更加紧紧地抱着她。

后面的时间，宋哲觉得简直幸福得可怕。

杨薇每天早上都会起来给他做早餐，给他系领带，他给她发的信息她都会回复，晚上会等他回家。

他们一起去游乐园，一起去动物园，一起去酒吧……

星期六那天，他们一起在家里喝酒，看电影。电影里男女主一起跳着舞，她突然问他："你记不记得小时候你教我跳舞？"

杨薇继续说："那时候阿姨送我去学跳舞，我怎么学都学不好，晚上就在后院偷偷练，你说你那时候是不是在偷看我？"

宋哲没说话。

杨薇回头看他，笑着询问："是不是啊？"

"也不算是吧。"宋哲轻咳了一声，有些不好意思，"当时就是喜欢站在阳台，刚好就看见了。"

"然后你看不下去了是吧？"

"是啊，"宋哲笑起来，"跳得太差了。"

于是他站在阳台，高喊："喂，你帮我写作业，我教你啊。"

他教了她一个月，每天晚上，他们在有着萤火虫的夜晚，他拉着她的手，扶着她的腰，数着拍子，教她。

"一，二……"

宋哲想起那时候，打量着杨薇。

杨薇突然站起来，朝他伸出手："来，我再陪你跳一次。"

"什么叫再陪我跳一次？"宋哲站起来，"应该是我们再跳一次。"

他们互相打量着对方，看岁月在对方身上留下的痕迹，然后她伸出手，他挽住她的腰，这次是她喊拍子。

他们仿佛回到了少年时光，他感觉她离他这么近，她的气息喷洒在他鼻尖，她的动作灵动又温柔，他跟随着她的脚步。

“一，二……”

凌晨的钟声响时，杨薇猛地抱紧了宋哲，宋哲一愣，随后微笑，以为她在不安。

宋哲抱紧杨薇：“你别怕，”他轻拍着她的背，“这一次，我不欺负你了，我会一直对你这么好，对你好一辈子。”

杨薇牙齿轻颤。

好久后，她才放开他，灯光落在她脸上，柔和无比：“嗯，我知道。”

晚上睡觉的时候，两人相拥而眠，宋哲从背后抱着杨薇，看着落地窗外灯火阑珊，他试探着把手放在她衣服的扣子上，她睁开眼睛，有些紧张。

杨薇的脑子有些混乱，其实在这件事上，她很喜欢宋哲，是近乎迷恋的喜欢。她害怕这种迷恋和狂热，那种想要将两个人骨血都融在一起的冲动，令她忐忑不安。

杨薇不清楚是不是该拒绝，于是她屏着呼吸，静静地等待着。

宋哲在短暂的犹豫后，还是选择放弃，他拍了拍她的手，温柔地说：“你别怕，我不做什么，睡吧。”

杨薇没说话，她看着外面的灯火，想着明天。她突然很想拥抱他，突然想念肌肤相触的那一刻。她的内心被愧疚、茫然、慌张和喜悦充斥，她急需做些什么来遮掩这一切。

于是她握住了他的手。

宋哲脑子猛地“嗡”了一声，在触碰到她肌肤的瞬间，他的理智荡然无存。他猛地翻身，有些急促地问：“可以吗？”

“嗯。”

杨薇抱住他，骤然吻上去。

欣喜将宋哲淹没，他伸手到床头拿安全套。

杨薇看着他拿着的东西有些发蒙：“哪儿来的？”

“天天这么睡着万一忍不住呢？”宋哲的声音低哑。

杨薇闷哼了一声："婚后那两年又忍得住？"

宋哲听到这话，抬眼瞧她，染了颜色的眼里似乎有了抱怨。他抬手捏了捏她的鼻子，不满地说："你还好意思说，小骗子。"

杨薇抬眼瞪他，宋哲觉得自己被她瞪得骨头都酥了，过了一会儿，她低声说："我知道你是在心疼我。"

宋哲没说话，只是突然觉得鼻头一酸，眼泪都快掉下来了。

"还是不够心疼你。"

要是他早能多心疼她几分，何至于走到今天？

这个夜晚，杨薇格外配合，她带了一种少有的包容和决绝。宋哲高兴得不行，他一直抱着她，反复询问她："我们算不算在一起了？"

杨薇闭着眼没有说话，她有些累了，宋哲见她困了，也不打扰她，独自高兴着。过了一会儿，他还是有些忍不住，低头亲了亲她："薇薇，我们明天去领证吧？"

"你不答应也没关系，"宋哲语气里都是希望，"我以后每天问一遍，什么时候你答应了，你就告诉我。"

"别吵了，"杨薇不满地嘟囔，"睡了，你明天还要上班。"

宋哲不怕上班，但他怕吵着杨薇，便不再多说。他抱着她蹭了蹭，心满意足地闭上眼睛。

然而宋哲刚睡着没多久，手机就振动了起来。他有些烦躁地将电话挂了之后，眯着眼看上面的名字。

是慕雪。

她大半夜打电话来做什么？

宋哲有些莫名其妙，看见信箱里躺着一条未读信息，他一只手抱着杨薇，一只手打开信息。

是一张图片，宋哲昏昏欲睡等着它加载完毕后，点开图片，上面是两张机票订票信息的截图。第一张是周文，第二张……是杨薇。

杨薇两个字落入宋哲眼帘，他猛地清醒过来。

宋哲呆呆地看着机票上的时间，好久后，他突然觉得，哪怕怀里抱着他，他依然觉得特别冷。

杨薇被宋哲手机的光弄得有些不耐烦，有些烦躁："接电话出去接，别吵我。"

宋哲没说话，他很想叫醒她，很想问清楚她到底是怀着怎么样的心态，才能和另一个男人约好私奔的时候，在他怀里安然入眠？

她如果已经确定要走，为什么还要做这些？

为什么要对他这么好，要给他希望，要他一个人傻乎乎地以为他们和好了？甚至在前一刻，他还在想，他们很快就要结婚了，他该什么时候去通知江淮安和武邑，婚礼要怎么办……

她对他好……难道，真的只是为了骗他，方便她偷偷离开吗？

宋哲的眼眶迅速地红起来。

杨薇迷迷糊糊地问："你怎么还不睡？"

"没事，你继续睡，我烟瘾犯了，去抽根烟。"

说着，宋哲艰难地放开杨薇，起身走到阳台上，他颤抖着手，从旁边的烟盒里抽出一根烟。

他很想说些什么，很想做些什么，可他发现，他什么都做不到。他想像年少时一样，站在阳台上给江淮安打电话。

可这一次，他连做这件事的勇气都没有了。他已经没有力气去拨这个电话，绝望得连抗争的力气都没有。

他感觉自己心里空荡荡的，其实他早该猜到的，她那样的脾气，怎么可能这么容易回头？

可是她就算不回头……

他握着烟的手微微颤抖，深吸了一口气，看着烟火在黑夜中忽明忽暗。

她就算不回头，怎么能这样骗他？

——我以心血言爱恨，你描水月诉深情。

感情这件事，最伤人的，便是欺骗。

然而他忘了，感情这件事，最不能容忍的，是偏执。

第五章　我愿意一直爱着你

杨薇是从梦里醒过来的。醒来时天还没亮，她看见落地窗前的椅子上坐着一个人，他穿着白色衬衫，扣子开到锁骨下，手中拿着一根烟，烟火在黑夜中明明灭灭。

他背后是零星的光，他静静地看着她，似乎看了许久。

杨薇突然清醒了，起身看着宋哲，有些诧异："你怎么不睡？"

宋哲淡淡一笑，将烟在烟灰缸上弹了弹："睡不着。"

"怎么了？"杨薇的声音温和，"你过来，我帮你揉揉。"

宋哲没说话，他看着面前神色平静中甚至带了几分温柔的人，心脏疼得不行。

他没动，杨薇察觉不对，警惕地问："到底发生了什么？"

"你不是知道吗？"宋哲轻笑。

杨薇心里"咯噔"一下，她拿起手机，站起身来："你说什么我听不明白。"

她往外面走去，同时给周文发了信息："宋哲知道了，找夏啾啾帮忙。"

如今唯一能管住宋哲的，大概也就剩下江淮安了。

宋哲声音冰冷："你要去哪里？"

"喝水。"

杨薇冷静地回答，宋哲起身跟在她后面。

杨薇走到餐桌前，给自己倒了杯水，低头说．“有什么事坐下来说吧。”

说着，她给宋哲也倒了杯水。

看着杨薇这么平静的模样，宋哲也明白她知道了，他拉开凳子坐下来，面容有些憔悴。

杨薇坐到宋哲对面，他们在黑暗中静静地注视着对方。

“我以为，”宋哲的声音里带了几分嘶哑，“你是真的回心转意了。”

杨薇握着玻璃杯喝了一口冰水，反问他：“我什么时候说过我回心转意了？”

“那你什么意思？”宋哲捏紧拳头，“对我好，又和我说你没这个意思，你当我是什么？耍着玩吗？”

杨薇没接话。

宋哲气息不稳了：“你一边和我好，一边又要和周文一起出国。你和我好，你哄着我陪着我，就是为了让周文拿奖，让我不要找周文麻烦，然后方便你今天一走了之，是吗？！”

杨薇双手抱胸，沉默。

宋哲猛地提声：“你说话啊！”

“我该说什么呢？”杨薇抬眼看他，“你心里，一切不都有定论了吗？”

宋哲捏着拳头，定定地盯着杨薇，他狼狈如斯，对方却仍旧从容平静，如果这是一场局，她从一开始，就没入局。她高高在上，俯视他在局中意乱情迷。

宋哲看着杨薇，心里知道，这场较量他早就输了。他迎着杨薇的目光，听着她说：“你逼着我留下，逼着我陪你，到头来又要怪我陪你，这是什么道理？”

杨薇轻笑着：“对你好是我的不是，对你不好也是我的不是，宋少爷，你能不能告诉我，到底怎么做是对的？”

“爱我……”

宋哲抬起头，漂亮的眼里被泪光盈满，他的唇轻轻颤抖着，他克制着情绪，在开口的瞬间，眼泪滑落下来，他询问道："爱我这件事，有这么难吗？"

杨薇没说话，她低下头，好久后，她抬起手将杯里的水泼在桌面上。

"宋哲，"杨薇低头看着倒映着光的水面，声音里带着无奈，"你知道什么叫覆水难收吗？"

"如果能毫无芥蒂地爱你，"她看着他，认真地说，"我也想。

"你一直觉得我是因为觉得你还没改变，觉得你不够好所以不接受你。可是不是的，宋哲，你的好，你的改变，我都看在眼里，我从来没有怀疑过。

"我只是没有办法再像过去一样爱你。"

杨薇的话说得很平静："你就像我过去的一个梦。其实最近，我不是真的存心利用你，我和你在一起的时候，总是忍不住回顾过去。我们之间有太多遗憾了……"

"那都可以补救！"宋哲的声音急切。

杨薇看着他，眼里带着叹息："没有意义。"

她说得云淡风轻："这段时间我们过得很好，我很高兴，可也让我知道，哪怕把过去的遗憾一件一件补起来，也不过如此。"

"宋哲，"杨薇转过头，声音里带了落寞，"我似乎已经失去了爱一个人的能力。"

"那你就不要爱。"宋哲的身子微微发颤，他仓皇地站起身来，祈求地看着她，"你只要不离开，你只要待在我身边，我们一直在一起，爱与不爱都不重要。"

杨薇看着外面的天逐渐亮了起来，她抱着自己。

黎明前的那一刻总是最冷，也最暗。

杨薇不敢看宋哲，她盯着远处的高楼，慢慢地说："阿哲，不要说假话。

"你和我不一样，我爱过一个人，受了伤，死心了。可你不一样，你才爱上一个人。"

她垂下眼睛，有些羡慕："你还需要回应，需要爱。可我无法给你这份回应，我不希望你在漫长的时间里，最后也像我一样。"

这话说得宋哲心脏发颤。他清楚杨薇的话是什么意思，那都是她走过的时光，她在走过那段时光后，还对他无怨无恨，尽力保护他。

爱让她对他的好成了本能，刻在骨子里。

宋哲看着面前的人："我愿意。"

杨薇转过头看宋哲，清晨的光落在她脸上，她的目光里带着诧异。

宋哲盯着她，眼里带着赴死一样的郑重。

"不管未来这段感情成为什么样子，我都愿意一直爱着你。"

"阿哲，"杨薇叹息，"不要幼稚了。"

"我要。"宋哲固执地说，"我要走完你走过的路，我要承受完你承受过的痛，我就要这么幼稚，这么偏激，这么固执！

"我这辈子所有事都可以冷静理智，"宋哲看着杨薇，慢慢放平了声音，"唯独你，我不能。"

杨薇没说话，好久后，她站起身来，说了一句："对不起。"

说完，她就往屋子里走去，宋哲激动地起身，跟在她后面："你去哪里？！"

杨薇没说话，她去取衣服，宋哲冲到她面前，一把抓住她的手，怒吼："你不准走！"

杨薇抬眼看他："如果我要走呢？"

宋哲喘着粗气。

杨薇神色冷静："如果我一定要走，你要怎么样？"

宋哲抓住她的手渐渐收紧，杨薇因为疼痛而皱起眉头，她冰冷地说："放开。"

"你别这样……"宋哲害怕。

杨薇提声："放开！"

“我不放！”宋哲的声音更大，他从旁边抓了一件衣服拖着她往客厅去。

杨薇开始挣扎，对着宋哲又抓又咬，他忍着疼痛，把她拖到椅子边上，她抬手去抓他，他就按着她的手，她抬腿踢他，他就用腿压在她的腿上。男女的差距在这一刻无比清晰，她第一次见到这样的他，仿佛完全失去了理智，力气大得让她惶恐。

杨薇人生头一次这么赤裸裸地面对暴力，哪怕宋哲并没有打她，可这种绝对压倒的优势也让她害怕。

她知道他在做什么，可他的动作让她逃跑的念头越发坚定。

感情不是这样的，绝不是这样！她的人生，绝不该和这样的人绑定。她必须走，必须逃，必须不顾一切地离开这个疯子！

对！

在这一分钟内，杨薇终于清楚意识到——

“宋哲！你疯了！”

杨薇大骂，然后在宋哲愣神间，一口咬在他手上。

宋哲疼得颤抖，他捏住她的下颌，她开始拳打脚踢，宋哲神色平静，死死地盯着她，这不仅是一场体力的较量，也是一场意志的交锋。他的神色里看不出半分情绪，冷静得有些可怕。

“我不会让你走。”

泪痕还在宋哲的脸上，他硬生生掰开她的唇齿，将手从她的唇齿间解救出来，她听到他冰冷得有些病态的声音：“除非你杀了我，不然我不会让你走。”

杀了他……

怎么可能杀了他？她这辈子，怎么可能为了一份感情，成为一个杀人犯？

“你配吗？”杨薇愤怒地喊，“让我为你搭上一辈子，你配吗？！”

宋哲微微一笑，他将她的手硬生生扳到椅子后面，将衣服撕成布条缠上，他垂下眼睛，脸上带着笑意：“你看，杨薇，你这辈子哪里像我一样爱过？

“我喜欢一个人可以爱到百分之百，你喜欢一个人，他只能在你生命里占据百分之五十。”

杨薇没说话，她不挣扎了，她喘息着，扭动着自己的手，让自己的手撑出一个空间来。

她低着头，她什么都想不了，满脑子只有一个念头。她要走，她必须走。这样的宋哲太危险了，她不知道这个人会做出什么来。

于是她故意和他说话，分散他的注意力：“所以，你一直记恨当年我没陪你出国，是吗？”

“我不记恨。”宋哲俯下身，用一种近乎是拥抱的姿势捆着她的手，“我什么都不恨，我只想往前看。”

“那是因为你不敢往后看！”

杨薇怒吼，宋哲呆了，杨薇趁机一脚踹在他身上，他受痛退了一步，杨薇猛地用力翻转手腕挣脱了他还没绑紧的绳子，他急得去按住她的手，杨薇下意识抓住旁边的花瓶，用力砸了下去！

宋哲当场倒在地板上，血瞬间顺着额头流了下来，他痛苦地捂住头部。

杨薇愣了一下，看着地上的宋哲，片刻后，她迅速冲进卧室，一边翻找护照和身份证等证件，一边打“120”，她的声音都在抖，眼泪扑簌而下，她用尽所有理智克制住自己，断断续续地说了明情况和地址。

挂掉电话后，杨薇已经收拾好所有必要的东西，穿上风衣背上包，冲到客厅。她咬了咬牙，拿着宋哲的手机模拟宋哲的口吻给高林发短信，然后按照 120 的话给宋哲做了最基本的处理。他的意识有些模糊，但她站起来的瞬间，他还是抓住了她的裤脚。

“别走……”

杨薇捏紧拳头，看着地上痛苦得皱眉的人。

宋哲用尽所有力气抓着她的衣角，虚弱地说：“别走……”

杨薇没说话，她感觉眼前一切都是模糊的，她蹲下来，宋哲的血浸在她的鞋底，她抓着他的手指，一根一根掰开：“这一次，你不欠我，我也不欠你了。”

“别走……”宋哲急切又痛苦，却扛不住杨薇的力量。

然后她站起来，匆匆离开，他听着她仓皇逃离的声音，躺在血泊里，痛苦地闭上眼睛。

留不住。

注定留不住的人，费尽心机，还是留不住。

杨薇冲出房门，躲进了安全通道，那一刻，她竟突然挪不动步子。

她就静静地等在安全通道里，直到听到外面响起脚步声，她打开一条门缝，看见高林带着人来，没多久，救护车也到了。

杨薇看着大家手忙脚乱地把宋哲抬出去，终于舒了口气，在黑暗的安全通道里待了一会儿，才转身离开。

安全通道里一个人都没有，她一层一层地走下去，等走到停车场的时候，仿佛过了很长时间。她看见周文的车停在门口，周文站在车的旁边，神色复杂地看着她。他什么都没问，好久以后，他叹了口气，说：“走吧。”

杨薇点了点头，坐在副驾驶座上，两个人相顾无言，周文用最快的速度开往机场。

这时候，宋哲已经被送上救护车，他勉强睁开眼睛，看见高林在他身边，他伸手抓住高林的袖子，勉强开口。

“去机场……”他的声音虚弱，却异常决绝，“拦住她……”

高林愣了愣，瞬间反应过来。

他急切地说：“您放心，我马上让人去拦住太太，无论如何都把她带回来！”

听到这话，宋哲终于放心，闭上眼睡了过去。

杨薇坐在周文的副驾驶座上，好久后，才缓过神来。

“他要拦住我……”杨薇有些语无伦次，“我拿花瓶砸了他……”

“我和慕雪说，如果她继续逼我，我就去死。”周文的声音有些疲惫，苦笑道，“你看，我们一直这么同病相怜。”

杨薇看着周文，好久后，才问：“开心吗？”

“什么？”

“马上就要有新的未来了，你开心吗？”

周文沉默了。

杨薇转过头，看着前方，神色茫然：“我没有察觉到我以为的开心，可我很平静，至少我知道，我不能回去。我往前走不会痛苦。周文，你和我，真的一样吗？”

车开得飞快，周文深吸了一口气：“别说这些了，既然是我邀请你，我不会半路反悔的。”

杨薇没再说话，她转过头，看着一路往后退的景色，慢慢说：“他会没事吧？”

“等我们到了美国，我会帮你打听。”

两人不再说话，离机场越近，周文的神色越凝重。杨薇和他一起走进机场，两人都戴着墨镜和口罩，走VIP通道过安检时，杨薇和他对视了一眼。

“走过去，就回不了头了。”杨薇提醒周文，“你确定吗？”

周文没有说话，他握着身份证和登机牌，拖着行李箱往前走，然而就在踏过黄线前，他的手机骤然响起来，他静静看着上面的名字。

“慕雪。”

杨薇看见周文犹豫，便说：“最后一通电话，接吧。”

周文抬头看了杨薇一眼，深吸了一口气，按下了接听键。

他没有勇气单独接听，于是开着外放，慕雪的声音在喧闹的机场里响起来。

“周文，你过安检了吧？”她的声音很平和，“你应该在往候机厅的路上了，我想你和杨薇应该相处得很高兴。你们的未来应该会过得很好吧？”

“你不说话，也没关系，但我还是想听一听你的声音。”慕雪轻咳了一下，“对不起，周文，我还是没法放弃你。”

“你在哪里？”周文听出慕雪的声音有些怪异。

慕雪笑了：“没在哪里，我在洗澡。”

“你在这时候给我电话做什么？”周文皱起眉头。

“没什么，”慕雪的声音沙哑，“就是想听听你的声音。这大概是我最后一次听你的声音了，你总说我不够喜欢你，可是你不明白。”

“周文，”慕雪哽咽地说，“你就是我的命啊。”

周文没说话，杨薇从电话李听到水滴的声音，她猛地意识到不对，她脑海里闪过宋哲的话。

——除非你杀了我。

杨薇微微颤抖，她抬头看向周文，厉声道：“你快回去！”

周文愣住了。

杨薇立刻说：“她在求死！你必须回去！”

周文整个人都蒙了。

杨薇开始推他：“你回去！回去啊！”

“那你……”周文迟疑。

杨薇抬眼看他：“我什么我？！我们相爱过，还是你辜负过我？！挂了一路念了一路，这一分钟迟疑什么？回去啊！你一个大男人，再爱了就是再爱了，输了就是输了，她再要你你就走，你怕什么啊？！”

这一通骂把周文骂愣了，杨薇猛地推了他一把：“赶紧走啊！”

周文抿了抿唇，深吸了一口气，突然抱了一下杨薇，低声说了句：“谢谢。”然后头也不回地冲出去。

杨薇站在原地，看着周文的背影，又低头看了一眼自己的登机牌，忍不住笑了。

周文不去美国了，那个她很熟悉的地方，对于她来说，似乎也没多少意义。

她抬头看向机场里的旅游招牌，欧洲。她抿了抿唇，背着小包，疾步走向机场柜台。

“你好，”杨薇拿出护照，微笑着说，“我要一张去伦敦的机票。”

杨薇全价买下去伦敦的票后，便直接过安检去了候机厅。她临时在机场买了一套衣服换好，随手买了本书，然后端着一杯咖啡，坐到落地窗边，看外面的飞机一架接一架地冲上天。

这时，宋哲的人也到了机场，他们找遍了机场外每一个角落，又立刻购买了机票进入候机厅，朝着杨薇原本购买的航班候机厅冲过去。

他们到的时候，那架飞机刚刚关闭舱门，一群人没有办法，只能回去。

杨薇坐在候机厅里，过了大概一个小时，她的航班也传来了登机信息，她从通道走进去，坐到位子上。杨薇刚坐下没多久，就感觉旁边有声响，抬眼望去，是一个看上去不过二十岁出头的小青年，他穿着一套宽松的休闲衣，栗色的短发让他显得阳光又明媚。他的五官鲜明，带了些婴儿肥。

他坐下的动静很大，还轻轻哼着歌，引得旁边人都侧目，他似乎也注意到大家的目光，偷偷翻了个白眼，这才停住了声音。

杨薇看着他这一系列动作，忍不住笑了，小青年朝她看过来，见到她的瞬间愣了愣，随后红了脸，颇不自在地转过头去。

这样年轻的神态，让杨薇的心情好了起来，她收回目光，低下头看自己手里的书。

这是架大飞机，一排三列，靠窗的两列是三排，杨薇坐在最里面靠窗的位子，青年坐在杨薇旁边，最外面的位子空着，也不确定会不会有人上来。

飞机里陆陆续续有人走进来，杨薇低头翻看手里的书，感觉到手机振动。

她有些疑惑，这时候谁还会给她打电话？她掏出手机，看见是顾岚。

她犹豫了片刻，还是接起来，一接起来，就听见顾岚炸裂般的声音：“杨薇，你怎么接我电话？！你是不是没出国？！”

“你怎么知道我要出国？”杨薇有些头疼。

顾岚的语气很激动，也分不清到底是高兴还是担心，她扯着嗓子说：“我怎么知道？宋哲被你打进医院，江淮安和夏啾啾都去探望了，啾啾躲在厕所给我打电话，让我和你确认一下情况，你现在在哪儿？”

“他……怎么样？”杨薇垂下眼睛。

顾岚愣了片刻后，反应过来：“你砸的人你问我怎么样？放心，死不了，他那身体素质你还能再砸一万次。现在包扎好伤口了，脑震荡都没有，你放心吧。”

“哦。”杨薇终于放心了，“那就好。”

“你们……你们这是怎么回事啊？”

顾岚叹了口气：“不就离个婚，怎么就闹到如此地步？”

“你问我，我问谁？”杨薇苦笑，“我也想知道，不就离个婚，怎么就闹到这个地步？”

顾岚听杨薇的语气知道她不想再谈，于是转移话题：“你现在在哪儿？”

“飞机上。”杨薇也没遮掩，“马上就起飞了，到了之后我给你电话。”

说着，飞机里响起让关闭手机的播音，杨薇和顾岚结束了通话，将手机放进包里，一抬头就看见旁边的青年嚼着口香糖，饶有兴趣地看着她。

杨薇愣了一下，对方没有半点遮掩，让她觉得有些尴尬。她转过头，没过多久，飞机开始滑行，她故作镇定，却在起飞的瞬间抓紧扶手。

“你怕坐飞机？”

青年突然说话，这声音吸引了杨薇的注意力，她转头看去，对方眼里带着几分笑意，她下意识说：“不……”

“从飞机起跑开始，你的肌肉就变得很紧张，起飞后你一直抓住扶手，看上去很害怕。”

杨薇不再反驳，和对方说话的过程转移了她的注意力，让她放松了许多：“是有点，尤其是颠簸的时候。”

“往上飞的时候气流不稳，出现这种晃动很正常，等会儿还会再抖一下。”

青年说完没多久，飞机果然又抖了一下。杨薇觉得他有点厉害，她投以崇拜的目光。

青年和她聊着天："出来避难的？"

"何以见得？"

"刚才听你打电话，又是离婚又是问怎么样的，像一个离婚出逃的人。"

"是。"杨薇笑起来，"我前夫纠缠不休，我得避避风头。"

听到这话，青年"嘶"了一声，一脸嫌弃："真没风度啊。"

两人有一搭没一搭地聊着，飞机升上高空，终于稳定下来，这时候杨薇才发现，原来已经走了这么远了。

她低头看着云层。

旁边的青年又说："哦，忘了说了，"他靠着位子，调了一个电影出来，"我叫苏简，你叫我小简就行，你叫什么？"

"杨薇。"

苏简点点头，过了片刻，他指着屏幕："这部电影可搞笑了，要不要一起看？"

"行啊。"杨薇点头。

长达十几个小时的旅程和与陌生人搭讪，就连乘坐飞机那一点不安都烟消云散，杨薇看着影片里打闹的人，觉得这趟旅程应该会比她想象中要好很多。

杨薇的飞机起飞后不久，宋哲在医院醒来。

他刚睁开眼，就看见江淮安和武邑等一干人全部围在病房里。

武邑站在窗口抽烟，江淮安坐在他身边，见他醒了，江淮安舒了口气："醒了？"

杨薇走的画面还在宋哲脑海里，他撑起身子，问："杨薇呢？"

"阿哲……"

"把高林叫过来！"

“宋总，”高林听见宋哲叫自己的名字，赶紧进来。

宋哲看着他，问：“杨薇人呢？”

“没……没追上……”

高林艰难地说，见宋哲面色不好，立刻说：“不过我们的人已经跟着去美国了，我们的人一到就去找杨小姐。”

听到这话，宋哲闭上眼睛直接躺回床上。

“都到美国了还让你们找到，”宋哲嘲讽道，“你当杨薇是傻子吗？”

高林不敢说话，全场一片静默，好久后，是江淮安先说话：“阿哲，放手吧。”

“放什么手？”宋哲睁开眼睛，盯着江淮安，“我有什么好放手的？我都走到这一步了，我还放手？！”

“你都走到这一步了，”江淮安看着宋哲，言语里没有半点修饰，“你以为你和杨薇还有机会走下去？”

“你放过她吧！”夏啾啾也忍不住说,“你这么纠缠下去,就是害人害己！她表现得还不够明显吗？不管她还喜不喜欢你，你们都不可能在一起了！你给她的伤害太大了，她不可能回头……”

“你闭嘴！”宋哲怒吼。

江淮安轻咳一声，看了夏啾啾一眼，小声说：“啾啾，他是病人，你先出去，我来劝。”

夏啾啾瞪了宋哲一眼后，出去了。

等夏啾啾出去后，武邑抽完烟，走到床边坐下来，看着宋哲，语重心长地说：“哥，放手吧，别在一棵树上吊死。”

“你们出去。”宋哲低着头。

江淮安和武邑对视一眼。

宋哲看着自己的手，吩咐高林：“马上给我订和杨薇一个目的地的机票，我亲自过去找她。”

“宋总，你不能去，咱们公司……”

“公司都给她！”宋哲怒吼，“我什么都给她！我还在意什么公司？！”

高林没有说话，他抬眼看向江淮安，江淮安点了点头，对高林说：“给他安排明天的机票，他至少要休息一天。”

“你敢？！”

宋哲掀开被子，伸手就要去拔手上的针管，江淮安一把按住他的手，冷静地说：“至少要休息一天，不然我和武邑哪儿都不会让你去。我让啾啾联系她。”

听到这里，宋哲才安分地躺回床上。

江淮安让大家先离开，等房间里只剩下他们两个人，他才问：“到底发生了什么？”

过了好久，宋哲才将事情的前前后后大概说了一遍。

江淮安安静静地听着，听完后，他抬眼看宋哲：“你还要去找她？”

“难道我能不找？”宋哲苦笑。

江淮安打量着宋哲，片刻后，他问：“阿哲，你是真的爱她吗？”

“当然。”宋哲有些哽咽。

江淮安神色平静：“既然这么爱她，为什么要这样逼她？”

“我这是逼她？”宋哲有些激动。

“难道不是？”江淮安抬眼，“她本来只想和你好好离个婚，她有自己的事业，有自己的路，有自己的人生。是你强行闯入她的生活，你让她不得不选择抛弃自己的朋友、自己的根基和自己的事业，背井离乡，去一个完全陌生的地方。她在那里可能会遇到危险，遇到挫折，这一切，都只是为了逃避你，你说你这不是逼她，又是什么？”

宋哲被问愣了，江淮安注视着他，克制着自己的情绪，尽量保持理智：“阿哲，别把自己变成一个让我看不起的男人。爱一个人是要对方过得好，你想想看，过去你说你喜欢她，可你怎么对她？那时候你可以说你年纪小，你不知道自己喜欢她，所以误伤了她。可现在呢？

“你明明知道自己喜欢她，还要逼她做她不愿意做的事，把她逼到如此地步。”

江淮安犹豫了片刻，他看着宋哲呆愣的模样，继续说：“你想，杨薇多温柔、多念旧的一个人啊，她连走，都想走得温柔一点，走得让你和她都尽量不留遗憾。可这样一个人，都对你动手了，为了你离开她最熟悉的地方，你这份感情真的太痛苦了。”

“可是我逼她什么了？”宋哲低笑，“我只是想要她喜欢我。喜欢我，有这么难吗？”

“阿哲，”江淮强调道，“这个世界最难解的结，就是心结。你想想，我至今都不能对我父亲彻底释怀，我和我爸是父子，而你们没有血缘，如果能不回头，她为什么要回头？”

这话说得宋哲心里难受，他深吸了一口气：“哥，你不用再和我多说了，你说的我都明白，可我从打算留下她那一刻就下定决心了。我要留住她，无论什么代价。”

江淮安见说不动宋哲，一时没有办法，只能拍拍他的肩，对他说：“好好休息吧，我的话，你好好想一想。”说完，江淮安便走了出去。

江淮安知道宋哲不想见人，便打发了所有人离开。等他走了之后，宋哲一个人躺在病床上，静静地看着天花板，痛苦地闭上眼睛。

宋哲不想去想江淮安的话，这些话会让他痛苦，会时刻提醒他，他的所作所为多么卑劣。

他不想把感情变成这个样子，可他没有办法。

直到夜里，那些话还在宋哲的脑海里来来去去，他睡得不好，一直在做梦。

梦里是杨薇中学时，她坐在他身边，帮他写作业，他靠在桌子上，歪着头看她。

那时候杨薇还没有长大后那种精心呵护的美丽，却带着一种质朴的漂亮。

他静静地注视着她，他知道这是梦，于是不敢动弹。

然后就是他们家后院里，她的手搭在他的肩上，他的手揽着她的腰，故作镇定地领着她跟着自己的脚步。

“一，二……”

梦里面他们一直在旋转，舞跳了一支又一支，他舍不得放手，但她明显累了。

直到最后，她突然倒下。他去扶她，却在触碰她的那一刻，眼睁睁地看着她消散。

最后一刻杨薇是笑着的，她说——

“终于离开你了。”

“真好啊，宋哲。”

宋哲猛地从床上惊醒，他的心跳得飞快。他抬手抹了一把冷汗，下意识地想喊高林，又想到高林夜里不在。

也就是这一刻，门外突然传来了急促的脚步声，随后房门猛地被打开。高林喘着粗气站在门口，颤抖着声音说：“宋总……”

“杨小姐坐的那架飞机，失事了……”

宋哲的脑子“嗡”的一声，觉得一切都安静了。

他呆呆地看着面前纯白色的墙壁，感觉天旋地转，高林叫了一声：“宋总！”一把扶住他。

“宋总，消息刚刚传来，我们还在确认杨小姐的情况！”高林的话让宋哲稍微冷静了些。

他颤抖着唇，又尝试了好几次，才终于发出声音：“确认……确认清楚。”

说着，宋哲慢慢缓过神来。他不能崩溃，得先确认杨薇的情况。

宋哲立刻起身：“我要亲自过去。”

高林知道这时候不能拦着宋哲，他说：“现在航空公司还在通知家属，我已经给您联系好人了，我们现在就可以过去。”

宋哲拿了套衣服迅速换上，从医院赶过去。高林给宋哲大概讲了一下情况，一般飞机失事率很小，这种时间长的跨国航班出事更是国际大新闻，但出于某些因素，这架航班还是出了事。网上已经被这个消息给刷屏，那些遇难者的家属也都在半夜被电话铃声惊醒。

“我为什么没在第一时间接到航空公司的电话？”宋哲捂着头，愤怒地说。

高林沉默了片刻，提醒他：“宋总，您不是杨小姐的家属。”

这句话让宋哲愣了，好久之后，他才缓过来。

这一次，宋哲才意识到，如果杨薇死了，他连为她举办葬礼的资格都没有。从他们签署离婚协议书那一秒起，他和她在这个世界上真的一点关系都没有了。

他捏紧拳头，转过头，看见外面的灯火，喉头有些疼。

他不想思考杨薇死去的可能性，然而不知道为什么，她在梦里烟消云散的那一刻，深深地印在他的脑海里。

他不由自主地想，如果杨薇真的死了……他要怎么办？他能怎么办？

如果杨薇死了，在这个世界上，他曾经的“家人”，就真的一个都没有剩下。他就真的是孤家寡人，孑然一身了。

而这个结果……还是他一手造成的。

“她本来只想和你好好离个婚，她有自己的事业，有自己的路，有自己的人生。是你强行闯入她的生活，你让她不得不选择抛弃自己的朋友、自己的根基和自己的事业，背井离乡，去一个完全陌生的地方。她在那里可能会遇到危险，遇到挫折，这一切，都只是为了逃避你，你说你这不是逼她，又是什么？

“爱一个人是要对方过得好，你想想看过去，你说你喜欢她，可你怎么对她？那时候你可以说你年纪小，你不知道自己喜欢她，所以误伤了她。可现在呢？”

现在呢？他终于把她逼到远走他乡，把她逼上了那架有去无回的飞机。

如果杨薇死了，那他就是凶手。

宋哲的手微微颤抖，惶恐铺天盖地涌上来。在这一刻，他面上沉静得仿佛一切都没有发生。

面对这样的宋哲，高林有些害怕，他忍不住安慰宋哲："宋总，杨小姐不一定有事，您不要乱想。"

"高林，"宋哲神色平静，"你知道吗？她其实来自一个并不富裕的家庭。她刚来的时候，我在想，怎么会有这样的人？

"后来她总去参加那种支教活动，或者公益活动，我妈特别喜欢，我觉得她是马屁精，狗腿，这么做就是想讨好我妈。可是她做得太好，太逼真了。我去陪她支教过几天，山区里破破烂烂的，她睡在那种又脏又破的地方。村里有一个麻风病老人，排泄有问题，她能帮那个老人清理东西，一声不吭。"

高林很奇怪，宋哲为什么要在这个时候说这种话，但他能说说话，无疑是好的。

宋哲看着前方，声音里带着怀念："后来吧，她就和我说，她觉得上天是公平的，给了你多大权利，就得承担多大的责任。她是被上天选中的人，所以能来到我们家，可她不能白来，她得做更多的事去回报这个世界。"

宋哲说着，不知道为什么，就觉得眼眶有些湿润："她后来组建了一个公益基金，和我结婚后，她退出了这个基金的管理，只是每年捐钱。如果有天我不在了，公司交给我堂弟，你好好帮他，我个人全部资产，都给那个基金吧。"

听到这话，高林没敢回话。

宋哲有些疑惑："高林？"

"宋总，"高林颤抖着声音，"您别说这些。杨小姐不会有事的。"

宋哲没说话，好久之后，他笑了："连你都看出来了，我是为她好。"

宋哲转过头去，神色里带着遗憾："你说我以前怎么就没明白呢？"

以前怎么就不懂，原来他爱着她，不仅爱着，还爱得比他自己的生命都重要。

高林看着宋哲，他开着车，三十岁的男人，忍不住红了眼眶。过了好久，他吸了吸鼻子："宋总，我知道这话您不爱听，可我还是得说。

"杨小姐一辈子为您付出得最多，她一直在为您谋划，为您着想，她爱您爱得小心翼翼，克制里全是成全，不管她怎么样，您要是伤害自己，那伤害的不是你自己，是杨小姐的十三年。

"您这是让她一腔心血付诸东流，让她所有的努力都白费了啊！"

这话说得宋哲整个人都呆了。他感觉自己仿佛突然坠进了深渊里，踏上了一条修罗道。

求生不得，求死不能。他活着，是对不起她。他死了，也是对不起她。

车到了机场，这时候机场里已经挤满了人，家属和记者将机场团团围住，哭声一片，宋哲走进去，他看着所有人哭喊的模样，头一次意识到自己是如此平凡。生死面前，他与别人没有半点区别。

宋哲被哭声感染，心中的恐惧无限延长，死亡似乎是一座立在他面前的高墙，它在哭声中疯狂滋长，拔地而起，成为他不可触及的高度，无声的威压让他几乎跪倒在地。

就在宋哲几乎投降的片刻，他骨子中猛地迸发出某种说不出的骄傲。他不该输，任何情况下，他都不能输。

他挺直了腰背，故作镇定，穿过人群，被高林引着往一个房间走去。

进去之后，所有人都在忙碌，一个中年男人上前主动和宋哲握手，高林给宋哲介绍了对方的身份，随后同对方说："这次乘客中包括我们宋总的女友……"

"太太。"宋哲纠正。

高林忙改口："宋太太杨薇小姐，所以宋总特意过来，想第一时间得到消息，麻烦您了。"

“能理解，”中年男人叹了口气，“现在谁都想要最新的情况，谁能想到会有这种事？宋总，您坐，现在还没找到飞机的坠落点，遇难者名单还没出来，您先等一等吧。”

宋哲没说话，退了一步，突然弯下腰，郑重地行了个礼：“拜托您了。”

中年人愣了，而一直跟着宋哲的人也愣住了。南城稍微有头有脸的人物都知道，宋哲这个人性子最傲，哪怕是求人办事，也不过是敬杯酒，哪里会有这么大的礼数？

中年人最先反应过来，他赶紧上前扶起宋哲，承诺：“您放心，有消息我们一定立刻通知您！”

得了这话，宋哲也没再多说，只是点点头：“谢谢。”

看得出航空公司很忙，中年人随意聊了几句后，就去忙了。高林扶着宋哲坐在一边，夜里有些冷，高林找了一条毯子给宋哲，宋哲裹着毯子，头轻轻靠在一旁的柱子上，看着周边人来人往。

高林给宋哲递了一杯茶。

宋哲轻声说：“你说这次找到她以后，我该怎么办？”

“您觉得呢？”高林心里害怕，他努力和宋哲聊天。

宋哲的眼神有些茫然：“我以前总觉得，这世界上最可怕的事，就是她离开我。可现在我才知道，原来这世上还有更可怕的事。

“她离开我，总比她离开这个世界要好。”

“宋总……”

“每一次我以为我已经足够爱她了，然后我又会发现，原来我可以再多爱她一点。每一次，”宋哲喝了口茶，温热的茶水入胃，让他慢慢温暖起来，他看着前方，声音温和，“我都能为她越过我的底线。我对人说‘对不起’是我的底线，后来我对她说了无数次‘对不起’。

“我曾经以为喜欢一个人是我的底线，后来我也说了许多次喜欢。

“我曾经以为低头是我的底线，后来我为她几乎敲碎了我的脊梁骨。

“我曾经以为我这辈子不可能对谁跪下，可我为她跪了两次。跪了她，跪了她喜欢的人。”

宋哲苦笑：“我以为这一切底线被打破都是因为，我的底线是不能失去她，现在我却发现，不是的，失去她不是我的底线。”

“她活着……”宋哲的声音颤抖，“活得好好的，这才是我的底线。”

“如果这一次，她能活下来，”宋哲闭上眼，每个字都仿佛是挤出来一般，“我就放开她。”

“我是她这大半生的心血，她就是我下半生的所有。她不喜欢我，那就算了。她要嫁人，要生子，要去其他地方，都算了。我只要她好好的，”宋哲顿了顿，好久才说，“我一辈子守着她，就够了。”

高林说不出话，宋哲没哭，他却哭了。

宋哲还没回国的时候，他跟着赵阳兰做事，宋哲回国之后，他就跟在宋哲身边，可以说，他看到杨薇从爱到死心，又看过宋哲从懵懂到爱。

这两个人仿佛是他的弟弟妹妹，看着杨薇走到今天，看着宋哲走到这一步，他却无法阻止，无力感环绕着他，令他这个三十多岁的人无话可说，他抬起手，取下眼镜，捂住自己的眼睛。

方才离开的中年人去而复返，宋哲看见他来，顿时眼睛都亮了，猛地站起，朝着对方走过去。

中年人拿着两张单子，走到宋哲面前，高兴地说：“宋总，有个好消息，根据高先生提供的证件信息，您说的杨薇小姐，并没有上这架飞机。她在起飞前一个半小时购买了去伦敦的机票，根据登机信息显示，她最后上的，是去伦敦的班机。”

听到这话，宋哲整个人都呆了。

高林反应得最快，他拿着单子确认了两遍，终于确定：“宋总，杨小姐没事！她没事！”

“没事……”

宋哲呢喃着，直到这一刻，他的眼泪终于落下来，他又哭又笑：“没事……她没事……”

“对，她没事，她去伦敦了，宋总，她很好！”

“她没事……”宋哲的声音越来越大，他抬手捂住脸，笑着坐下，片刻后，那笑声转成哭声。

他仿佛从地狱爬回了人间，没有人知道在前面两个小时，他到底经历了怎样的心路历程。

他那紧绷着的弦终于松下来，他大哭着，满脑子只有一句话——

她没事。

她没事，她还活着。

第六章　他最终活成她的样子

去伦敦的行程很长，以往坐飞机，杨薇没坐过经济舱，她第一次坐飞机就是跟在赵阳兰身边坐的商务舱。在她的记忆里，商务舱永远很安静，位子让人很舒适，经济舱的位子对她来说狭小得有些难受，人与人都挤在一起，空气中的温度无形升上去，让人觉得烦闷不堪。

好在坐在她边上的苏简是一个干净清爽的男生，他们两人的身形都不算臃肿。

苏简是个爱说话的人，他对电影十分了解，和杨薇看电影的时候，很认真地跟她分析剧情和画面。

“你看这个画面，是用一个俯瞰城市的视角，你知道为什么要这么拍摄吗？”

“不知道。”杨薇摇摇头，她对这些东西不是很理解。

苏简顿时像找到了一个倾诉对象，高兴得不行：“这是导演在确定一个基调。一个故事发生在一个什么样的地方，是什么样的风格，这个故事应该是一个什么颜色的故事，都是在这个画面里去展现的。你看到的这个画面，虽然里面什么都没有，什么情节也没有，但是你就会明白，哦，这个故事是这样的……”

苏简说起电影，滔滔不绝。杨薇静静地听他说构图，听他说色调，听他说故事中的母题、子题、内核线和故事层次……

两个小时的电影，他说了四个小时没停，换作旁人早就烦了，杨薇却很认真地听，没有半点不耐烦。

她甚至为他叫了一杯水，悄无声息地放在他手边，他渴了的时候随手端起来喝了一口，又能继续说。

等到吃饭时间，他被空乘提醒，这才反应过来。

“哦，该吃饭了。”

苏简抬眼看着微笑着的空乘，皱起眉头。

空乘见苏简不说话，伸手将前方的餐牌拿了出来，递给了苏简，用英文再次重复：“这是今天的菜单，您想吃些什么？”

苏简看着餐牌皱眉，杨薇在一旁看着，猜测苏简可能英语不好。

于是她善解人意给他做翻译：“你吃面吗？这个是面，这个是土豆泥，这个……”

苏简愣了，片刻后，他面上浮现出一丝笑意，低下头轻咳了一声：“嗯，吃，都吃。要不你选吧，你吃什么我吃什么。”

杨薇点点头，她按自己的口味点餐后，帮苏简也要了一份。

两个人吃着饭，杨薇问：“你一个人出来玩？”

“嗯。”苏简又开始翻找电影，口齿不清，“出来旅游。”

杨薇窘了，就这种英语水平，也不知道是怎么放出来的。只能说经济条件好了，签证拿得也容易了。

苏简见杨薇不说话，主动问：“你打算好去哪儿了吗？”

“还没想好。”

这话让苏简的眼睛亮了，他从旁边的包里掏出一个小本本，小本本里用彩色的笔画了一个又一个地方，他的绘画功底很好，画旁边标注着地名，他看着杨薇说：“这个是我的旅游线路，你要不要一起？你一个女孩子旅游不安全。我可以保护你！我们一起吃东西，可以多点一点，到时候分着吃，省钱！你要是不介意，我们可以一个房间，我睡沙发打地铺，到时候房费我出五分之二，你出五分之三，当然你介意就算了……”

苏简迅速列出一个出行计划，然后努力推销自己：“我家在南城，爸妈都是教授，清白人家出身，我身份证可以压在你那儿，你不用担心我是骗子，你也不用担心我对你图谋不轨……”

杨薇听苏简叽叽喳喳地说着，有些哭笑不得。其实她明白，苏简就是想省钱，加一个免费翻译。

她还没说什么，苏简又继续推销自己：“我路线都摸得很清楚，到时候我可以给你当导游。什么地方有好吃的，好玩的，好住的，我都知道……”

杨薇终于受不了了，抬起手来：“停。”

“你答应了？”

“先这样吧。”杨薇随口应了，“反正我们第一站是伦敦，我们先在伦敦玩，如果还要继续，我们再定，OK?”

得了这个结果，苏简也算满意。他开始给杨薇说他的旅游规划，他说他是个导演，欧洲是人文艺术天堂，所以他想来找感觉。

“你拍过什么电影？”

“没拍过。”苏简挠挠头，有些不好意思，目光却坚定，“就拍过一些小视频。”

杨薇目瞪口呆。

苏简低下头，摩挲着自己的本子，眼神柔和：“可是没事啊，我才二十五岁，还有很长的人生，我现在先写剧本，拍小视频，这次我回去，就去拍一个小短片，然后我会拿奖，接着我就去找投资人……”

苏简规划得很好，杨薇静静地听着。

其实杨薇没比苏简大多少，可在听他说话的时候，她才发现，她的内心比起这个青年，真的苍老太多了。他这样的热情和认知，她只在中学时候体会过。那时候为了高考，为了未来，他们一群人全力以赴。

杨薇喜欢听苏简说话，让她有一种与过去截然不同的错觉。

这是杨薇离开南城以后认识的第一个人，这个“第一”仿佛带着某种奇特的意义。

于是她静静地听他说话，在飞机上不知道真正的时间，他们穿过中东的土地，看见地面上的灯火，在他的唠叨声里，她慢慢闭上了眼睛，轻轻地倒在他的肩头。

就这么一个轻微的动作，对苏简来说，却像一个开关，他突然停止了所有话语，整个机舱都安静了，大家似乎都在睡觉，只有微微的震动感，还有外面柔亮的月光。

苏简手里握着自己涂得花花绿绿的手账本，感受着肩头的温度，呆呆地看着前方，他感觉心跳突然被无限放大，整个机舱里的人，似乎都能听见他的心跳声。

他看着前方，好久后，才有勇气慢慢转过头，看着肩头的女人。

在熟睡后，杨薇姣好的面容终于呈现出一丝稚气，完全分辨不出实际年龄。苏简静静地注视着她，突然笑起来。

而后他回过头，抿着唇，低头抽出一支铅笔，在纸上迅速勾勒出一个Q版的杨薇。她和Q版苏简并肩而坐，头轻轻地靠在他肩头，口水滴落下来。

苏简画着漫画，最后也撑不住睡着了。

第一道阳光落在杨薇脸上，她睁开眼，看见天边有一道弧度，像是地球的边缘，她仿佛在宇宙中俯瞰地球。

杨薇静静看着那道弧光，随后听见旁边传来一声轻微的惊叹：“真漂亮。”

杨薇回过头才发现，她靠在苏简身上。

她的目光对上苏简的，两人微微一愣，她说不出那是什么感觉，有几分尴尬，但是……也没有觉得讨厌。

苏简察觉到这种尴尬，他抓过自己的本子，笑着说：“你看，你睡觉的样子！”

杨薇看着本子上流着口水的小人，哭笑不得，她看着苏简，有些无奈：“你这个人……你这个人，怎么这样啊？”

“我怎么样了？”苏简挑眉，反问她，“不是很形象吗？可爱吧？”

杨薇笑着没说话，她突然对这一次的行程充满了期待。

两人下了飞机，杨薇搜索了机场Wi-Fi（无线局域网），许多消息跳出来，首先就是空难的消息。

杨薇看见航班号愣了，苏简站在旁边说：“还好咱们没去美国。”

苏简看了一眼杨薇的手机：“你是不是没准备英国的卡？你打国际长途很贵的！你怎么什么都没准备就来了？我等一下带你去买个电话卡，你先拿我的手机给家里报个平安。”

“不用了。”杨薇深吸了一口气，“我就打一个电话。”

杨薇去边上拨通了顾岚的电话，顾岚很快接通电话，她有些暴躁：“杨薇，还好你没上那架飞机！你知道那架飞机失事了吗？杨薇，你真是天选之子啊！”

“别贫了，”杨薇低笑，“国际长途很贵呢。我就和你报个平安，你别担心我，我到伦敦了。”

“嗯嗯，到了就好。”

“宋哲……”杨薇迟疑了片刻，才问，“还好吗？”

“昨晚听说你出事就崩溃了。”顾岚的话让杨薇的心揪了一下，随后又听顾岚说，“听夏啾啾说，现在江淮安还在和他谈心呢。他好像想通了，不管怎么样，他人没事。不过，杨薇啊，都出去了，就别记挂着他了。”

杨薇没说话，过了片刻，她温和地说：“你说得对。我应该会在外面玩一段时间，手机我就不用了，有事给我发邮件吧。”

“行。”

和顾岚通话完毕，杨薇转过身来，看见苏简站在人群里等着她。

苏简个子纤瘦，但是很高，周边都是外国人，他也丝毫不显得瘦弱。杨薇走到他身边，他替她拖着行李箱："走走走，找个地方睡一觉，我们去买手机卡。"

杨薇点点头，她在苏简面前看了会儿手机，深吸了一口气，彻底关机。

苏简愣了愣，小心翼翼地询问："是不是流量太贵了？"

杨薇顿时笑了。

"苏简，我发现，"她笑个不停，"你的思维总是出乎我意料。"

"那关机做什么啊？"

"我怕开着机，"杨薇平静地说，"会有割舍不掉的东西。"

苏简明白了，他叹了口气："都是有故事的人啊。"

两人商量了一会儿，最终决定去杨薇订下的地方住宿，她租的是以前一个老房东的房间，她联系了房东，给苏简空出一间房。两人到了地方后，各自休息。

杨薇这一觉睡得昏天暗地，她自己都不知道睡了多久，醒来的时候苏简在敲门，她拉开门，看见苏简明亮的眼："睡够没？睡够了我们去吃饭吧，有一家餐厅很漂亮，我预定了位子，现在去吃晚饭刚好合适！"

杨薇点了点头，说了句"稍等"之后，关上门。十分钟后，她已经化好妆，穿上连衣裙，小高跟，外面搭了件风衣出现在苏简面前。

苏简目瞪口呆，赞叹："你真是我见过的效率最高的女人。"

苏简带杨薇去的餐厅是Duck&Waffle（一家主营英国菜式的西餐厅），这家餐厅价位适中，风景宜人，落地玻璃窗搭配着城市的景色，可以一边吃饭一边闲聊。

此时正值黄昏，可以看见晚霞，餐厅很热闹，杨薇和苏简选了窗边的位子，苏简轻咳了一声："你随便点，这次我请客。"

杨薇被苏简故作豪迈但仍旧心虚的样子逗笑了，考虑到他的英文水平，她负责点单。点完之后，两人聊着天，杨薇不由好奇地问："你大学是在哪里读的？"

“呃……”苏简有些迟疑，“就……随便读的。”

“小简，”杨薇叹了口气，“年轻人，还是要好好学习，你搞艺术的，学英语还是很有用的。”

苏简憋红了一张脸，勉强挤出一个笑容：“你说得是，要不，你教我吧？”

“嗯？”杨薇有些诧异，“什么？”

“你教我英语呗……”

杨薇沉默了一下，随后她还是选择点头。

教一个年轻人，她义不容辞。

两人在伦敦待了三天，苏简是个精力充沛的人。他对伦敦似乎非常熟悉，带着她街头小巷到处窜。他很喜欢吃东西，也喜欢拍照，跟他在一起的时间，杨薇就是只吃东西，拍照片，喂喂女王的天鹅，逗逗女王的松鼠，一天走下来，累得没有任何力气。

杨薇开始放下对苏简的戒心，于是在苏简的怂恿下，她跟着他申请了申根签证。

他们坐在公园里，杨薇看着苏简逗松鼠，逗完松鼠后，他跑到杨薇面前，蹲下，仰起头，笑眯眯地说：“小姐姐，明天我们去法国吧。”

“不去剑桥？”杨薇有些诧异。

苏简摇头：“剑桥我们最后去，我们先去法国，然后一路走过去，再回来离开。”

“这不是把路绕远了？”杨薇觉得奇怪。

苏简撑着下巴：“我要在剑桥送一份礼物给小姐姐。所以，我们先去法国吧？！”

他这样说，杨薇也就不再坚持了：“随你。”

“杨薇。”苏简看着她，眼里带着几分温柔，口吻却极其夸张，“你真是我见过最温柔，对我最好的小姐姐了！”

杨薇和苏简规划着他们漫长的欧洲游时，宋哲也出院了。

江淮安和武邑来接他，武邑吵着要去饭店，宋哲摇了摇头："算了，去我家吧。"

江淮安和武邑以为他说的家是宋哲从小住到大的那套别墅，谁知道宋哲把他们领到了杨薇家对面。

宋哲走进楼道时，站在电梯面前，看着杨薇的家门，呆愣了数秒，才回过神来，带着江淮安和武邑进了自己的屋子。

他招呼江淮安和武邑坐下，武邑打量了一下这个空旷干净的房子，有些奇怪："你让我们来你家吃什么？喝西北风啊？"

"我给你们做。"

宋哲脱下西服外套，进了厨房，武邑听到这话，吓得一个趔趄，他惊恐地盯着宋哲，看见对方熟门熟路地系上围裙，还招呼他们："你们坐一会儿。"

更让武邑惊恐的是，江淮安也解开了西服外套，说了一句："我去帮他。"

这是怎么了？！这都是怎么了？！

为什么他的兄弟，一个个的都变成厨房小能手了？！

武邑惊魂不定，他坐在沙发上，好久后才起身，给自己泡了杯茶。

宋哲从冰箱里拿出菜，江淮安取了围裙走到他身后，有些奇怪："怎么有两条围裙？"

"杨薇有时候会来帮忙。"

宋哲的声音平淡，江淮安却不敢再问了。

宋哲抬眼看他："来帮忙的？"

"嗯。"江淮安低着头，从他手里拿过菜，熟练地清洗，"找到杨薇了吗？"

"没。"宋哲低着头，脸上也看不出什么情绪，"手机关机了，所有联系方式也没动静，我去问过顾岚，她只和我说人没事，让我别找了。"

"然后呢？"

“我也不是一定要找到她，要把她怎么样。

“只是，是生是死，是好是坏，在外面有没有被人欺负，过得好不好，我总得……总得知道一点。

“其实吧，其他我都不求了。”宋哲切着菜，声音里满是疲惫，“我就希望她过得好。只要知道她过得好，那就够了。”

好久后，江淮安才说：“那如果她过得不好呢？”

宋哲一下一下地切着菜，低声说：“我又怎么会看着她过得不好？她过不好了，谁欺负她我帮她打回去，谁骂她我帮她骂回去，她缺钱给钱，缺事业给事业，只要是我能做的，我都会做。

“她和不和我在一起，都没关系。

“人活着就得有个方向，我不知道未来我会不会改变我的想法，但现在，她就是我的方向。”

“阿哲……”江淮安叹息，“没有人会爱上一个失去自我的人。”

宋哲切菜的手一顿，随后苦笑：“这话她也说过。”

“可是我不需要她爱我了。”

宋哲垂下眼睛：“我不值得她喜欢。人这辈子，错了就是错了，大概无论如何都弥补不了。

“我不想她受这样的委屈，去喜欢一个不够好的人。她如果有更好的选择，也挺好。”

江淮安皱眉：“你说的这些，是真心的吗？”

“哥，说句实话，如果说她做这样的选择，我很高兴，那是假话。可是她做这样的选择，我不埋怨，我尊重，我理解，这是真的。

“我希望下半生能成为她的家人，她的哥哥，她的依靠。她无论去哪里都好，嫁不嫁给我也行，我都是她最大的依靠。

“她不用回报我，也不需要感激我，她如果结婚，我也会去，会给她最真心的祝福。

“她比什么都重要。”

江淮安不再说话了。

在宋哲家吃完饭，江淮安回到家时，夏啾啾正在客厅里看电视，江淮安将宋哲的情况大概说了说。夏啾啾竖着耳朵听着，到了晚上，她左思右想，还是给顾岚打了电话：“你能不能联系上薇薇啊？”

“你要干吗？”

顾岚有些警惕，夏啾啾躲在阳台上，看了看里面认认真真打着游戏的江淮安，用当贼一样的音量说：“我想给她送钱啊。”

听见这话顾岚无奈，她随口说：“你等我问问吧。”

“她过得还好吧？”夏啾啾有些担心。

“我哪知道啊？”

两人聊了一会儿，顾岚给杨薇发了邮件，将夏啾啾的话转达了。

杨薇收到邮件时，刚刚进法国的酒店，苏简忙前忙后替她扛着行李，她有些不好意思：“我也拿点吧。”

“不行，不行，”苏简摆手，颇有绅士风度，“不能让女孩子提东西。”

杨薇只好作罢，提着小包跟着苏简进了酒店，看苏简打理好一切，然后斜靠在门边，扬了扬手机：“我就住隔壁，有事直接叫我，或者给我打电话。”

杨薇一直没有开之前的手机，为了方便，她重新买了手机，办了电话卡。

苏简个子清瘦，靠在门边的时候，懒洋洋的模样看上去俊朗又闲适。

他和宋哲不同，宋哲骨子里始终带着几分矜持，哪怕是这么斜靠着，都不可能这么放松。

杨薇轻轻笑了，点头：“行，你去睡吧。”

苏简挥了挥手，转身走出去。

杨薇关上门，坐到电脑桌前，开了电脑，登录自己邮箱，就看见了顾岚的邮件。

她本以为收到问候心里会有几分波澜。然而在苏简的陪伴下，经过一番游历后，再看着邮件，她居然有种莫名的平和感。她这才发现，自己出来太久，逃避太久，身边的人是会担心的。

杨薇犹豫了很久，终于拿出包里的手机，开机。

久违的壁纸出现在眼前，其实也就一个多星期。手机上没有未接电话和短信，但打开微信，微信已经炸了。

她一一回复着大家的信息，几乎过去和她有关的人都给她发了信息，还好她认识的人并不多。

周文的信息是最多的，他发了许多“对不起”，又和她说了自己的情况。

他说他赶回去的时候，慕雪被送进了急救室，那一刻他决定，无论结局如何，他都想留下。

杨薇看着他说的许多话，不知道为什么，居然有几分羡慕。

还能被挽回，证明还没有死心。一段感情，只要心不死，就证明没走到绝路。

她看完周文的消息，想了好久，才回复：“文哥，祝你幸福。你没什么对不起我的，我们本来就是在寒冬里取暖的人，春天来了，冰化了，自然是要分道扬镳的。我很感激你，在我最困难的时候拉了我一把，我会一直记得，我们是好朋友。”

杨薇发送后，很快就看见对话框顶端显示“正在输入中”，然而输入了许久，都没有一个字发过来。

她能理解周文的心情，于是她接着发：“你也不用担心我，我现在在法国，遇到了一个很可爱的男生。他比我小，很黏人，实话说，我第一次接触这样的人，真的太有活力了。”

说着，杨薇忍不住笑起来：“怎么会有这样的男生，他英语特别差，就敢一个人往国外跑……”

杨薇说起苏简，突然感觉有许多话可以说。

周文发了个大笑的表情。

“你好好的，我就放心了。”周文接着问，“男生帅吗？”

“帅啊。”

杨薇给周文发送了一张苏简的照片。这张照片是杨薇拍的，当时他在给一个小孩画画，神情专注又认真。他的眼睛很干净，低头的时候，脸上带了少许温柔。

一个人眼里的人是什么样，展现了那个人对对方的态度。

看见这张照片，周文笑了笑：“挺好的小伙子啊，好好发展一下。”

“哈哈哈，我倒想发展啊，”杨薇不以为然，“可是他这么嫩，恋爱估计都没怎么谈过，我怕他觉得我老啊。”

“不老，不老，”周文真心实意地说，“如花好年华。”

两人说着说着，气氛缓和了起来。杨薇说了一会儿，觉得累了，便和周文结束了对话。

等所有信息处理完毕，杨薇终于确定，所有人都有和她联系，除了宋哲。

她不知如今的宋哲是什么意思。按照她对宋哲的了解，他应该不会这么容易放弃才对。

可都过去这么几天了，他没找她，也没出现在她面前，她有点捉摸不透。

杨薇看着宋哲的对话框沉默了一会儿，深吸了一口气，发了一条朋友圈。

朋友圈里是她站在伦敦大桥上的照片，当时夕阳西下，她侧过脸看着天边。

“一切都好。”

杨薇配了这句话，算是给所有人一个回应。

很快就有人给她点了赞，她扫了一眼，还是没有宋哲。

他没有再出现，这本该是件好事，可杨薇说不清自己是什么情绪。

她摇了摇头，下线了。

而屏幕另一头，已是凌晨。

宋哲躺在床上，静静地看着杨薇的朋友圈。他以前是不看朋友圈的，也很少去翻微博，他的微博完全是一个官方窗口。

在杨薇离开的这段日子里，他迅速学会了翻阅朋友圈和浏览微博，甚至还学会了访问 QQ 空间，以及查看谁访问过他的空间。

他开始关注所有和杨薇有关的社交软件，在深夜里一遍遍地刷新。然而每天刷到疲惫得睡过去，都没有半点消息。

他无数次想给她发信息，想问她一句，过得好不好。但他知道，如今最好的方式就是不打扰，于是他什么都不能发。好不容易等到了她的一条朋友圈，他连赞都不敢点。

他只能在深夜里默默地看着那张照片，仔细打量照片的每一寸，猜她在哪里，是什么时候，什么情况下，拍下的这张照片。

照片里的杨薇很温柔，带着一种他从未见过的闲适，拍照的人一定很温柔地看待她。

是谁给她拍照的呢？是路人吗？还是新认识的人？

宋哲不敢再深想，他克制着自己的情绪，抬手抚摸着屏幕上的人，深深吐出一口气，将手机贴在胸口。

杨薇开始陆陆续续地在朋友圈发照片，微博也开始继续经营，到了好玩的地方，也会开直播。

宋哲看杨薇的每一张照片，每一场直播，每一条微博，小心翼翼地揣测她的生活状态。

很明显她不是一个人，不经意出现的对面，总有另一副餐具。她的照片风格很相似，明显是出自一人之手。

不仅宋哲看出来了，所有人都看出来了。武邑和他喝酒的时候，漫不经心地提醒他：“哲哥，我觉得杨薇的朋友圈不对劲啊，她是一个人在旅游吗？”

宋哲喝着酒不说话。

武邑撞了撞他：“别光顾着喝酒啊，说句话。”

“八点了，”宋哲抬手看了看表，起身，“门禁时间到了，我得走了。”

宋哲现在有自己的门禁，每天八点就回去，除非是生意上的事情，否则每天都会定时回家，仿佛家里有人等着他一样。

武邑看着宋哲的背影，叹了口气，对江淮安说：“你说哲哥怎么这么沉得住气啊？现在还不去找杨薇等着被人挖墙脚啊？”

江淮安摇了摇头，没有说话。

宋哲一个人坐在驾驶座上，还是没忍住，猛地抬手砸方向盘。

疼痛让他清醒了一些，他痛苦地闭上眼睛，将额头抵在方向盘上。

武邑的话他都知道，他比谁都清楚，他每天晚上来来回回播放她的视频，翻看她的照片，像一个变态一样，推测着她生活的轨迹，猜测着她的生活。武邑都看出来了，他怎么会不知道？

可他又能怎么办？他什么都做不了。他已经错过了，还能继续错下去？

他没办法，只能假装什么都不知道，每天一个人生活，默默地看着她的直播。

她去了法国、去了瑞典、去了意大利……

宋哲看着视频里意气风发的姑娘，默不作声。

这样自由的直播风格让杨薇圈了一大批死忠粉，哪怕没有任何炒作，她也是猫猫平台流量主播之一。比起过去每天铺天盖地的通稿时光，这样清清爽爽的直播，反而为她凝聚了许多路人粉。

杨薇走遍世界的时候，宋哲就一直住在她对面的公寓里。

她走得匆忙，没有换密码锁，于是他每个星期都会去她的屋子里，替她打扫卫生。有时候他会在那里住一晚，一个人躺在他们睡过的床上，回想着和她一起躺在这里的日子。

杨薇学会和苏简相处的时候，宋哲学会了一个人。一个人做饭，一个人睡觉，一个人看电影，一个人打游戏。

他开始仔细回忆她做过的一切，看她看过的每一本书，看她看过的每一部电影。他尝试她做过的一切，喜欢她喜欢的颜色，爱她爱的口味。

有一次大家聚会，一大桌人吃着东西，顾岚看着他点的菜，下意识地说：“宋哲，你点的都是杨薇喜欢吃的啊？”

宋哲愣了下，但很快轻轻笑起来：“我也喜欢。”

说着，他低下头，拿着筷子夹菜，这一次顾岚没有说，他用筷子的模样，也和杨薇像极了。

宋哲终于在杨薇离开他以后，彻底活成杨薇的模样。

这话没有人敢说，一顿饭吃得很安静。

席间宋哲喝了一些酒，后半场他端着酒，主动来到顾岚身边，顾岚很诧异他主动和她说话，东拉西扯了半天后，他才问：“她有没有给你发消息？”

顾岚很快意识到宋哲说的是谁，她和杨薇其实天天联系，然而她不敢说，只能勉强笑着说：“没呢。”

宋哲点点头，接着问：“她过得好吗？”

顾岚明白了，这人压根就没信她说的话。她没说话，宋哲看着她，眼里带了恳求：“好吗？”

这样的目光让顾岚有些招架不住，谁都想不到，过去那么意气风发、骄傲放肆的男人，会变成今天的样子。

一个人若是天生如此，大约也就习惯了。然而看着曾经傲慢的人走到今日，换谁都难免会有恻隐之心。

顾岚叹了口气：“挺好的。”

得了这句话，宋哲有些恍惚，他点了点头，低声说了句：“谢谢。”随后站起来，跌跌撞撞地回了自己的位子。

宋哲醉酒，武邑开着车送他回去，一路上他一句话没说，就是拿着手机来来回回地按，其他人不知道他在按什么，顾岚在后排却看得真切，他反反复复就几个动作——打开通讯录，翻到杨薇的名字，然后又回到主页。

一路，就做这么一件事。

等到了楼下，所有人都想送他上去，他摆摆手，说自己没事。他和所有人挥手，带了几分醉后的情绪："今天很高兴，大家回去吧。回去吧！"

他一个人回了家，到家门口之后，他跌跌撞撞进了门，开了电脑，小声地说："薇薇，我回家了。"

他打开杨薇的直播间，直播里是杨薇的录播，她今天在圣托里尼，蓝白色的建筑十分显眼，她没休息好，往前走的时候有些喘，评论区的人都很担心："薇薇，你是不是生病了啊？"

"别感冒了，一个人出门在外好好照顾自己。"

"谁说主播是一个人啊？"有人提醒，"有些镜头明显不是一个人，哈哈……"

"是有人陪着主播吗？"

这话让宋哲心里"咯噔"一下，他突然觉得自己不能再看下去了，可他又想看，他看到镜头前的杨薇笑起来："对啊。"

"有人陪我一起的，到时候他会照顾我的，你们不用担心啦。"

他会照顾她的。

宋哲很清楚，早晚会有这么一天，杨薇身边会有另外一个人替他照顾她。

其实他也没怎么照顾过她，现在有这么一个人，他该为她高兴才是。

可宋哲高兴不起来，他只能在黑夜里静静地看着她，他点上烟，仿佛把自己关在了一个玻璃罩里，冷漠又平静地看着外面的世界和一切喧嚣。

他不知道自己在想什么，也不知道自己在做什么，只是冷眼旁观。

直到看到杨薇被所有人怂恿，让她曝光同伴。

杨薇说："他在画画，我想去吓吓他。

“我数一二三，你们准备好刷屏。

“一、二、三！”

宋哲听到杨薇大笑的声音：“小简，看镜头！”

一个男人抬起头来，他坐在画架面前，手里拿着画笔，圣托里尼明亮的阳光落在他身上，他的栗色发梢，像是落在水上，波光粼粼。

他身后的鸽子被杨薇的声音惊到，振翅而起，男人的眼睛清澈又漂亮，是与他和杨薇过去截然不同的干净与明朗。

只是片刻的诧异，男人脸上又露出笑容。

“你在直播呀？”苏简说，“早说啊。大家好，我是主播这次旅行的朋友！”

“我和主播什么关系？”苏简笑起来，“这个要你们主播界定啊。”

“我为什么画她？”苏简被问愣了，随后才意识到自己的画入了镜头，仿佛被窥探到内心，他的脸骤然红了起来。

直播间里的观众疯狂刷屏。

“他脸红了！”

“他心里有鬼！”

“啊啊啊！主播恋爱了！”

“我闻到了恋爱的酸臭味！”

直播间的弹幕密集得都看不清了，宋哲关闭弹幕，将画面定格。

他看着屏幕上那幅画，是杨薇。

杨薇站在一座圆顶房子前，她身后是蓝白色的房子，远处是海滩，鸽子在她背后飞起，她手里拿着手机，笑容明朗。

一个人手中的笔遮掩不住他的感情，看到那幅画的瞬间，宋哲再也移不开目光。

这样的杨薇太漂亮了。在这个男人眼里的杨薇，太漂亮了。

宋哲太清楚这意味着什么。

杨薇终于离开了过去的圈子，过去的人生，认识了新的世界，以及新的人。

宋哲渐渐觉得屏幕有些模糊，他将烟碾灭在烟灰缸里，取下了眼镜，捂住眼睛，靠在椅子上。

成年的人哭泣永远措手不及，也悄无声息，更无从制止。

这世上有太多的事无能为力，例如生死，例如爱恨。

第七章　因为你遇到了我

宋哲从那天开始不再看杨薇的直播。

他在第二天晚上，搬回了自己住的别墅。他回家的时候，林姨还在院子里修剪花草，看到他的时候，有些激动："先生，您终于回来了？太太呢？"

宋哲愣住了，瞬间有种恍如隔世的感觉。他反应过来："哦，"

他深吸了一口气才告诉林姨："我和太太离婚了，以后她不回来了。"

这话让林姨呆了，宋哲理解林姨的诧异，他们小时候开始她就待在宋家，看着他们长大，她根本不能想象他们有一天会分开。

宋哲无法直视林姨的眼睛，转过身往房间走去。

他收拾好杨薇的所有东西，之前他一直觉得杨薇还会回来，所以他根本不碰。如今看着，感觉她好像是昨天离开的。他把所有东西都收起来，才躺在床上。

他头一次觉得房间太大了，太空了。他在床上翻来覆去睡不着，最终起身去了院子。

院子里种着一棵梨树，是小时候他和他爸妈一起种下的，现在这棵梨树已经长大了，刚好是开花的季节，白色的花瓣在月光下泛着淡淡的光，风一吹，花瓣飞散。

林姨悄无声息来到宋哲身后："先生，夜深了，您还是回去睡吧。"

宋哲看着面前的梨树，问："林姨，这棵树是什么时候种下的？"

林姨没想到宋哲会问这个问题，但她还是回答了："大概是您五岁的时候吧，您出去逛街，看中了这棵树，就一定要带回来。"

"五岁啊……"宋哲有些感慨，"树长大了，人都没了。

"我爸走了快十年了吧？"

"先生……"

"我妈也走了快两年了。"宋哲又意识到，"哦，很快就三年了。"

"先生……"林姨听着宋哲说话，有些哽咽，"您别想了。"

宋哲将目光从梨花上收回来，回头看着红着眼眶的林姨，轻轻笑了："是我不对，让你担心了，林姨，我没事。"

"先生，其实您还年轻，"林姨劝说他，"以后您就知道，凡事都得学会低头。我知道您是想太太了，您要是想，就去看看她，太太性子软，她喜欢您，您服个软，认个错，她就回来了。"

宋哲没说话，他不能告诉林姨，其实他低头了。他不仅低头了，他为了这段感情，甚至都忘了自己是谁。

可杨薇比他们想象中要坚决，她说要走，所有人都觉得是她作，是儿戏，是她表达她的不满，没有一个人想过，她是真的要走。

宋哲笑了笑，声音温和："林姨，回去睡吧。"

"我不是想她。"他眼睛弯弯的，像月牙，可任谁看着都觉得他要哭了一般，"我不想她，我就是睡不着，出来逛逛。"

"我这就去睡了。"宋哲回了房间。

宋哲的难过不敢表现出来给任何人看，他把它收在心里，小心翼翼，不让任何人察觉。其实他在这房间里待着就觉得难受，这个房间像一个火炉，时时刻刻用过去的回忆灼烧着他。房间里每一个角落里都是杨薇的影子，他可以清晰地看到她在梳妆台面前化妆，在床边静静地坐着，坐在椅子上看书，风从窗户吹进来，她抬头的时候，头发轻轻地在耳畔摇摆。

可他不能再走出去了，走出去了，林姨会担心，这份感情，不能再惊扰任何人了。

杨薇又回到了英国。

她和苏简已经很熟悉了，他们是坐火车回来的，杨薇看着一路上的风景，觉得自己的心情和来的时候很不一样。

苏简吃着东西，回头看见杨薇的笑容，忍不住问："你在想什么呢？"

"嗯？"杨薇回过头，笑了笑，"没想什么。"

"你骗人。"苏简递给她半个剥好的橘子，"出来这么久，马上要回去了，总有一些感想吧？"

"感想是有的。"杨薇吃着橘子，平静地说，"但是不能跟你说，你太小了，我怕污染你。"

"来，尽情污染我，我就是想被污染。"

杨薇忍不住问："为什么将最后一站安排在剑桥？"

"当然有惊天动地的理由。"苏简低下头，又给杨薇塞了橘子，换了话题，"今天不直播了？"

"休息一下。"杨薇说。

苏简皱了皱眉头："我发现你直播很随意啊，还想不想红了？"

"不想。"杨薇漫不经心地说，"我就随便播一下，有人看最好，没人看也随意，我无所谓。"

苏简有些不赞成，他苦口婆心："我觉得你该规划一下，你看你条件这么好，以后说不定能当明星呢？我觉得你嘴皮子很利索，去做个脱口秀什么的绝对没问题。"

杨薇没接话，她听着苏简像老妈子一样给她规划未来："薇薇姐啊，你不能仗着自己年轻、好看就为所欲为，你这个年纪的人，怎么对人生一点规划都没有？你说你过去是怎么活过来的？这么傻白甜。"

杨薇越听越好笑，她看着面前数落着她的人，一言不发。

苏简又问：“你有没有听我说话？你后面有什么打算啊？”

“你呢？”杨薇反问，“你有什么打算？”

“我？”

苏简见她反问，立刻以身作则：“我的打算多了去了。从英国回去就开始拍小电影，拍了小电影，我就去参赛拿奖，拿不到奖，我就上传到网上，等关注我的人多了，我红了，我就去找投资人，然后干一票大的。这前前后后弄下来，好几年就过去了。

“你听到我的计划没有？你听完有没有什么启发？”

“嗯，有。”杨薇点点头，苏简有些期待，随后就听杨薇说，“我想好了，我的目标就是，旅游完英国就回去继续做直播，然后没有了，很有可行性。”

苏简听完，痛苦不堪，用“孺子不可教也”的眼神看着她，拍着自己的额头：“我的天，怎么会有你这么没危机感的人？你家是有房收租是不是？”

杨薇想了想，她是没房收租，但是她放在银行里的钱，省着点过，好像吃利息也能好好过日子。

可她怀揣了逗弄苏简的心思，笑着说：“小简啊，我们女人和你们不一样的。我以后还可以嫁人嘛。”

这话把苏简说呆了。

杨薇接着说：“我的目标是当一个阔太太，以后锦衣玉食，所以你不用担心我，我规划好了。”

她以为苏简会训斥她，结果他沉默了，想了许久，点了点头：“你说得对。”

他一脸认真：“你和我是不一样。”

“我开玩笑的。”看苏简认真了，杨薇赶紧说，“你别当真。”

“不，我觉得你这个方案，比你回家天天当主播靠谱多了。”苏简非常诚恳，“你这个愿望，可以拥有。但是，薇薇姐，你难道真的就没什么想完成的喜欢的事吗？”

杨薇这次不敢再逗他了，她想了很久，才说：“小简，其实你说的话，我过去一直这么想。

“我过去可比你强迫症多了，我会对人生做规划，我对每一天的时间都在计划，我每天闭上眼睛就在想明天、想未来。我的每一步都在计划内，我努力把所有事情都做到我预料中的样子。

“可后来我发现，这样过太累了，我疲惫了。”

苏简听着杨薇的话，没有立刻回应，过了一会儿才说：“薇薇姐，我不知道你过去经历过什么，但我知道，一个人对未来有计划，证明对未来有期望。人的一生，只有充满期望，才会觉得幸福。你过去或许吃过苦，可一件事总有好有坏。你之所以觉得做计划让你过得不好，是因为你的计划做得太满了，过犹不及。你像我一样，”苏简摊摊手，“我做了计划，可我不像你，我给自己设置了一个度，我在计划之内生活，又常常游离于计划之外。我有我的自由，但也不会因为对人生毫无规划而手足无措。

“你看，我要去哪里玩，是我计划好的。可是遇见你，却是我计划外的。”

苏简看着杨薇，小心翼翼地说：“你不能因为它不好的一面，就否定它的全部。”

“你说得对，”杨薇笑了笑，“我该保留它的好。”

“你这么想，我就放心了。”苏简放松了神色，又将橘子递给杨薇。

杨薇吃着转过头去，看着外面青草。

苏简看着杨薇，一时有些恍惚。

不得不说，杨薇真是少见的美人，五官精致不说，难能可贵的是那份气质，始终带着一种包容平和的气质，让人亲近，又保持着恰当的距离。

这种不远不近的相处，最让人心动。

于是苏简忍不住问：“薇薇姐，你过去到底是怎么样的人？”

杨薇有些诧异苏简会问这样的问题，他也知道自己的问题有些越界，连忙说：“你不用和我多说，我就是好奇你过去到底经历了什么，才是今天的样子。”

“也没什么。”杨薇看苏简紧张的样子，笑了，“你不用紧张，我过去……其实和普通人没什么太大不同吧。”

杨薇的声音小了下去，她看出苏简眼中那份探究，知道他是真的很想知道自己的过去。

苏简的眼里是藏不住事的，她想了一下，才说：“其实我家以前在南城很远的地方，我妈是个小学老师……”

杨薇断断续续地说起以前的往事，他听她说走过的岁月，带了一种少有的沉默。他们到了宾馆里，她还没说完，他固执地坐在沙发上，听着她继续说。

直到最后，她说到遇见他，她抬眼笑了笑：“就是这样了，我遇见了你，然后我们一起旅行。”

“其实我很感谢你，”杨薇看着苏简，一脸认真，“你给了我一种全新的生活方式，你和我过去认识的人截然不同。”

“哪里不同？”苏简问得认真。

杨薇笑嘻嘻地说：“傻啊。”

苏简没说话，杨薇看了看时间，觉得有些累了，她站起身去接水，背对着他：“行了，回去睡吧，我困了。”

苏简坐在沙发上静静地消化杨薇说的话。

他发现，直到今天，他才第一次这么认真地去了解杨薇。他揣测过她的过去，知道她结过婚，想过那个男人和她之间大概是什么样子，以为是一个被生活岁月蹉跎的世俗爱情故事，没想到，这个故事里没有他以为的世俗，而是剥开了一切客观的纠缠，仅剩感情的交织。

他突然觉得难受。

杨薇描述的那个人，虽然有种种缺点，可有一点，是他完全不能比的。

他们相遇得太早，有足够漫长的时间，把双方变成自己的骨血。

苏简向来是一个目标明确的人，从来不因过程中的阻碍被打倒。他低声说：“薇薇姐，我先去睡了。”

“嗯，去吧。”

他往门口走去，走了两步，突然说：“薇薇姐，你不想问问，我听完你的过去，怎么评价吗？”

杨薇回过头来，看着苏简，说：“我的过去不需要人帮我评价。”

苏简点了点头，杨薇看他似乎有些失落，忙说：“但你的评价，我还是想听听。”

“薇薇姐，”苏简看着她，神色认真，“我知道你的过去刻骨铭心，可你别回头了。

“太苦了，过去就过去了，往前看，未来的路上有大好风景。”

“你又知道有大好风景了？”

苏简眼里带了少有的严肃：“我知道。”

杨薇突然觉得苏简似乎成熟了许多，他掷地有声：“因为你遇到我了。”

这话把杨薇说愣了，她不知道是不是自己敏感，只能打哈哈：“你说得对，我的确遇见了很多好风景，你是其中之一。”

苏简抿了抿唇，脸上露出几分不悦，但他什么都没说，转身走出去。

等苏简走后，杨薇有些不安，她要比他年长，而他又从不对自己的情绪加以掩饰，能很轻易猜测到，这个人在想些什么。

杨薇很清楚自己的状态，这个时候开始任何一段感情，都是慰藉。苏简和周文不一样，周文清楚自己要什么，他想要从她这里得到的不是感情，而是一种互相支撑的力量，周文所求，她能给。苏简所求，她给不了。

杨薇在房间里坐了一会儿，觉得有些疲惫，决定不再多想。

第二天早上，苏简敲响她的房门，她以为苏简对昨天的事会有几分介怀，没想到他还是那副大大咧咧的样子："薇薇姐，走，我带你去个好地方。"

苏简催促杨薇梳洗打扮后，便领着她去了一个广场，广场上站着许多人，他们表演不同的才艺，她一去，就不断有人问她，要不要画个画像……

旁边有拉琴的，唱歌的，跳舞的……每个人都在这个广场里，却又有自己的小世界。

杨薇静静感受着这个世界的一切。

苏简显得极其兴奋："薇薇姐，你不是喜欢说脱口秀吗？你明天就过来站在这里表演。"

杨薇侧头看他。

苏简笑着说："就把这件事当成是你人生的新开端。你觉得怎么样？"

杨薇明白苏简的意思，人生是分成阶段的，例如高中，大学，每一个阶段里，都会有一场郑重其事的告别，然后才开始下一个阶段。

她离婚告别了宋家，而现在她需要告别宋哲。其实这场旅行就是一场告别仪式，哪怕她不遇到苏简，也会遇到其他人，新的人，新的世界，都是在和过去告别。

确实到了重新开始的时候了。

杨薇深吸一口气，点头："好。"

第二天清晨，苏简陪杨薇来到广场，他们各自找了一个地方，苏简画画，杨薇站在原地，架起手机，开始直播脱口秀。她像聊天一样，随意聊着。之前她做过这样的事情，那时候她说的是中文，而这次，她说的是英文。

她的言语似乎有了魔力，不断有人驻足听她说话。

那种在舞台上被所有人凝视，看着所有人因她笑的感觉重新回来了，她感觉有一种莫名的力量，源源不断灌入自己的身体里。

直播间里大多数人都是蒙的。

"这个英语水平……谁来翻译一下？"

"我给主播跪了。这么听一年我六级能过了吧？"

“薇崽冲呀！给我冲冲冲！冲出亚洲，冲向世界！”

“啊啊啊，薇薇在伦敦，我现在就过去！”

直播间的粉丝疯狂刷弹幕，没一会儿，大家就看见一串闪亮的字，开始翻译杨薇的话。

他的字很显眼，一句一句翻译得极其到位。大家愣了几秒后，集体惊叹。

“猫大侠！你英语这么好吗？！”

“我这次信了，猫大侠不是小学生。”

“不，有可能是一个英语特别好的小学生……”

“不可能！那我岂不是连小学生都比不过！”

弹幕飞快滚动，粉丝们都出去拉人，告诉大家，杨薇重操旧业，开始说脱口秀了！

宋哲看着这一切，也不知道为什么，看着杨薇以这样的方式出现在镜头里，鼻尖泛酸。

之前她做直播，都是在播生活状态，这样的她，和舞台上、被人注视着的那个她是有区别的。

宋哲已经不看杨薇直播很久了，直到今天高林问他，告诉他杨薇开始重新说脱口秀了，于是一直以来被他克制的情绪翻腾而出，他忍不住打开电脑，然后看见了她。在看见她脸的瞬间，思念和爱铺天盖地而来，他突然意识到，原来他最爱的，还是她闪闪发光的模样。

宋哲随杨薇的言语而笑着、紧张着，又觉得沉重，他的情绪完全由她掌控，她说什么就是什么。

等杨薇直播完毕，宋哲坐在电脑面前，感觉自己几乎被思念淹没。

他想她，特别想她。特别想见到她，陪伴她，听她说几句话，哪怕什么都不做，就这么看着，也好。

他的失眠症越来越严重，一闭上眼睛，都是杨薇的影子。

医生给他开了安眠药，他吃下去，睡着了，也都是噩梦。梦里他总是回到过去，那时候他仗着杨薇的爱肆意妄为，然后杨薇反复离开。

他害怕入睡，又不能不睡。他不敢让旁人看出他的状态，所有人都觉得，他越发憔悴了。

高林看不下去了，他翻了翻文件，终于翻出了一份项目终止决议书，放到宋哲面前。

“宋总，这个影视项目当初是您二叔决议，董事会全员通过的，您现在要终止，至少要得到三分之二以上的股东同意，杨小姐百分之五的股份至关重要，您现在得找到她。”

宋哲没说话，他想问“你们找不到她吗”……

然而在高林的眼神中，宋哲明白了，他们能找到她，可是他们也好，他也好，都急需一个理由。

一个让他见到杨薇的理由。

宋哲不着痕迹地将目光从文件上抽回来，仿佛这是一份再普通不过的文件：“你放在这里，先找到杨小姐，找到后安排时间买机票吧。”

高林舒了口气：“好的，我这就去办。”

高林走出去后，宋哲抬起头，目光落在文件上。他看了很久，却始终没有勇气拿起来。

宋哲的人找了杨薇快一个星期，才确定了她的位置。

杨薇在伦敦，每天白天去讲脱口秀，她表演脱口秀总能得到一些钱，除去一天基本开销，她走在路上，会把钱放进她喜欢的表演者面前的碗盆里。她很喜欢别人对她说“谢谢”的那一刻，也喜欢别人眼睛亮起来的那一瞬间。

她因此认识了一批人，都是广场上表演才艺的，有画画的，有拉大提琴的，有唱歌的，有吹长笛的……他们晚上会和她还有苏简一起去酒吧，一群人喝完之后到公园里，兴致来了，他们会一起唱歌，她远远看着，忍不住笑起来。

苏简会用摄像机把一切记录下来，他已经用摄像机拍了一路，杨薇忍不住问他：“你拍这些做什么？”

“我喜欢记录画面。”苏简抬头笑着，“都是时间。”

“苏简，”杨薇说，“回去之后，好好追求你的梦想，加油啊。”

“你也是。”

苏简转眼看她：“加油啊。”

两个人举起啤酒瓶碰了一下。

当天晚上回去，杨薇就感冒倒下了。她病起来很难受，什么都不想吃，英国的食物对病中的她来说毫无食欲，中餐馆的水平也一般，一天都不怎么吃得下东西，到晚上的时候，她发起了高烧。

苏简没办法，一直守着杨薇，他们住在两间小公寓里，苏简夜里也不走了，干脆打地铺，睡在她旁边：“你不舒服就跟我说。”

杨薇迷迷糊糊睁开眼，看了苏简一眼：“我没事。”

“这样还没事啊？”苏简叹了口气，“姑奶奶，不是我说，您真是林黛玉的身子，花木兰的心。你的灵魂和身体稍微契合一点，也不至于折腾成这样。”

杨薇忍不住笑了，她躺在床上，闭着眼。

苏简躺在地上，没一会儿就睡着了，他睡觉有小小的鼾声，像一只小猪一样，听着就让人觉得香甜。

杨薇在黑夜里想起宋哲，宋哲睡觉几乎没有声音，他睡得端端正正的，虽然他看着放浪形骸，却在这些细节里，优雅精致。

杨薇发现大约是自己过去的人生太匮乏，以至于每次在思考一个异性是什么样的时候，都会不由自主地拿出宋哲进行对比。

杨薇在苏简的呼吸声中睡过去，等到半夜时，隐约觉得手机振动。

杨薇睡得太沉了，完全醒不过来，苏简被她的手机振醒，迷迷糊糊中抓过手机，直接接听：“喂？”

没有声音，苏简忍不住又问：“喂？你好？”

对方却挂了。

苏简看着手机屏幕上的陌生号码，觉得有些莫名其妙。

宋哲站在长廊尽头，觉得呼吸都有些冷。他不敢想为什么这么晚还会有一个男人接听杨薇的手机，他提着文件，突然失去了勇气。

宋哲花了十几个小时，从中国飞到伦敦。他没有浪费一分钟，直奔杨薇住的地方，他思索过无数次自己该以什么样的话开头，可是他从来没有设想，这个开头是以与另一个男人的“喂”作为开始。

再往前走五个房间，就是杨薇住的地方。他千里迢迢赶过来，总不能一句话都不说，一面都不见，就这么离开。至少要看一眼她过得好不好，是不是真的像在直播上那样，过得好好的。

宋哲让自己平静下来，拿着文件走到杨薇门口，他深吸了一口气，鼓足勇气敲响门。

苏简才刚进入睡梦里，就被敲门声吵醒，他烦躁地起身，抓了抓头发，打开了门。

一开门他就愣了，门外站着一个亚洲青年，看上去比他还要高些，似乎是二十七八岁的模样，在深更半夜，依然穿着得体的西服，戴着金丝边眼镜，手里拿着一份文件，静静地打量着他。

苏简愣了，面前这人真是漂亮精致极了。

他自己已经是少见的帅哥，走过许多地方，大家都夸他长得好，然而和这人比起来，他这才察觉，自己少了几分气度。

宋哲静静地看着苏简，在他出现的瞬间，宋哲就认出来，他是杨薇直播里的那个男人。

宋哲说不出是什么感觉，近乎自虐一样站在门口看着对方。

苏简察觉宋哲神色不太对，好久后，他迟疑着用英语问了一句：“有事吗？”

宋哲闻言笑了，他有些苍白的神色里带了几分绝望：“抱歉，”他用中文字正腔圆地回答，“我敲错门了。”

说完，他拿着文件转过身去。

苏简蒙了，看着他走向电梯，抓了抓头，关上门。

宋哲站在电梯面前，按了向下的键。他看着电梯到来，却没有勇气往前一步。

他始终还是想见她一面。哪怕走到这一步，他还是想，就算没在一起也好，当朋友问候也好，他也想再见她一面。

宋哲捏了捏拳头，深吸了一口气，又回到了杨薇的房门前。

此刻是早上四点。宋哲一个人站在长廊上，有些累了，于是他坐下来，目不转睛地看着对面纯白色的墙壁。

杨薇躺在屋里，睁开眼睛：“我好像听见他的声音了……”

苏简揉着眼爬起来：“薇薇姐，你要什么？”

杨薇呆呆地看着天花板：“我听见他的声音了。”

苏简以为杨薇在说胡话，拍了拍她的手，安抚着：“没什么声音，睡吧。”

杨薇没说话，好久后，她闭上了眼睛。她想她大概是听错了，这里是英国，宋哲哪里会在这个时候出现？

她浑浑噩噩睡到天明，烧总算是退了，她全身没有一点力气，汗浸湿了被子，腻得不行。清晨第一缕阳光落在她眼皮上，她睁开眼睛，沙哑着声喊：“苏简。”

苏简睡得熟，杨薇失了声，声音又哑又小，可她口渴得厉害，所以忍不住又叫了一声：“小简。”

苏简翻了个身，还是没醒。

杨薇一个人躺在床上，突然觉得特别无力，拼着力气想起身，这时候门外传来了敲门声，敲门声不大，很有节奏。苏简终于醒了，他揉着眼睛，打着哈欠："怎么还有人啊？"

他睡眼惺忪地爬起来，开门看见的是昨晚那个男人，他站在门口，眼里带着血丝。

苏简瞬间清醒了。

宋哲笑了笑："不好意思，我确定了。"宋哲的目光往里探去，"我没找错，请问，这里是杨薇的住所吗？"

苏简下意识往里面看了一眼，随后小声地问："请问您是？"

"我是她的朋友，"宋哲的笑容温和，"劳烦您同她说一声，我叫宋哲。"

"好，稍等。"

苏简关门之后，直奔到杨薇面前，一边收拾地铺，一边问："门口有个人，说是你朋友，叫宋哲，你认识吗？"

杨薇愣了，片刻后，她点了点头。

这时候苏简已经将房间收拾好了，他说："那我放人进来了？"

杨薇稍有犹豫，但她知道宋哲千里迢迢过来，一定不简单，于是她叹了口气，点了点头。

苏简跑去开门，杨薇强撑着自己坐起来，苏简对宋哲毫无戒备，开门之后，给宋哲拉了凳子："你同薇薇姐先聊天，我洗漱一下马上过来。"

宋哲没说话，杨薇抬眼看过去。

宋哲瘦了很多，面色苍白，眼带血丝，明显是没睡好。然而这样的状态下，他的衣衫依旧没有一丝褶皱，整个人挺立如松。

比起走的时候，他的气质内敛了许多，收起了过去那份浮躁肆意，带了几分萧索沉稳。

他走到杨薇面前，杨薇愣了，就看他转身走出卧室，端了一杯水进来。

杨薇看着宋哲端在面前的水，听他说："喝点水吧。"

杨薇没说话，她看着他手里的水，水倒映着他的面容。

她突然觉得眼睛酸涩。

察觉一个人的成长需要多长时间？

一瞬间。

当这杯水出现的时候，杨薇突然意识到，面前这个人和她记忆里的已经截然不同。

杨薇抿着唇不说话，他似乎知道她没有力气，直接坐到她旁边，让她借着他的手，将水喝下去。

水进了干涩的嗓子，终于得了几分缓解，宋哲将水放在床头桌上，杨薇终于得空，沙哑着声问：“你怎么来了？”

宋哲没有回答这个问题，反而问：“吃过东西了吗？”

“才刚醒。”杨薇有些尴尬，“你吃过了吗？”

宋哲没说话，他心里难受。他想冲出去质问苏简，怎么能把人搞成这个样子？他捧在心尖上的人，怎么能变成这个样子？

然而他知道自己没有立场，于是他什么都没问，只是站起来对她说：“其他事先不谈，我先给你做点吃的吧。想吃什么？”

“不用……”

“厨房里的锅我看过了，那些东西你吃不了。”

杨薇什么都说不出来了。

宋哲替她做了决定：“我去给你煮点粥。”

说完，宋哲走了出去。

苏简昨天为了给她做饭，买了很多菜回来，只是他做出来的东西的确不合胃口，杨薇又在病中，完全吃不下去。

宋哲迅速刷好锅，将米和水放好，开始切菜。

他揣测着杨薇的口味，想着她应该没有什么食欲，所以只煮了一碗青菜粥，又拌了个凉菜。

苏简洗漱好，顶着湿漉漉的头发穿好衣服走到厨房，看见面前脱了西装外套，系着围裙忙活着的男人，愣了。

苏简看着宋哲熟练地切菜，突然觉得不好意思，他走到宋哲身后，尴尬地说：“那个，你做饭啊？”

宋哲抬眼看了苏简一眼，心里憋着火气，又不能发作。他低头切着菜，苏简察觉出他的敌意，摸了摸鼻子，有些不好意思地问：“有没有什么需要我帮忙的？”

宋哲切菜的动作顿了顿，他又看了一眼苏简。

苏简被宋哲的眼神看得想要逃。

宋哲说：“你在旁边看着，好好学吧。”

苏简有些不太理解宋哲的意思。

“两个人在一起一辈子，总有需要人照顾的时候，她嘴刁，平时还能忍，病着的时候你不做她喜欢吃的，她吃不下。”

苏简有些发蒙，宋哲以为他是不满，捏紧了菜刀，解释：“我说这些话，不是为了激你，让你不舒服。她选了你，和你相处得好，我也祝福。只是哪怕我和她没有关系了，也算她半个家人，我始终希望她能过得好。”

说着，宋哲觉得有些鼻酸，不知道是不是洋葱太刺激了。他像一个将自己珍宝送给别人的孩子，反反复复叮嘱着对方。

“她口味重，重麻重辣，但是她一般比较克制，生病的时候这些都不适合吃，你得做点开胃的……

“她不喜欢吃姜，但是姜汤和姜撞奶这些除外，只是你做菜的时候不能放姜。

“她……”

他絮絮叨叨说了许多，苏简就站在门口听着，好久后，他说：“我终于知道你是谁了。”

宋哲将青菜放进了粥里，听见苏简问他：“你是她前夫，对不对？”

杨薇会和苏简说起他，他一点都不意外。他不喜欢听到“前夫”两个字，所以没回答。

苏简打量着宋哲，笑了：“你和她描述的不一样。”

“她描述的我，是什么样子？”

苏简想了想：“至少不会做饭。”

“都是后来学的。”他那时候想讨好她，想证明给她看，自己也可以变成他们口中那种好男人，于是他刻意学了她喜欢的菜。

以前别人就经常说他聪明，聪明在做饭这件事上被他发挥得淋漓尽致。

苏简注视着宋哲：“你是来挽回她的？”

宋哲熬粥的手顿住了，他看着锅里沸腾的粥，说：“不是，我只是，我只是想来看看她。”

苏简没说话，他看着面前的人，眼中露出几分惋惜。

宋哲熬好粥，准备好凉菜，端到杨薇面前。杨薇又睡着了，宋哲让苏简翻出体温测试仪，在她脑门上“滴”了一下，杨薇迷迷糊糊睁开眼，看见宋哲站在她面前，皱眉看着体温测试仪上显示的温度。

“你有些低烧。”他抬眼看向杨薇，“你烧多久了？”

“从昨晚开始发烧。”苏简在后面补充。

宋哲点了点头，抬手摸了摸杨薇的额头：“你得去看医生。”

“没事，”杨薇哑着声，“就是感冒。”

宋哲没再多说，只是说：“先吃点东西吧。”

他把杨薇扶起来，给她喂了粥，苏简没事干，干脆去锅里端了一碗粥，站在一边看着宋哲喂杨薇。

他一边吃一边说：“宋哥，你手艺真的挺不错的，你学了多久啊？”

“一个月。”宋哲将最后一口粥喂完，端着盘子起身，“你用心学，也学得很快。”

苏简：“啊？？？”

他只是想混个饭吃，顺口恭维一下宋哲而已，并不想学习做饭。

两人的脑回路不在一条线上，宋哲发现苏简没打算做任何事后，就干脆包揽了所有事，他打好水，拧了帕子，把杨薇的脸和手擦干净，让她不会太难受。

等宋哲做完这些，有人敲响了房门，宋哲去开门，站在门口的是宋哲让高林临时高价预约的私人医生。

医生给杨薇看诊之后，开了些药，随后嘱咐了一下后续注意事项，简单讲就是，好好静养，增加抵抗力。

宋哲送走医生，杨薇躺在床上，笑着说："我说没事吧？"

"不能掉以轻心。"宋哲笑了笑，"流感发展成肺炎的不是没有。"

说着，他看了看时间："你再睡睡吧，我也去睡一觉，中午我做好饭叫你。"

"宋哲。"杨薇见宋哲要走，忍不住叫住他，"你来这里，应该有什么事的吧？"

"你病好了再说，不是什么重要的事。"

宋哲背对着她，随后走出卧室，抱了床毯子到沙发上，蜷在沙发上睡着了。

宋哲好久没睡觉了，刚躺下就睡着了，等他睡熟之后，苏简靠近杨薇，小声地问："薇薇姐，你打算怎么办？"

杨薇听到这话，看着苏简："我有些累了，想睡一会儿，你该做什么做什么吧。"

杨薇的确是困了。昨晚她睡得不好，一直处于一种半梦半醒的状态。但她也睡不着，她猜测着宋哲这次来的意图。

她离开南城的时候，以为宋哲会不顾一切追过来，然而他没有。当时没来，现在来了，又是为什么？

杨薇有些想不明白，但她没问，她有些害怕知道答案。

她不问，宋哲也不说，他就是默默地做饭，给她喂药，递水……

比起苏简，他真的贴心太多，她一睁眼，他就能知道她要什么。夜里苏简和他换着守夜，他仿佛不睡觉一样，她只要咳嗽一声，他就起来看看。她晚上觉得热，便会踢被子，他就反反复复起来给她把被子盖上。

宋哲一来，第二天杨薇就感觉好多了，第三天就基本好了。苏简起床后，杨薇和他打招呼，苏简很快识时务先出门了，宋哲煮好早餐从厨房走出来，看见杨薇坐在饭桌边上，苏简没了人影，便问："苏简呢？"

"他先去外面逛逛。"

杨薇握着水杯，抬眼看放下早餐盘子的宋哲："我病好了，我觉得我们是时候谈一谈了。"

宋哲愣了一下，没说话，杨薇以为他又要拒绝。

他向来是活在自己世界的人，他对世界的认知是什么，便由不得别人改变。

杨薇叹息："阿哲……"

"好。"宋哲点了点头，出乎意料的平静，"稍等。"

他去厨房拿了刀叉出来，放在杨薇面前，一边布置一边说："先吃东西，吃完再说。"

杨薇有些无奈，她捉摸不透这是宋哲的拖延战术，还是他真的觉得吃饭更重要。她看着他："你要和我谈什么？"

"这话该我问你。"

杨薇看着他："你来英国找我，是做什么？"

宋哲没说话，他知道有些话不该说，然而在看见她没有任何波澜的眼神时，他又觉得，哪怕他不说，其实大家也都明白。

他垂下眼睛："我要终止一个项目，需要你签字。"

听到这话，杨薇点了点头，正要开口，又听见他说："当然，这是理由。如果你要问我真正的动机，其实很简单——"

宋哲抬起头来，消瘦的脸上满是认真："我想你了。"

杨薇的表情有些凝重，没有丝毫喜悦。她以为两人的关系又要回到离开之前，当她准备开口说什么时，就见宋哲笑起来：“逗你玩的。”

他的笑容里带了几分苦涩：“别在意，”他说，“就是一个玩笑罢了。”

这世上大多数的玩笑话，是不能说出口的心里话。

他太想将这句话说出口，又怕这句话会让人难堪，于是思来想去，也只能是装作漫不经心地说一句玩笑罢了。

第八章　有生之年，必不负卿

杨薇不是傻子。

她曾经喜欢过他，那份喜欢和他此刻别无二致，她也曾战战兢兢地说着自己的心思，又怕人发现，然后和人说，开玩笑的。

她沉默了很久，才说："这些日子，我过得很好。"

"我知道。"宋哲很平静，杨薇抬眼看他，他迎着她的目光，"我一直在看你的直播和朋友圈。"

杨薇注视着宋哲，她仔细观察着宋哲的改变，她觉得他们该说很多，她其实有很多话想和他说，又不知道怎么开口。

感受着杨薇的注视，宋哲喝了口茶，他敏锐地察觉出对方欲言又止，他知道杨薇是想和他说些什么，于是抿了抿唇，说："我们敞开心扉谈一次吧？"

"好。"杨薇点了点头。

宋哲有些迷茫："该怎么谈起？"

"你变了很多。"

"这样的转变，"宋哲笑起来，"你喜欢吗？"

杨薇没有说话，宋哲又问了一次："你喜欢吗？"

杨薇深吸了一口气："我很高兴有一天你能明白怎么爱一个人，可是如果这些改变都只是为了讨我欢心，这不叫改变，你明白吗？"

"我明白。"宋哲点头，"这叫失去自己。可是杨薇，成长本来也就是一个失去自己的过程，只是彻底了，叫失去，不彻底，就叫打磨。”

“其实你走以后，你过得如何，我大概都知道。”宋哲似乎是在谈论与自己无关的事，他的语调很平淡，“我知道你一定很奇怪，我为什么没有马上来找你。”

“我以为你会第一时间找到我，把我抓回去。”杨薇笑了笑，“你没有来，我真的挺诧异的。”

“本来是要来的。”看着杨薇的笑容，宋哲也笑了，气氛轻松起来，他靠着椅子，接着说，“可你去美国的那架飞机出了事，就是那天晚上，我突然意识到自己做错了。”

说着，宋哲有些难过，但他还是强撑着笑容：“你是一个个体，你有你的自由，也有喜欢我或者不喜欢我的权力。我喜欢你，是我的事，我不能口口声声说爱你，然后逼你去做你不愿意做的事情。”

“你不愿意嫁给我，也不愿意喜欢我，”宋哲声音顿住了，他喉头哽咽，似乎有些难以说下去，不过这次他没有哭，他控制着自己的情绪，甚至还保持着微笑，用所有理智，逼着自己说下去，“这都是你的选择。我只能做主自己，不能做主你。”

杨薇听着宋哲的话，感觉内心是说不出来的刺痛。

她低着头，听他继续说：“所以你放心，你过好你的生活，我不会有任何干涉。

“你百分之五的股份还在公司，每年分红会照常打在你的卡上。武纶转让给你的工作室，你愿意经营就经营，你不愿意经营，我可以收购那个工作室，你拿分红就好。还有离婚你应当分到的财产，那时候我以为我们还会继续在一起，所以没有当回事，无论如何，你都不该净身出户。公司的股份我得保留，不能给你，其他现金，理财基金，以及房产都归你，每年我会支付我收入的百分之三十作为你的赡养费，有这些钱，你可以做所有你想做的事情了。”

杨薇抱着茶杯，感受着茶杯上的温度，听着他这份迟来的离婚分配。

等宋哲说完了，杨薇才说：“不用了，当初我没要，现在也没必要要。那百分之五的股份，你不愿意要就算了，武纶转让的工作室，我经手自然会有我的安排，你不用收购。”

宋哲听杨薇说完这些，心里有些难受，他也没有遮掩：“我不会干涉你的。”

“我知道。你只是想对我好。”

“不行吗？”宋哲暗中捏起了拳头，声音有些发颤，“我不需要你回报我什么，我只是想对你好，都不行吗？”

“阿哲，”杨薇看着他，眼中全是了然，“我给不了你要的。”

“我什么都不要。我只要你过得好。”

“阿哲，你可以自欺欺人，我不可以。”杨薇直白地说，“我知道你对我的感情，所以我知道，这份感情背后的要求。你只要我过得好，不是因为你不想要其他的，是因为你要不了。我们像在做一场生意，你有心，我无心，因此就成了不平等的交易，你无休止地让步，不是因为你真心实意觉得这个价格公平，而是因为这段感情，不公平。

“我体会过这种感情。我体会过这种煎熬，我不希望你在这种不公平里待着，我不想看着你和我以前一样，因为喜欢一个人，无休止地退让，最终连自己都没有了。

“没有自己也就罢了，可你不能骗自己一辈子。早晚有一天，你会从自己编织的谎言里清醒。付出就会想要回报，什么不求回报全部是赌徒给自己的谎言。你在赌我会回头。”

“我没有。”宋哲笑了，眼里带着疯狂，“杨薇，你揣测这一切的时候，都是站在你过去的角度。你说得对，我此刻的情绪你大多都有，可你少了一件事——”

“你没有经历过我的死亡。”

宋哲低下头，轻笑：“可我经历过了，以为你死亡的瞬间。

“你知道那时候我在想什么吗？我首先想的是，如果你死了，我活着还有什么意思。后来我就想，你死了，如果我不好好活着，又怎么对得起你这么多年的维护。

“我求死而不能。”

这话让杨薇心头一颤。

宋哲深吸一口气：“杨薇，其实每个人都是不一样的。你永远不可能明白我心里在想什么，你喜欢一个人，特别理智，特别内敛，哪怕你觉得你用了百分之百的生命去喜欢一个人，都不可能和我一样。

“我的喜欢和你不一样，所以你揣摩我，其实没有多少意义。

“我觉得，我们最好的状态，就是现在这样。我不干涉你的生活，也不干涉你的想法，你喜欢我，不喜欢我，都没有关系。我不会骚扰你，如果我有什么举动让你不舒服，你可以告诉我，我远离。

“可是我希望你能接受我的好意，”宋哲静静地看着杨薇，“你是我的家人，是我的爱人，这是连我自己都无法改变的事情。”

“你知道，人活着，总得有一个羁绊。我和你不一样，”宋哲苦笑，“我没有你这么独立，这么坚强，我想有个根，我想在我想到生死的时候，我有个理由告诉自己，死亡是可怕的，我有活着的理由。

“如果我父母还在，这个理由是我的父母；如果我有孩子，这个理由是我的孩子；如果我有妻子，这个理由是我妻子。可是我一无所有。”宋哲的目光落到茶杯里，“不过，这也是我想做的。如果你不接受，你可以拒绝，我不会勉强。

“只是我不明白，”宋哲有些难受，“我连对你好，都让你这么讨厌吗？”

已经不勉强，不强求，就连对一个人好的资格都没有吗？

杨薇听见这话，无数心酸涌上来，她不敢抬头，只是紧紧地握着手里的杯子。

宋哲以为这个问题的答案太过难堪，以至于她无法回答，只能低声叹息："我明白了……"

"其实，不是的。"杨薇突然说，"我并没有讨厌你对我的好。"

宋哲看见杨薇抬起头来，笑着看他，眼里有几分绝望："我只是不知道怎么处置这份好。

"我不能无条件地享受别人对我的付出，你给我一分，我就要还你一分。宋哲，我太喜欢你了。

"我对你的这份喜欢已经成为习惯，我舍不得你难过，看不得你伤心，我知道，这辈子不管你做什么，我都能无条件原谅。可是这种感情，让我太害怕了。

"我不能回头。"杨薇眼里带了泪，"我放弃这段感情不是一时意气，不是因为你和某个女星的绯闻，也不是因为你某一次嘲讽，我对你的失望是长年累月里积累的，是我一次又一次动了心，然后又死心，反反复复产生的。"

"我和你在一起，我一辈子都活在恐惧里。我觉得你对我太好了，然后又在你对我好的下一瞬间发现，原来我在你心里，不过如此。"

宋哲看着杨薇的眼泪落下来，他一时慌了："别哭……"

"我没事。"杨薇抬手，擦了脸上的眼泪，继续说，"我没事的。阿哲，其实我们之间最根本的问题不在你，在于我。你现在真的改了，我知道。可是我也知道，你这份改变不是因为你真的改变，你不是真的认识到什么是对，什么是错，你只是因为爱我，你爱我，所以你要对我好。可是如果你不爱我了呢？"

"人一辈子这么长，如果你有一天不爱我了，那我就要面对过去那个你。我怕了，"她身子微微颤抖，"我真的害怕。"

"我不能回头，我回不了头。我根本不能想象和你一直在一起的样子，我会随时陷入害怕，我会敏感，焦虑，我会变得特别讨厌，不像我自己。"杨薇抬手捂住脸，她怕让对面人看到自己这份软弱的模样，可她知道，如果不让他知道他们之间的结在哪里，他永远都要走在一条伤人伤己的路上。

“我们在一起这么多年，或者说从我们成年以来，我最高兴的时候，其实就是决定要去美国、离开你的那段日子。”

杨薇又哭又笑：“我那时候什么都不用担心，你以为我是哄着你，为了谋求逃离的机会，其实不是，我是真心的。”

真心和他在一起看电影，一起去游乐场，跟他在一起。

所有的一切，她都是真心的，抱着一种世界末日的决绝姿态，全心全意地陪伴他。

“我的喜欢真的特别卑微，”杨薇眼里带着怅然，“那时候我们做的一切，都是我曾经不顾一切追逐的。然后你给了我，如果这就是我们的结束，我觉得很好。可是如果我们还要走下去，我不知道怎么走下去。

“阿哲，我不是讨厌你对我好，我是害怕。你靠近我，我就害怕。我宁愿一个人走在这些陌生的地方，我宁愿一个人在晚上想你，我都不想再回到过去了。你放我走吧，好不好？

“我们都不要喜欢对方了，真的，”杨薇慢慢收起情绪，“太累了。”

宋哲说不出是什么心情，杨薇说喜欢他，他理应高兴，却生不出半分欢喜。因为他知道，她在此刻说喜欢他，是一种诀别，是在告诉他，祈求他放手。

虽然他已经放开了，她却觉得还不够彻底。连对她好这样的事，都不能做。

宋哲看着趴在桌上痛苦哭泣的人，他站起来，走到她面前。

“不哭了。”

他深吸一口气，拿起纸，捧起她的脸，为她擦眼泪。

“你说的，我都明白了，不哭了。你放心，你不想我做的事，我都不会做。”

杨薇轻轻抽噎着，宋哲将她轻轻按在自己怀里，她靠着宋哲，感受着他身上的温暖，听着他的心跳。

宋哲仿佛一夜之间从男孩成长为男人，给了她依靠的力量。他的声音平和："不喜欢就不喜欢了，其实没什么。薇薇，你以后就过你喜欢的生活，我给的都是你该拿的，你不要觉得我是因为喜欢你而给你的施舍。哪个豪门太太离婚，一点钱都不拿？你不拿，别人也会笑话我。

"我以后不会随便来找你了，但我也不会刻意避开你，我会努力不喜欢你，你也努力从过去走出去。

"你可以继续说你的脱口秀，也可以继续做公益，或者去做投资，你可以和苏简在一起，你们好好的，你做什么都好，都和我没有关系。"

宋哲维持着笑容，抱着怀里的人，轻拍着她的背，继续艰难地说："我会好好经营公司，会实现我爸妈的愿望，投资好的电影，把电影带出国门。我会成为一个很好的商人，以后说不定你会在电视上经常看到我……

"我们都会从过去走出去。"

宋哲抱着杨薇的手忍不住用了力："我们都会变成更好的自己。你见到我的时候，不会再自卑，再害怕，我见到你的时候，也不会因为你失去我自己。"

"只是，"宋哲还是忍不住开口，"你永远是……我的家人，我的朋友。过年的时候，你可以回家，我们一起包饺子，我会等你。"

杨薇没有回应，宋哲不知道这是不是冒犯，可他还是想说："如果苏简欺负你了，你也可以告诉我，我会帮你揍他。"

"杨薇，"宋哲闭上眼睛，"你对我的好，我一辈子都记得。我知道过去于你而言不是什么好的回忆，这段感情于我而言，也不是什么幸福的结果。可人都是由过往组成的，我不能说感谢这些痛苦，因为痛苦就是痛苦。可是，杨薇，"他蹲下身来，将哭得喘不上气的人紧紧抱进怀里，"喜欢你，我不觉得遗憾。

"我希望，喜欢我这件事，对你来说也不是遗憾。"

听到这句话，杨薇脑海中猛然闪过那十三年。她看到十四岁的宋哲被大雨淋湿了衣衫，抓着她的手，挡在她身前，对所有人说："杨薇已经很好了。"

看到少年的宋哲站在阳台上，月光落在他身上，他低头，笑意盈盈地看着她；看到他和她坐在天台，他悄无声息为她披上衣服；看到他和她在教堂里，他低头将戒指戴在她手上……

她突然抱住他，咬紧牙关。

“不遗憾。”

她喜欢宋哲，爱上宋哲，或许没有一个很好的结局，可是每一场爱情里，都有最宝贵、最珍惜的时光。

她爱他时，他有他的张扬，此刻他离开，也并没有变得狼狈不堪。

是少年的宋哲，铸就了如今的她。也是她，成全了如今的宋哲。她突然燃起了无穷的希望，她突然发现，原来爱情这件事对她来说，也不全是噩梦和绝望。

她突然特别特别想再爱上谁一次，她突然特别羡慕自己年少时那一腔孤勇，不计后果、不问前程地喜欢一个人。

杨薇抱着宋哲，说：“宋哲，我们都要往前看。”

“是啊，”宋哲笑起来，“我们都要往前看。薇薇，”他将脸贴在她的耳边，他想，这一辈子他可能都不会和她再这么亲昵了，“如果可以，我希望有生之年，你能再重新喜欢我一次。

“不是喜欢过去那个让你患得患失的宋哲，而是喜欢上一个全新的、让你安心的、给你更好人生的宋哲。

“而这一次，”宋哲闭上眼睛，“我不会辜负你的喜欢。”

尽此一生，必不负卿。

杨薇的眼泪奔涌而出。

“好。”杨薇抱着宋哲，“我等着你。”

——我等着，这个全新的、让我重新爱上的宋哲，出现在我面前。

一个人变成什么样子，从来不是天生注定，他由他的过往构成。

他曾经被人捧在手心活得肆无忌惮，于是成为南城有名的宋少爷，后来他爱上了一个人，他悲她所悲，喜她所喜，他奋力讨好，跌跌撞撞去追求，终于学会爱一个人。

杨薇的哭声在宋哲的怀里慢慢停止，这个人的沉默和拥抱仿佛是一种无声的慰藉，他在悄无声息中，成长为一个足以让她内心安宁的男人。他学会了等待和沉默，学会了用无声的动作去照顾她的情绪。

杨薇哭完抬起头，宋哲低头用手抹过她的脸，低笑："脸都哭花了。"

杨薇有些不好意思，她放开宋哲，擦着眼泪。他回身看了看时间："先把饭菜吃了吧。你还打算在伦敦待多久？"

"再过两天吧，"话说开后，杨薇轻松了不少，她面对宋哲也没什么负担了，"休息两天，就去剑桥，去完剑桥，我也该回国了。"

"挺好的。"宋哲点点头，"回国后什么打算？"

"继续做直播，脱口秀，这次不找经纪人了。"杨薇笑着开口，"打算到一些山区里去讲，一边支教，一边募捐。"

"挺好。"宋哲神色温和，"但是要注意安全。"

"嗯，我知道，"杨薇点头，"我会联系好官方渠道的。"

说着，杨薇又问："你呢？"

"今年我定了三个电影项目，一个中外合资，另外两个全是国内原创团队，其中有一个是水墨国漫。"宋哲说起他投资的项目，头头是道，"我希望这三个项目能好好做，能在国外上映后拿一个好票房。"

"你这心也太大了点，"杨薇有些哭笑不得，"今年春节档你都没定下来，就想着国外市场了？"

"能让很多外国人看我们的影片，就是我想做的事情。"宋哲低头吃着东西，语气不自觉温柔下来。

"以前爸妈和我说，他们那一代人一直有个梦想，希望把文化输出。可是那时候他们做不到，因为中西方文化差异太大，可是我们不一样，我们在互联网的世界里长大，我们有这个基础，他们用一辈子，铺了通往世界的桥梁，他们希望我能继续把这条路铺下去。”

“我以前觉得挺扯的，”宋哲自嘲地笑了笑，“可当我妈走的时候，我坐到他们的位置，我就觉得他们就像一盏灯，一直照在我前方。

“为人子女，他们活着时我没为他们做过什么，现在他们走了，我拿着他们的东西，至少要把他们最想做的事情做了。”

杨薇第一次听宋哲这么平和地提起宋彦青和赵阳兰。

宋哲的叛逆期很长，一直到赵阳兰死前，他都在和自己的父母作对。他从来不肯承认他们的观点，除了娶她，他似乎没有同意过赵阳兰做任何事。甚至娶她这件事，也是被赵阳兰逼的。

杨薇没说话，宋哲问她：“在想什么？”

“我在想，”杨薇回过神来，“当初你娶我，是心甘情愿的吗？”

听到这话，宋哲的睫毛轻轻颤了颤，他弯着嘴角：“如果不是心甘情愿，你以为谁又能逼我？

“只是那个时候我自己不肯承认这份喜欢罢了。”

见宋哲这么坦诚，杨薇忍不住笑了，问这个问题的尴尬感也荡然无存。

两个人吃完饭，宋哲便领着杨薇去超市买东西。

“你们还要待两天，屋里还是准备点吃的吧。”

杨薇两天没出门，有些闷得慌，她随意穿了件风衣就准备出门，宋哲说了句“等等”之后，回去拿了条围巾，给她围上：“外面风有点大。”

宋哲走在前面，对杨薇说：“走吧。”

出门后，风的确有些大，他悄无声息地挡在风来的方向，替她挡住大半部分风。他们一起走到超市，他推着车跟在她后面，两人一边聊天，一边买东西。

女人进了超市，路线总是曲折复杂，虽然只待两天，杨薇还是买了很多东西：“买点西瓜吧，想吃西瓜了。”

“买包薯片，看电影的时候吃特别好。”

“这个蛋糕看上去好吃，你要不要也拿一个？”

宋哲总是点头——

“行啊。”

“可以啊。”

“没事，吃得完。”

逛到饼干柜的时候，杨薇看到了最喜欢的一款饼干，只是那款饼干放得高了一些，杨薇踮脚伸手去够，却看见一只修长的手落在那盒饼干上。

那只手像玉琢一般，皮肤光滑剔透，手指修长，骨节分明。杨薇侧过头，看见宋哲站在她背后，离她大概一个拳头的距离，她能清楚地感觉到他的温度，他一只手放在裤兜里，一只手压在饼干上，笑眯眯地说：“是不是突然发现自己矮了？

“来，叫声哲哥，我给你拿下来。”

结果，宋哲看到面前的人突然一跃而起，硬生生把饼干给拽了下来，然后潇洒地往购物车里一扔，转身往另一边走去。

宋哲愣了片刻，觉得杨薇果然与众不同，完全不按套路出牌。

结账的时候，杨薇才发现购物车里堆起了小山，犹豫了会儿，说：“要不这西瓜不要了……”

“都要结账了，不要多丢脸。”

宋哲抬眼看她，果断地刷了卡，弯腰给东西装袋。等装袋好后，他还有心劝慰杨薇：“你别担心，吃不完就算了。”

“我不是担心吃不完，”杨薇看着宋哲，眼里带了些担忧，“我是担心你扛不动。”

宋哲看上去的确不是很有力气，他长得太俊美斯文，不说话的时候就是业界精英，说话时就是斯文败类。

可是宋哲的性格刚好与他的外表相反，他外表有多俊秀，骨子里就有多要强，听了杨薇的话，他二话没说，一只手一个袋子，提起来就走。

宋哲内里穿着西装，外面搭了B家的风衣，一只手一个塑料袋，健步如飞地走在街上，杨薇在后面看着，觉得有些好笑，她跟上去，关心地问："重不重？"

"不重。"

"要不要我帮忙？"

"不要。"

"那你加油哦。"

"谢谢。"宋哲抬眼，"这位小姐，麻烦你把你看热闹的表情收敛一下。吃瓜请专业一点。"

"我不是吃瓜呀。"杨薇笑眯眯地说，"我就是好奇这两袋子你能提多久。"

听到这话，宋哲嘲讽地笑开："地老天荒。"

为了证明自己提袋子的能力，宋哲特意没搭地铁，一路走回去。

超市离他们住的地方就一个站的距离，杨薇跟在后面，笑个不停。等到了家，已经接近午饭时间，杨薇算着苏简要回来了，两个人便开始准备午饭。

宋哲主厨，杨薇打下手，一个人切菜，一个人炒菜。宋哲听着杨薇算苏简回来的时间，心里有几分酸涩，又觉得庆幸。

能像现在一样好好说话已经很好了，他还奢求些什么呢？人要知足，而且有一个人陪着杨薇，也很好。

她过得好，他该为她高兴才是。

他低头炒着菜，控制着语气，小心翼翼地问："你和苏简是怎么认识的？"

杨薇没有多想，和宋哲大概聊了一下和苏简的相识。

宋哲听得有些难受，可他又想知道他缺席的世界里，杨薇是如何生活，他也不放心苏简，于是一句一句接着问——

"他是个怎么样的人？"

"他对你好吗？"

“你不会担心他的年纪吗？他看上去好像不大。”

听着这话，杨薇觉得有些奇怪，她摘着菜问：“我为什么要担心他的年纪？”

“为什么不担心？男人都是需要时间成长的，年少的时候大多不知道自己要什么。你难道就没担心过他现在只是一时冲动，或者家里不同意？”

这话把杨薇说蒙了，宋哲低头翻炒着菜，掩饰着情绪，防止自己打翻的陈年老醋味道散发出来，用一种老父亲的口吻说：“你要只是随便谈个恋爱倒也无所谓，可你这个人从来都是认真的，既然要认真发展，凡事就要想周全，不然感情这件事，一旦开始，就会不断放弃原则，不断让步了。”

听到这里，杨薇算是听明白了，她有些哭笑不得。

宋哲继续说：“我说的话你别不在意，我毕竟是男人，比你清楚这种生物。他现在的样子就是个没经历过事的毛头小子，所以凡事你得多想。多少女孩子就是谈恋爱的时候想得不多，开始谈了之后不断容忍退让，全是沉没成本。”

“宋哲，”杨薇终于忍不住了，她笑着说，“你这是脑补了多少呢？我又没和苏简在一起，我管这些做什么？”

听到这话，宋哲放盐的手一抖，一大勺盐就撒了下去。

杨薇惊叫：“宋哲！”

宋哲僵在原地，看着沸腾的菜。

杨薇有些着急，赶紧上前关了火，转头问：“你发什么呆？！”

宋哲没说话，杨薇有些害怕了，她伸出手，在他面前晃了晃：“宋哲？”

这时候宋哲反应过来了，他颤抖着声，小心翼翼地确认：“所以，你单身？”

他的样子反而把杨薇吓到了，她迟疑着点头：“单身……”

“没有和他继续发展的打算？”

“暂时没有。他毕竟还小，是个小孩呢。”

她很喜欢和苏简做朋友的感觉，但如果是做恋人，就冲她发着高烧他还能睡得像小猪一样的经历，她觉得和苏简谈恋爱，她能一整晚一整晚地哭。

听到这话，宋哲抿唇笑起来。

杨薇看他笑，忍不住问："这么高兴啊？"

宋哲毫不迟疑地点头，绽开了笑容，直接说："开心。"

为了证明他开心的程度，他补充了一句："开心得想抱着你转圈。"

杨薇一时无言，面对这么直接的宋哲，她居然有些招架不住。

她假装什么都没听到，转过身说："这锅菜不能吃了，再炒一锅吧。"

"嗯。"宋哲没有丝毫不悦，很快重新炒了个菜。

苏简回来的时候，饭菜刚做好，他有些诧异，高兴得不行："哲哥，你真是手艺非凡啊！我都想打包你陪着我的旅途了。"

宋哲招呼苏简坐下，苏简觉得今天的宋哲有些不同，他抬头看了一眼宋哲，发现宋哲似乎卸下了之前的敌意，还多了几分热情："小简，来，坐，多吃点。"

宋哲主动用公筷给苏简夹了一块很大的肉。

苏简被宋哲的举动惊呆了，他满脑子只有一个想法：有阴谋！这一定是宋哲为了打败他这个情敌所计划的阴谋！

三人吃完饭一起去广场。宋哲亲眼看着杨薇在广场上给大家表演脱口秀，他们怕打扰她，站得远，但能看见杨薇身边来来往往聚集了很多人。

苏简问："你们当初为什么会分手啊？"

宋哲有些奇怪，他很诧异苏简为什么会突然问他这个问题，他转头看了一眼苏简，眼里的疑惑毫不遮掩。

苏简摸了摸鼻子，有些不好意思："感觉你们挺奇怪的，你喜欢她，她好像也不是不喜欢你，你也没她说的那么差劲，怎么就分手了呢？"

宋哲轻轻笑了："你怎么知道她不是不喜欢我？"

"很明显啊，"苏简叹了口气，"她和我在一起的时间，很少和我说过去，说得最多的就是你。她说别人的时候，都是大体说一下，唯独说你的时候，有特别多的细节，足够证明她对你观察得很深，也记得很细。

“她病了的时候说胡话，那天晚上你站在门口，她就和我说她听见你的声音了。她迷迷糊糊叫你名字的时候，我就知道，我没戏了。”

宋哲有些惊讶，他没想到苏简会和他直接说这些，他肯定地说：“你是喜欢杨薇的。”

“是啊。”苏简毫不避讳，他看着人群里的杨薇，扬起嘴角，“第一次见的时候就觉得她太漂亮了。然后交谈下来，性格也特别好。”

宋哲听着有几分不是滋味。

苏简双手抱胸，看着人群里的人，继续赞叹：“所以当时我就想追她，死缠烂打想尽办法和她一起，我本来以为，凭借我的个人魅力，这么一路她该喜欢我了吧？后来才发现，你们的感情啊，太深了。”

说着，苏简撩了撩头发：“我觉得我横刀夺爱怪可惜的。”

宋哲听到这话，忍不住笑了：“谁给你的自信，从我这里横刀夺爱？”

“你啊。”苏简直接说，“我承认，我没你帅，也没你有钱，还没你会做饭，可是，我没伤害过她啊。”

这话让宋哲的脸色白了白，苏简以为他会回击，结果他说：“你说得对。”

“她顺着自己的心意，找个喜欢的就好。”

“我的天。”苏简抬起手捂住自己额头，“看着你们两个人，我怎么就这么纠结呢？你能不能不要这么极端？”

宋哲神色迷茫，有些不明白苏简在说什么。

“你听我说，你以前呢，就是完全不尊重她，现在呢，你就完全躲着她，你能不能像一个正常男人一样，去追求她？”

宋哲呆呆地看着苏简，脸上显现出几分呆愣。

苏简看着就心急，他继续教宋哲：“你要从她的角度想，怎么在她不反感的情况下，刷你的存在感。你不能觉得凡事她高兴就好，她找个对象你就默默祝福，等她人生失意你再去安慰，你这样就是备胎命你知不知道？你现在要变成一颗卫星，像月亮绕地球一样绕在她边上，你要让她意识到你的存在，还要抵挡外界进攻。你不能凡事都以她为先，你在这份感情里有付出，有要求，同时不强求，这才是平等的、势均力敌的感情，懂吧？”

宋哲微微点了点头。

宋哲点头点得很含蓄，似乎无法确定这件事的对错。他看着苏简继续给他出主意，他像个学生一样点着头，最后有些犹豫：“你……一定很喜欢她吧？”

苏简看着宋哲，憋了半天，才问：“你怎么得出这个结论的？”

“喜欢一个人，就是希望对方过得好，希望对方幸福。”宋哲的笑容有些苦涩，“这个道理，我也是学了很久才明白。”

“你怎么没想过另一种可能呢？”苏简叹了口气，“我对薇薇姐的喜欢，就是萍水相逢，觉得这个人好，可以发展。所以我可以在意识到困难的时候轻易抽身。说句实话，哲哥，没见你之前，我觉得我能覆盖掉你的印记，和薇薇姐开始一段感情的，可是从你走进门的那一瞬间，我就意识到，我不可能比你更喜欢她。”

“既然这样，”苏简抬手抱在脑后，看着前方对众人鞠躬的杨薇，“为什么我不好人做到底，让有情人终成眷属呢？”

听到这话，宋哲低着头，不自信地问：“可是，我对于杨薇，真的是好的选择吗？”

“那得试试啊。”

苏简转过头，笑眯眯地说：“是不是好的选择，不是你给的，而是薇薇姐选的，可你得把选择权交给她。”

宋哲想了好久，然后轻轻一笑：“你说得对。”

他抬眼看向杨薇，眼神温柔：“我得给她选择。”

杨薇表演完，从人群挤出来，看着两个相谈甚欢的男人，抖了抖帽子里的钱："今天收获不错，带你们吃饭？"

宋哲没有推辞，苏简更是乐滋滋地应下。

杨薇便带着两个人去小吃了一顿，普普通通的餐厅，对过去的宋哲来说，这连一顿普通的饭都算不上，更称不上是"庆祝"的饭。然而他看着毫无顾忌吃着汉堡的杨薇，竟然也觉得很高兴，觉得食物都美味了很多。

等到了夜里，三个人各自去自己的房间睡下，宋哲在来的当天就租下了杨薇对门的房间，苏简先回自己房间，宋哲和杨薇各自走到门口时，宋哲没忍住叫住了她。

杨薇回头看他，宋哲背对着她，有点紧张。

"你说，"宋哲低着头，"你觉得，你最想要的感情是什么样子？"

杨薇看着宋哲的背影，放缓了声音："其实我也不知道。"她觉得有些好笑，"毕竟，我只谈过一次恋爱啊。"

没有对比，她哪里知道她最想要的感情是什么样子，只有那份感情来了，她才明白想要的是什么。

"那份感情里，"宋哲垂着眼，"你又喜欢我什么呢？"

过了许久，杨薇才说："你转过身来。"

宋哲听到杨薇的话，转过身来，他不敢直视她，她看着他飘忽的眼神，淡然地说："看着我。"

宋哲硬着头皮抬眼，和她对视。他有些紧张，手心出了汗。

杨薇看着他，露出笑容："我第一次见你的时候，你的眼睛都长到天上了。傲得不行，可那时候我觉得，你的眼睛长得真好看。"

宋哲愣住了。

杨薇斜靠在门边："你特别聪明，书随便一看就懂，整天懒洋洋的，像只猫。我一看见你就觉得高兴。"

杨薇的笑容藏不住，宋哲听着她说话，也忍不住笑了。

她陆陆续续说了好多事，都是小事，比如他上课睡觉被老师抓，比如他打游戏特别厉害，等说到最后，她眼里带着浮光：“你看，喜欢一个人，就是喜欢这个人。你问我想要什么样的感情，其实我不知道，我就是希望我喜欢的那个人，他也喜欢我。

“他首先是我喜欢的那个人，然后他也喜欢我。”

宋哲没说话，静静地注视着面前的女人。

好久后，他低头笑了。他生得白净，笑的时候，像是秋风拨动了湖面，荡起微微涟漪。

他的声音像是宝石落在光滑的缎面上划过，带了几分清贵，听得人酥酥痒痒的。

“明白了。”他说，“睡吧，晚安。”

说着，他再次转身，关上了门。

宋哲是第二天上午十一点的机票，杨薇和苏简早早起身送他。

宋哲拿着杨薇签署好的文件，换了一套崭新的西服，回去的路上他和杨薇断断续续地聊着，到了机场后，杨薇和苏简送他到安检，苏简拼命给他使眼色，他假装没看见，杨薇看着他，双手插在风衣口袋里，笑着说：“回去好好工作，别把阿姨的心血毁了。”

“这个你别操心了。”宋哲也笑了，“管好你自己就行了。”

“行。”

“过几天回去吗？”

“可能吧。”杨薇想了想，“或者再走几个地方也说不定，总想到处走走看看。”

“也好。”宋哲点头，还是忍不住说，“注意安全。”

“我知道，你放心。我也是个成年人了。”

寒暄到这里，两人都没再说话。

苏简轻咳了一声：“我去上个厕所，你们再聊一聊。”

宋哲看出苏简是刻意给他们制造说话的机会，他却沉默了。

杨薇说："要不你先进去吧，我等苏简就行了。"

宋哲依旧垂眸不语。

杨薇试探地问："你是不是还有什么话想说？"

"杨薇，"宋哲深吸了一口气，"我能不能再追求你一次？"

杨薇呆住了。

宋哲接着说："我知道我们这段感情让你很累，可是我们能不能有一个新开始？我放不下你。"

杨薇看着宋哲的眼睛，没说话。

宋哲郑重地说："我想明白了，我还想和你在一起，以前我说过的那些糊涂话你不要当真，我喜欢你，想和你长长久久地在一起，结成合法夫妻，我不会有二心，你也不能爱上另一个人。我会付出我的感情，我也想要你有回报。

"如果我还想追求你，你能不能给我指条明路，我要做什么，才能让你回头？"

杨薇笑着没说话。

宋哲静静等候着。

好久后，杨薇抬起头，说："等着吧。"

宋哲有些茫然，他听杨薇温柔地说："给我们双方一点时间。你不需要做什么，你做好你自己就行了，如果有一天，我能放下过去，那么就是我们的缘分。

"我可以答应你，我不会故意躲避，会遵从我本心。"

得了这句话，宋哲便放下心来。

这时候苏简也回来了，他看了他们一眼，察觉到两人的笑容，知道事情谈得差不多了，他轻咳了一声，对宋哲说："哲哥，回去吧，改天我和薇薇姐都会回来看你的。"

“你们各自来吧。”宋哲直接说，“要是一起，我不高兴。”

苏简被这话说愣了。

宋哲心情愉悦地转身，往安检走去。

宋哲的背影挺拔，仿佛是浴火重生的凤凰，神采飞扬。

杨薇有些不忍心再看下去，转头叫苏简：“行了，走吧。”

她走了还没有两步，就听见身后传来急促的脚步声，随后就是一声着急的呼唤：“杨薇！”

杨薇下意识回头，猛地撞进一个人怀里。

宋哲用力地抱住了她，杨薇还没反应过来，他就捧着她的脸，急切又慌乱地吻下来。

他闭着眼睛，紧张又忐忑，旁边响起许多人鼓掌和吹口哨的声音。

杨薇的脸涨得通红，她从来没想过宋哲有一天会做出这么放浪的举动，她一时不知道该不该推开，她怕大庭广众伤了宋哲的颜面，又觉得不应当。

好在宋哲很快放开了她，他抱着她，在她耳边低语：“我一直等着你。”

等到时光足够漫长，冲刷过去，滋养新芽。让所有伤口愈合，所有疼痛遗忘，用一个完整的自己，从容看待这个世界。

他不知道这需要多长时间，可能一年，两年，也可能十年，二十年。可是没关系，他等得起。他有一辈子，等着这个人。

当宋哲意识到这点，他感觉自己的内心安定下来，有种莫名的幸福感涌上心头，他放开杨薇，笑意盈盈：“这次真走了。”

“滚！”杨薇红着脸踹过去。

宋哲一只手插在裤兜里，一只手扬起文件摆了摆，对着苏简和杨薇笑着说了声：“拜拜。”

那言语轻佻又温柔，带着藏不住的笑意，混杂了宋哲少年时骨子里那份玩世不恭和经过时光打磨后的温柔沉稳，杨薇有些哭笑不得。

不可否认，在宋哲回头抱住她的那一刻，她的心跳慢了半拍。

第九章　她一定很高兴

宋哲离开后，杨薇整个人都有点不在状态，她红着脸和苏简回去，苏简时不时看她一眼。她察觉他偷偷打量自己，轻咳了一声："看什么？"

"什么感觉？"

杨薇明白他在问什么，板着脸："小孩子不要问这种问题。"

"薇薇姐，"苏简双手抱在脑后，看着前方，"其实宋哲哥人挺好的。"

"我知道。"杨薇平静地说，"但是好的那个人，不一定就是该在一起的那个人。"

苏简听着这话，睨了杨薇一眼，没有多说。

两人回去收拾好行李，第二天早上，苏简带着杨薇坐火车去剑桥。

苏简对剑桥似乎极其熟悉，到达这个小镇，他熟门熟路领着杨薇去了一家餐厅，坐下吃了个早餐，然后开始带着杨薇闲逛。

"你对这里挺熟悉的啊。"杨薇有些意外。

苏简笑了笑，没有多说，到湖边的时候，苏简说了句"你在这里等一下"，就走到湖边，似乎是在和撑船的人交涉什么。

杨薇靠近的时候，发现苏简用很纯正的伦敦英音和对方对话。对方笑着看了杨薇一眼，点了点头，苏简给了钱，从对方手里接过船桨，站到船头，对杨薇说："薇薇姐，来。"

杨薇还有些疑惑，但她还是走到了船边，苏简一把把她拉上船，随后熟练地用船桨一撑，小船慢慢地动起来。

离开人群，杨薇忍不住问：“你英语好像挺好？”

“是啊。”苏简回头，笑了，“我在剑桥上了四年大学，本硕连读。”

这话让杨薇蒙了。

苏简知道她在疑惑什么：“我就是有点选择困难症，那天犹豫了一下，没想到你就觉得我英语不好。”

苏简划着船前行，他转过头，神色温柔：“那时候我就心动了，觉得你真是个貌美又善良的姑娘。”

这话把杨薇说笑了，她放松下来，撑着下巴：“所以你就继续忽悠我？”

“不忽悠，怎么和你结伴而行呢？”苏简大方承认，“搭讪总得找点理由，是吧？”

苏简这大大方方的模样，让杨薇想逃避都难了。她摸了摸鼻子，看见他放下船桨，跨到她面前，半蹲下身子，仰头看着她。

“薇薇姐，”苏简认真地说，“我喜欢你，你知道吧？”

杨薇没说话，苏简注视着她。两人对视，好久后，她说：“你大概是有点喜欢我，但你这份喜欢，应该不会在我拒绝后伤害到你。”

“所以你打算拒绝我？”

“难道不是你已经做好了退出的准备？”杨薇眨眨眼，“你看上去不是把宋哲当情敌的样子。”

“唉，”苏简垂下了眸子，有些遗憾，他重新回到船头，划着船前行，“你这女人，就是太聪明了。”

杨薇被这话逗笑了，旁边有人撑着船过来，和苏简打了声招呼。

“同学？”杨薇好奇询问。

苏简点了点头：“学弟，这里的学生有时会来这里撑船赚点零花钱。”

“你也是这样？”

“是啊。”苏简语调平缓，渐渐说起他从前在学校里的生活。

宋哲硕士也是在剑桥读的，苏简描述着他过去的生活时，杨薇脑海中不自觉就出现宋哲那时候的样子。

苏简一边说，一边介绍周边的景点，等他们交回船的时候，苏简扶着杨薇下船，他走在前面，笑着侧头看她：“听我表白的时候，什么感觉？”

“嗯？”

“哲哥给你表白的时候，”苏简又问，“什么感觉？”

闻言，杨薇愣了，她突然明白了苏简的意思，她看着苏简，叹了口气：“你真是费尽心机帮着他啊。”

“我不是在帮他，”苏简走在杨薇身侧，“我是在帮你。”

“你们当局者迷，可我旁观者清啊。”苏简眼里带了几分惋惜，“你们要是分开，我会觉得很可惜。

“男人总是要经历很多事才能成长，你让哲哥长成参天大树，他却给别人遮风避雨，你不觉得可惜吗？”

“小简，”杨薇和苏简一起走在街道上，周边人来人往，她低着头，语调平缓，“许多人就是为了不可惜，所以搭上了一辈子。我希望我的下一段感情，没有半分阴霾。我现在心里接受不了他，所以我不接受。如果我一直接受不了他，不在一起，也不可惜。”

“你说得对。”苏简点了点头。

两人花了一天逛完剑桥，回去的路上，苏简问杨薇：“之后有什么打算？”

“没想好。”

“你不像是这样的人，”苏简打量着杨薇，“其实我以为，你这样会花两年时间等待离婚的女人，应该对你离婚后的生活有个很长的规划。”

“我花钱不多，有车有房，银行里的理财产品利息够我每个月的花费，我基本生活没问题。我以前计划了一辈子，所以离婚后就不想再计划了。

“走到哪儿是哪儿，不也挺好吗？”

“那你接下来去哪儿？”苏简好奇。

杨薇想了想，说：“回家乡看看吧。”

她来到宋家后，好多年都没回去看看了。

苏简点了点头。

杨薇回头看他：“你呢？你打算去哪里？”

“我？我想拍个电影。”苏简认真思索着，“成本别太高，在我经济承受范围之内，到时候去参赛，等拿到奖项，我就去拉投资，好好拍一个自己的电影。”

“那你想好拍什么没？”

“只想拍一个纪录片。”苏简有些苦恼，“至于其他的，到时候再说吧。”

两人回了伦敦，买了第二天回国的机票。苏简晚上整理照片，杨薇先睡下。杨薇睡得正香的时候，苏简来敲门，杨薇揉着眼睛，打开房门：“做什么？”

“薇薇姐，我知道我要拍什么了。”苏简激动万分，“你可不可以陪我一起走？”

“什么？”杨薇有些诧异。

苏简拿出自己的相机，认真地说，“我的纪录片，我想拍你。”

“你不是想继续说脱口秀吗？你不是想去很多地方吗？我陪你去。”苏简说，“你走你的路，我拍我的片。

“我们可以去很多地方，走遍大江南北，我们会遇到很多人，很多事，我就想拍你会遇见什么。”

杨薇好半天才反应过来，她点头：“好啊。”然后她打着哈欠，关上门，回到自己床上。

苏简激动得一晚上没睡，他开着电脑，反复放自己记录下的杨薇。

第二天两人一起回国，苏简路上一直在剪辑视频。杨薇睡睡醒醒，睁眼的时候看见苏简认真地看着屏幕，对周边什么都不在意。

这大概就是喜爱一件事的感觉了。会为它废寝忘食，为它奋斗努力。

好久后，杨薇拍了拍苏简的肩，安慰了一句：“好好干，姐看好你。”

一切为爱付出的人，她都看好。

两人坐了十几个小时的飞机到了南城，回来前，杨薇给顾岚和夏啾啾发了短信，苏简也给他的父母发了信息。

他们一落地，手机里就疯狂接入信息，杨薇看着群里夏啾啾和顾岚不断询问她“到没到”“到了吧”“怎么还不到”……

杨薇看着消息，扬起嘴角，转头看着外面的机场，才发现，去的时候决绝惶恐，回来时心境大不同。她已经能很平和地面对这个城市和宋哲。

或许是因为终于分开，所以才能放下，才会怀念。

杨薇和苏简刚走出机场，就看见夏啾啾和顾岚站在出口朝她疯狂招手。

杨薇走过去，顾岚抓着她说：“你可算是回来了！你不知道，你不在的时候，我可担心死了。”

“你别听她瞎说。”夏啾啾立刻拆台，“她才没担心，她还胖了四斤！”

杨薇听着她们吵嘴，转头和苏简告别，苏简跟杨薇说了句“姐，我过几天来找你”之后，便跟着爸妈一起离开。等他们走了，夏啾啾才开口问：“刚才那男生是谁？看着挺帅啊。”

“路上遇见的一个朋友，一路上挺照顾我的。”

杨薇说着，不自觉地往外看。

顾岚注意到她的视线，轻咳了一声：“放心，宋哲没来。”

杨薇点点头，她虽然装作不在意的模样，但心里还是有些不是滋味。

她以为宋哲会来，毕竟他是那样的性子。然而一直到她走出机场，外面都没有人。

事实上，宋哲就在机场里，他静静地看着杨薇和顾岚、夏啾啾离开，确认她挺好之后，才跟着高林回到车上。

高林有些不解：“先生，你都来了，不和杨小姐说几句话吗？”

“说话做什么？”宋哲淡淡地说，“她又没通知我，我巴巴地跑过去，不是给她找不自在吗？”

“那今天不见了？”高林有些不敢相信。

宋哲挑眉看他：“是工作不够多还是老婆不够凶？还有时间操心我这些事？”

听了这话，高林讪笑，缩了缩头，表示不说了。

宋哲开着车回公司，把工作做完，回家的时候，高林准备回去，他和宋哲告别后，宋哲突然想起来：“高林，你的车是不是去修了？”

高林愣了一下，他只是随口提过这事，没想到宋哲记在了心上。

宋哲抬头看了看时间，起身：“我也回去，我送你一程。”

高林有点蒙，他从来没想过宋哲会主动送他，他有些惶恐：“先生，没事的，我自己打车……”

“一小段路。”宋哲提着文件，一边走一边说，“现在这个点了，你回去不好打车。”

听到这话，高林抿了抿唇，笑了。

他跟在宋哲身后，坐到副驾驶座上时，他还在笑，宋哲有些奇怪地看了他一眼：“你一直笑个什么劲？”

“先生，”高林认真地说，“如果杨小姐看见您现在的样子，一定很高兴。”

——她一定很高兴，这一次，你终于成长为会为他人着想的人。她一定很高兴，这份感情，你终于给了她最正面的回报。

为一份感情失去了自己固然可悲，可如果能为一份感情成为更好的自己，是再好不过的事。

宋哲把高林送回家里，嘱咐了一下第二天开会的事宜后，在路上停了一下。

他看了看时间，已经十一点半了，他犹豫了一会儿，还是去了杨薇对面的家。

他到了停车场后，给顾岚发了信息：“杨薇还和你们在一起吗？”

这时候顾岚三个人正在KTV里唱歌，顾岚迷迷糊糊地看了一眼手机里的信息，突然清醒了，宋哲很少和她联系，她看了杨薇一眼，起身去拉扯正和夏啾啾一起合唱的杨薇，把手机给她看。

杨薇看着手机上的信息，拿着话筒，有些别扭地转过头去："他给你发信息，你给我看做什么？"

"那我回了啊？"

杨薇摆摆手："爱怎么回怎么回。"

得了这句话，顾岚心里有了底，她直接回了她们的地址。宋哲看到他们在的地方，皱了皱眉，想了想，他有些不放心，便开车去门口等着。

宋哲猜想着顾岚在，夏啾啾自然也在，江淮安一定会来接她们，于是他等在门口，等到江淮安的车到了，他远远地看着三个女孩子上了车，才放心。

他躲在暗处，江淮安没看到他，把人一一送了回去。

宋哲回了家，进屋后，给自己倒了杯水，他在空旷的房间里站了一会儿，有种说不出的思念突然涌上来。他特别想见见杨薇，然后和她说几句话。

他抿了抿唇，还是开门走出去。他守在门口，躲在暗处，低头抽着烟。

抽完第三根烟的时候，看见杨薇回来了。杨薇和车里的夏啾啾、江淮安告别，江淮安帮她把行李箱从车上卸下来，他们说了几句话后，杨薇便自己拖着行李箱往回走，宋哲看着杨薇走回来，心跳顿时加快。

他不敢走出去，握着烟的手微微颤抖。他躲在她看不见的角落，看着她进了大厅。他深吸了一口气，把烟碾灭扔进垃圾桶，才进了大厅。

杨薇正在低头等电梯，宋哲走过去，声音里带着笑，假装偶遇："回来了？"

杨薇抬起头，面露诧异之色，宋哲将手放在裤兜里，看上去还是平时那副吊儿郎当的模样，却在兜里握紧了拳头，他故作镇定，低头看了一眼她的行李箱："什么时候回来的？刚回来吗？"

杨薇没揭穿宋哲拙劣的谎言，勾起嘴角："没，下午回来的。"

“现在才到家？”

“看见顾岚和夏啾啾，心里高兴，就先去玩了一会儿。”

说话间电梯到了。电梯开门的瞬间，宋哲主动接过杨薇手里的行李箱：“我帮你吧。”

两人在一个狭窄的空间里站着，不知道为什么，杨薇突然想起机场离别时的那个吻，一时觉得有些尴尬，温度也无形中上升不少。宋哲一只手扶在行李箱的拉杆上，一只手揣在裤袋里，仿佛什么事都不曾发生过一样，随意询问：“飞了十几个小时回来时差都不倒就去玩，你这精力可以啊？”

“在飞机上睡了很久，没有什么时差。”杨薇认真解释，“回来就先去了顾岚那里，我在她那边洗漱了，换了衣服，睡了个午觉，下午就拉夏啾啾出来玩了。”

话说完，电梯门开了，宋哲替杨薇把行李箱拉到门口，这么晚，以他们目前的关系来说，没什么进去的必要。

杨薇从宋哲手里接过行李箱，小声说：“我回去睡了，谢谢你，晚安。”

这声“晚安”撩得宋哲心里起了波澜，他想说些什么，又不知如何开口。直到看着杨薇开门，他才突然想起来：“那个，你不在的时候，我帮你打扫了一下家里卫生。”

杨薇一愣，宋哲怕她不高兴，忙说：“以后不会了，你今天就把密码改了吧。之前是我不对，我冒失了。”

“也没什么。”杨薇看宋哲紧张，不禁笑了，“我不在的时候，麻烦你照顾了。”

说着，杨薇开了门，转头看了他一眼，再次重复：“晚安。”

这一次，宋哲回复了一句：“晚安。”

杨薇见宋哲站着不走，犹豫了片刻，还是关上了门。

宋哲看见门关了，终于放松下来，他在门口站了一会儿，才转身离开。

杨薇进了屋，果然看见屋子里整洁干净，完全不像是一个月没有人住的模样。

冰箱里还放着一些常喝的饮料，零嘴也放在茶几上，所有东西都是成双成对，好像之前他们同居时一样。

屋里到处是他留下的痕迹和影子，杨薇在沙发上坐了一会儿，低头笑了笑。

第二天早上刚醒来，杨薇就听见了敲门声。

她穿着睡衣起床，看见高林站在门口，手里端着个餐盘，餐盘上放着一堆食物。牛奶、松饼、煎蛋和沙拉，是她一贯的搭配。

杨薇有些诧异。

高林笑着说："杨小姐回来了。"

"高林？"杨薇问，"你怎么在这里？"

"我来给先生送早餐，听先生说杨小姐回来了，想着您应该也没吃早餐，就顺手拿了一份过来。"

高林客气得仿佛就是一个热情的邻居，他把餐盘递给杨薇，加了句："不要嫌弃。"

杨薇接过高林手中的餐盘，低头看着那个刚做出来的香蕉松饼，松饼摆盘很好看，撒了糖粉和巧克力，点缀了草莓、香蕉和薄荷。之前宋哲和她同居的时候，早上也会给她做这样的松饼，她一眼就看出来这是宋哲的手艺，但高林不说，她也就不戳破，笑着收下了。

一连几天，杨薇一直这么"偶遇"宋哲。

两人都在伪装偶遇，杨薇不说破，宋哲也不开口。

三天后，苏简拿着他的方案来找杨薇，和杨薇说自己的计划。没说多久，门就被敲响了，杨薇起身开门，看见宋哲穿着白衬衣，外面套了个围裙，手里拿着锅铲，带了几许烟火气，他问："杨薇，家里有盐吗？"

说着，宋哲的目光往屋里看过去，一眼发现了苏简。

苏简也看到了宋哲，热情地打招呼："哟，哲哥，你也在？"

“小简，”宋哲点了点头，“今天怎么过来了？”

“我打算拍个纪录片，在和薇薇姐商量这事。”

听到这话，宋哲顿时来了兴致：“那正好，我这边在做饭，不如你们到我家来吃饭，一边吃一边说。我也在找好的项目，要是你的想法好，我给你投资。”

三言两语之间，两个人就定下了，去宋哲家吃饭。

杨薇靠在门边，没说话。吃饭的时候，苏简大概说了一下他的想法，他打算以杨薇的视角去走访几个贫困区。

“题目我想好了，就叫《言行万里》。薇薇姐是做直播的，她在哪儿直播都是直播，不如到处走走，不一样的舞台，不一样的背景。她要去的地方我来定，具体的拍摄剧本我会在一个月内写好。”

“行。”宋哲点了头，直接说，“你把预算给我，我拿回去商量看看。”

一顿饭的时间，两人就把事情定了下来。吃完饭后，杨薇和宋哲一起去送苏简，苏简这么轻而易举拿到了投资，高兴得快飘起来了。

苏简离开后，杨薇才认真地对宋哲开口：“以后不用在大门口特意躲着等我。”

宋哲愣了愣，杨薇看着电梯跳动的数字，脸上看不出喜怒：“你想见我，直接来我家就好。你也不是没事做，这么等着耽误时间。”

宋哲听到这话，抿了抿唇。他也知道，大多数时候，他这些拙劣的谎言杨薇都能看出来，只是她从来不会拆别人的台，甚至在对方下不来台时，她还会主动递个梯子。所以今天她跟他说的这些话，是不是在提醒他，他做得太过了？

宋哲一时有些不知道该如何回应，便站在角落里，一言不发。好久后，他才问：“我是不是做得太过了？”

杨薇有些诧异。

宋哲皱起眉头：“我逼得太紧，你不高兴了？”

听到这话，杨薇眉头舒展开来。

她笑起来，神色温和："不是。

"我只是觉得，这样小心翼翼靠近我，没有必要。

"你就当我是个朋友。"

电梯门打开，杨薇往外走去，双手插在衣服兜里，背对着宋哲："我觉得，两个人的了解，需要一个过程。这个过程我们可以放得坦荡一点。

"凡事不用从一开始就想我们一定要有一个结果。你就当一个朋友来处，这样大家都没太大负担。

"毕竟，"杨薇回头看宋哲，"咱们是重新认识一遍，不是吗？"

听到这话，宋哲轻笑起来。

"是。"他点头，"我们是重新认识。"

杨薇得了这话，摆摆手，便回了自己房间。等她回了自己的屋子，宋哲才回去，他躺在床上，想着杨薇的话。

其实他明白杨薇的意思，对她而言，过去的喜欢，哪怕是喜欢，也会觉得疲惫。

每个人对一件事总有一种刻板的印象，例如觉得一个人坏，哪怕他做再多好事，也会往坏的地方想，需要很多很多的事，才能磨灭这种影响。

感情也是如此。

一份感情只要有了裂痕，只要反复争吵，只要让当事人记住这份感情是疲惫的、负面的、不幸的，哪怕相爱，哪怕两个人互相喜欢，在一起的时候，总有那么一道划痕。

破镜难圆，覆水难收。难的不是把镜子粘起来，也不是把水重装回容器，难的是粘好的镜子没有裂痕，装回的水还和过去一样清澈。

杨薇要的不是和过去的宋哲再在一起，她要的是重新再爱上他，重新认识他，重新再开始一段感情。

所以杨薇不拒绝宋哲的示好，一切随心，如果他令她害怕，她会退缩，可是只要他给她一点希望，她就会努力迎上，努力回应。

这份打破过去的自己，奋力往前，想要走到他面前的努力，他明白。正因明白，他才觉得心疼。

他在黑夜里闭上眼睛，呢喃着她的名字——

杨薇。

其实她愿意等待，已经是他一生莫大的幸事。公主不需要付出努力，灰姑娘才要拼命去上南瓜车。

他愿他的杨薇，一生最大的努力，只是等待。

苏简给宋哲提交了剧本大纲和计划书，宋哲大概看了一眼，苏简要的经费不多，他也就没走公司的账，私人投给了苏简，签了合同，便打算不再多管。

宋哲没去找杨薇，他怕自己出现得太刻意太密集，会让她感到不舒服。

宋哲没有再频繁出现，杨薇也松了口气，她其实很害怕宋哲逼得太紧，他这么安静，她反而觉得轻松。

苏简把计划给杨薇送过去，杨薇大概看了一下，便定了时间："那准备一下，我们下周就走？"

"这么急？"

"急吗？"杨薇有些奇怪，"你还有其他事？"

苏简倒是没其他事，他只是没想到，刚刚回国的杨薇就这么干脆利落地准备好去下一个地方。

苏简回去找了几个大学时候认识的拍片的人，带上他们和杨薇一起订了机票，然后把日程交给了宋哲。

宋哲收到苏简提供的日程时一愣，其实本来这个级别的项目不该直接和他汇报，只是和杨薇有关，他便特意开了后门，看见日程时，他心里有点难受，但他同意了苏简的报告后，什么都没说。

高林在一旁看着，有些犹豫："那个，要不要去见杨小姐一面？"

“不用。”宋哲闷着声，低头看着报告，想了想，他抬头，“之前是不是拒绝了王总和张总的饭局？”

高林没想到宋哲这时候问这个，他茫然地点了点头。

“都加在日程表里。”

原本为了多见几次杨薇，他精简掉了一切非必要的工作项目，想着如果杨薇什么时候找他，他能随时出现，但意识到杨薇不仅不打算找他，连走的消息都不告诉他的时候，他想了想，还是把所有事都加了回来。

宋哲也不知道自己生的是什么闷气，他也知道自己不该生气，道理他都懂，但真的意识到她心里一点都没自己时，还是有点难受。

不想面对，便投身于工作。他一连工作到周末，都没见杨薇和自己说一句话。

杨薇已经收拾好了东西，她提前出了门，上了苏简父母的车，苏简帮着杨薇提行李，还是忍不住问：“哲哥没来？”

“他来做什么？”

苏简轻咳了一声，假装什么都没说，然后换了一个话题：“咱们这次先去贵州，那边天气要凉一点，你衣服都带好了吗？”

“好了。”杨薇觉得这不是什么大事，“不够再买吧。”

苏简应了一声，和杨薇一起被他父母送往机场。杨薇过了安检，到登机前，才给在南城熟悉的朋友群发了一条短信：“我要出去环中国旅行啦，大家不要太想我，好好生活，有事联系。”

这条信息群发的时候，宋哲躺在床上，一直在反复刷着手机，内心拼命挣扎。他想去送杨薇，可杨薇没有告诉他这个消息，他猜想她不愿意让他知道。

他不敢去打扰，而且还有点自尊心作祟。

宋哲愿意向杨薇低头，可是杨薇不在意，他还是有点难过，难过了将近一周后，他便开始担忧，反思是不是自己的举止让她不满。

看见这条明显是群发的消息，他忍了片刻，终于还是坐起来，深吸了一口气，给杨薇打电话。

杨薇坐在位子上，看见宋哲的电话，犹豫了片刻，有些紧张地接通。

宋哲沉默了一会儿，才问："你去贵州是吧？"

听到这话，杨薇舒了口气，她应了一声，转头看着外面还在上台阶的人。

宋哲接着说："要是有什么没带的东西告诉我，我给你寄过去。"

"谢谢，"杨薇说得客气，"如果有没带的，我再麻烦你。"

"杨薇，"宋哲听着杨薇的口吻，有些难受，他抿了抿唇，慢慢说，"一个女孩子在外面，不要乱跑，注意安全。如果有事就打电话给我。"

"我知道了。"杨薇笑弯眉眼，"你放心，我这边也不是一个人，一个制作组呢。"

"嗯。"宋哲又沉默下来，过了很久，他才主动说，"那，再见。"

"嗯，"杨薇收回目光，垂下眼，"再见。"

说完这句话后，两人都没有挂断电话。似乎都在等待什么，时间一分一秒过去，杨薇看着旁边的人差不多都坐了下来，知道要关机了，便抓紧时间说："我这次大概要出去很久。"

"我知道。"

"宋哲，"杨薇轻笑着，"不知道回来的时候，你变成什么样了。"

宋哲居然有些激动，可他面上不显，故作不在意，笑着说："应该会更帅。"

"好，那，再会。"

"再会。"

再一次告别，杨薇率先挂断了电话，在空姐走过来之前，将手机开成飞行模式。

苏简定下的拍摄地点在贵州一个偏僻的乡村里，他们原想在这里做一个露天的个人脱口秀，在此之前，他们会熟悉这里，寄住在一户人家里。

苏简的想法是，让杨薇去几个中国不同层次的城市做脱口秀，然后与他们接触，从他们对待脱口秀这项新鲜事物的过程，去描述现在中国各个阶层的生存状态。

这里有一个村民是苏简大学时认识的同学，叫陈贵。他毕业后回到老家，做社会募捐，建了个小学，一直在这里担任校长。

杨薇坐了飞机，乘了火车，又转了三个小时大巴才见到苏简的同学，一个剧组的人挤在一辆破破烂烂的面包车里，跑了一个多小时，才来到他们要拍摄的村子。

夜里，杨薇一行人被陈贵带到一个院子，院子里建了两层平房，杨薇和一个女助理被分在一个房间，整套房只有一个洗澡间，于是一群人排着队洗澡。杨薇本来以为这种环境已经算恶劣了，等第二天，她去村子的时候才发现，陈贵家里有洗澡间，那已经是富裕大户了。这个村子里绝大多数人家，都是自己提井水，烧热洗澡。因为洗澡麻烦，所以大多数人选择用帕子擦拭身体。

陈贵带着杨薇一行人熟悉环境，陈贵一边走一边介绍："村里大多数年轻人都出去打工了，孩子留在家里给父母带，整个村就我这里一个小学，我一个人教所有课程。好在学生也不多，偶尔还有大学生过来支教，勉强忙得过来。"

杨薇头一次到这种地方，她虽然也出身底层，但沿海城市的底层和这种山区的底层完全不一样，当天夜里，杨薇就和苏简定下来，他们要在陈贵这里待久一点，至少支教一个学期。

苏简同意了这个想法，他原本拍的就是纪录片，他要从杨薇的角度去看待这个世界。

于是杨薇在这里当起了老师，她一边当老师，一边开直播，给大家直播这里的情况，网友看到情况之后，许多人开始询问杨薇地址，联系陈贵，要给村子捐款。

这里的生活和南城截然不同，这里的星星很亮，孩子们见着他们，大多怯生生的，完全没有城市里孩子的那种自信。给他们一块糖，他们能高兴一上午。

杨薇很喜欢的一个学生叫唐桂香，是个女孩。她爸爸在外面当水泥工，她妈妈和她爸爸离婚了，她爷爷中风。她虽然只有三年级，但什么都会做，每天白天上学，放学之后就要回家做家务。可她依旧能把作业认认真真交上来。

唐桂香很喜欢杨薇的课，杨薇第一次上课的时候，她一直盯着杨薇，下课之后，所有孩子都围着杨薇说话，只有她一直躲在一边。杨薇注意到情况，放学的时候，特意问她："下课的时候大家都来找老师玩，你怎么不过来啊？"

唐桂香低着头，有些不好意思："大家都和老师说话，我怕老师忙不过来。"

这话让杨薇愣了，她看着唐桂香低下头，有些紧张地抓着自己打补丁的衣服，仿佛看到了当年第一次见到宋哲的自己。

那时候杨薇也是这样，又害怕，又渴望，看见那样闪闪发光的人，想亲近，又自卑，拼命走过去说一句话，就已经费尽了所有勇气。

于是杨薇不由自主地对唐桂香好，她怕其他同学看出来，便悄悄给唐桂香开小灶。唐桂香晚上做完家务，就会跑到她这里来补课。

杨薇会抽空帮她洗头，让她洗澡，教她扎小辫。杨薇看着她开始把自己的衣服洗得干干净净，看着她和同学玩在一起，有了笑容，一瞬间觉得有些泪目。

村子里信号不好，要去一个固定的位置才能拨通电话。于是她和朋友更多是发信息，偶尔闲着无聊，才会到那个固定打电话的地方，给顾岚和夏啾啾拨一个电话，然后一顿瞎聊。

宋哲从来没有给她打过电话，她也没有主动给他打过。

她开始写日记。当她来到这个遥远的地方，遥远得和宋哲没有一点关系的地方，她才觉得，和宋哲的那份感情，并没有让她感到窒息和沉重。剔除了这样的负面情绪后，她直面这份感情时，她才发现宋哲是这个世界上，少有能让她说心里话的人。

于是杨薇的日记开头总是："宋哲，今天……"

"宋哲，这里的星星很亮，水很清澈，天空很蓝，云很白。"

"这里的孩子都很可爱，他们虽然贫穷，但他们总是很开心，他们每天笑的次数，比我们多很多。"

"宋哲，今天我给桂香梳头发，我想起了阿姨，我现在所有编辫子的技巧都是和她学的，我很想她，你呢？"

"宋哲，今天王小虎欺负桂香了，我看着很生气，但桂香很勇敢，她和王小虎打了一架。我想，当年我该和你打一架的，在你抢我橡皮擦的时候。"

杨薇每天有无数想要告诉宋哲的话，然而说着说着，她日记里关于宋哲的内容变得越来越少。

她没有察觉，她已经慢慢地全身心投入在这些孩子身上，这个村庄里。

杨薇在村子里过着与世隔绝的日子时，宋哲醉心于工作中，他每天把自己的工作安排得满满的，不让自己去想杨薇。

他从来没在高林面前提起过杨薇，高林见宋哲不提，也不敢问，他有些摸不透宋哲的心思。他只知道，宋哲越来越沉默，脾气越来越好。

以往宋哲骂人是张口就来，脾气大得合作方都怕，现在他越来越能控制自己的脾气了。有一次有个新人下属念报告，紧张得讲 PPT（演示文档）都结巴，所有人都以为他要骂人的时候，他却只是宽厚地说了句："你别紧张，现在说得挺好的，你慢慢说。"

这句话给了新人勇气，他深吸一口气，非常流利地把剩下的内容讲完。

宋哲对所有人都格外温和，哪怕是发火，他都能先压下来，把伤人的话咽下去，说一句："你先出去。"

等冷静之后，他才把人叫进来，重新商量。

宋哲做的一切，高林都看在眼里，他不知道这是否与杨薇有关，直到有一天，宋哲突然说："我们公司是不是有个教育公益基金？"

高林点头：“是，是之前以赵总为发起人创办的，但后来没有人管，就荒废了。”

“重新运转起来吧。我来牵头。”

高林应了，他本来没想明白，直到看到杨薇的直播，他才突然明白过来，对杨薇的感情，宋哲骨子里从来没有任何改变，只是宋哲学会了遮掩，也学会了隐藏。

杨薇离开后的半年里，宋哲开始接各类访谈活动，基本上只要是出现在电视上的活动，他都不推，哪怕是个很小的平台，甚至他已经超负荷了，他都要去。

高林看得真切，有一次宋哲高烧时接受访谈，节目录播完毕后，高林送他去医院，叹息了一声，忍不住说：“宋总，您这又是何必呢？以您的身份，不需要上这些地方打名气。”

宋哲睁开眼，他有些烧迷糊了，换成平时，他大约是不会说这些话的。

他说：“高林，你说杨薇会不会看到我？”

高林呆住了。

宋哲看着前方，有些迷茫。

“高林，”宋哲问，“你说她什么时候回来啊？”

高林没说话，他的眼眶有些酸涩：“宋总，您要是想杨小姐了，就给她打个电话吧。”

宋哲没说话，他静静地看着天，好久后，他闭上眼睛。

“不打了。

“我打了，我怕她烦。

“不打了。”

第十章　他觉得很温暖

两年后，六月，南城。

杨薇下飞机时，外面艳阳高照。

杨薇和苏简一起走出来，后面是剧组的其他人。杨薇戴着墨镜和口罩，怕别人认出来，他们迅速往门口走去。

这两年杨薇在网上做直播，观众越来越多，不知道为什么，媒体总爱抓她来点名表扬，于是她的名气与日俱增，看她的直播和脱口秀，已经成为一项老少皆宜的大众休闲方式。

杨薇这次才刚回来，就接到了许多节目的邀约，她挑选了两个喜欢的应下来，更重要的是，还是要保证苏简的电影能上院线。

如果说和苏简拍电影一开始只是随口应下，那么在两年的努力后，这部凝聚了整个剧组心血的电影，便成了杨薇心中的头等大事。

两人刚走出机场，杨薇就认出门口等着的车，顾岚坐在车里，朝杨薇挥手。杨薇赶紧上去，苏简和制作组另外两个人坐到后排，杨薇系上安全带，侧头看向顾岚："哟，头发又剪了？"

"麻烦。"顾岚看了杨薇一眼，吓了一跳，"你怎么黑了这么多？"

杨薇的脸僵了僵。

顾岚忙摆摆手："不过好看，黑了也好看。"

杨薇拉下镜子，对着镜子仔细看了一下。她是比走的时候黑了一些，毕竟两年在外面风吹日晒，涂再多的防晒霜也不可能和在城市里生活一样白。更何况他们去的地方，大多是没有条件涂抹防晒霜和护肤品的，有水洗脸就不错了。

好在杨薇皮肤本来也好，就算黑了一些，看上去也只是更健康了些。相比走的时候，她的精气神都好了许多。

“这两年过得怎么样？”顾岚开着车，笑着问。

杨薇一提这话就来了精神，虽然之前电话里也和顾岚说过，但去的地方多了，话题自然多。顾岚听着杨薇说这两年的见闻，开车先把苏简和另外两个人送到家，最后才送杨薇。

到杨薇家的时候，夏啾啾已经在屋里忙活了。杨薇提前给了她房间的密码，她给杨薇收拾了一下屋子，就开始做饭。

杨薇和顾岚一进屋，就听到厨房的声音，闻到了饭菜香，杨薇心头一暖，走到厨房门口，听到夏啾啾带了些稚气的声音：“阿岚，是薇薇回来了吗？”

“是啊。”顾岚拖长了声音，“我把她接回来了。”

听到这话，夏啾啾提着锅铲就跑了出来，她看见站在面前的杨薇，高兴地扑了过去，抱住杨薇：“你可回来啦！”

杨薇笑着，她比夏啾啾高一些，微微俯身抱着夏啾啾，她知道夏啾啾一定过得很好，才能在这个年纪，还呈现出这种与年龄不符的天真。

顾岚赶杨薇去洗澡，自己去帮夏啾啾做菜，等杨薇洗漱好出来的时候，饭菜已经做好了。夏啾啾和杨薇说了等会儿江淮安要来，杨薇点了点头，随后三个姑娘坐在一起，开了酒瓶，说说笑笑。

说到一半，杨薇家的门铃响了，夏啾啾主动去开门，领着江淮安进来。

江淮安不是一个人来的，他怀里还抱着一个孩子。杨薇看着那个在江淮安怀里熟睡的孩子，愣了，夏啾啾拍了拍自己的头，这才想起来：“哦，忘了和你说，我生了个孩子！”

杨薇一脸震惊，这么大的事也能忘？

江淮安听到这话笑了，冲杨薇点了点头，杨薇也客气地招呼了一声，随后江淮安在夏啾啾身边坐下，低头对夏啾啾说：“他刚才要来找你，我就带他过来了，现在又睡了。”

“又扯幌子。”顾岚听到这话立刻拆台，“明明就是你想她了。”

“嗯。”江淮安点点头，毫不遮掩，“也是理由之一。”

这话把顾岚噎住了，憋了半天才说：“你这人要不要脸？我不吃狗粮，退回去！”

听到这话，所有人都笑了。

江淮安带来的这个孩子让杨薇对两位好友的生活好奇起来，她以为自己不过就是去了两年，应该也没多大改变，但现在明显不是这么回事。她问起他们，大家的话便多起来，他们三个人说话，江淮安便背着孩子去洗碗。三个女孩子坐在客厅里，一边喝着小酒，一边说这些年发生的事情。

夏啾啾酒量最差，喝酒就犯困，江淮安看她们说得差不多了，便扶着夏啾啾离开，顺便叫上顾岚。

顾岚迷迷糊糊地睁眼，不高兴地说：“又虐我，汪汪汪！”

杨薇去送顾岚，顾岚摆手：“别了，有江淮安照顾我们呢，你别送我们把自己摔了，我们自己走，好好休息啦。”

杨薇喝得不多，她嘱咐了江淮安几句，目送他们离开。等他们进了电梯，她才抬头看向对门。

对门一直没有声响，杨薇猝不及防地想起了宋哲，她突然想知道，宋哲还住在这里吗？

其实杨薇已经很少想起宋哲了。

最开始，杨薇总是在想他，但后来她想起他的时间越来越少，甚至写日记都不需要再以他开头，也能流畅地写下去。

那些她曾经以为刻骨铭心的经历，在她内心慢慢淡去，回忆起来的时候，就只能想起宋哲年少时骄傲不可一世的样子。

那些年少时觉得伤人的话，如今回想起来，都变得幼稚又可爱。

等杨薇反应过来的时候，自嘲地笑了笑，关上门，回到家里。

夏啾啾和顾岚一走，家里顿时空旷起来，安静得令人有些害怕。她坐在家里，想起江淮安和夏啾啾抱着孩子说话的样子，她突然有点羡慕。

江淮安先送顾岚回家，然后再回自己家。到家后，他犹豫了一会儿，还是给宋哲打了电话。

宋哲刚刚从公司出回来，他接通了蓝牙耳机："哥。"

江淮安沉默了一会儿，说："杨薇回来了。"

宋哲没说话，其实他知道。

他一直和苏简联系，他们回来的消息，他早就知道了。但是知道又能怎么样呢？杨薇没告诉他，就是希望他不知道，他这么巴巴地跑过去，彼此都尴尬。

和杨薇分开的这两年，他终于冷静下来了，他明白一份感情终究是要以一个值得爱的人作为基础。杨薇不会喜欢一个折了骨头的宋哲，他为一份感情卑躬屈膝，除了感动自己，也没有什么意义。

杨薇喜欢他，自然喜欢。杨薇不喜欢，那都是强求。所以他知道她回来了，也一句话没说。

宋哲沉默，江淮安便知晓他是知道的，他叹了口气："我就是和你说一声，我今天去她那里吃饭了。她看上去挺好的，精神了很多，比走的时候看着过得好。"

"那就好。"宋哲看着路，低声说，"哥，我在开车，没什么事就挂了。"

江淮安应了。

宋哲主动挂了电话，等挂了电话后，他觉得有什么闷在心口，难受得他深吸了一口气。

他想去杨薇的小区，然而他还是放弃了。

毕竟两年了。

两年过去了，她大概也放下了。她或许遇到了新的喜欢的人，又或许有了新的人生。

这一切都是未知，他突然有些害怕，他逃一般的回了家。

杨薇这一夜睡得很好，第二天起来，她在浴缸里泡了澡，认认真真去角质、涂抹乳液、护肤……一套流程走下来，她感觉自信心大增，觉得自己容光焕发。

这时候苏简打电话过来，语气欢快："薇薇姐，你今晚有时间吗？"

"你说。"杨薇擦着头发。

苏简的声音很兴奋："就是我一朋友，给我牵线组了个局，对方是《酷跑对对碰》的导演和几个广告商，我想到时候咱们能上这个综艺做一下宣传，你看你今晚方不方便，和我一起去吃顿饭？"

"行啊。"

杨薇应了下来，电影是他们两年的心血，谁都想最后能做好。

苏简舒了口气："好，那晚上我来接你。"

夜里，杨薇选了套职业风格的衣服，便和苏简一起去了饭局。饭局上坐着四个人，苏简怕杨薇尴尬，特意带了一位年长的女性。一桌七个人，除了苏简，其他四个男人看见杨薇，都是眼前一亮，导演站起身来，招呼杨薇坐下，介绍："我姓刘，人家都叫我刘导，你是薇薇是吧？以后叫我刘哥就行。"

"刘导客气了。"杨薇笑了笑，拉远了关系，"您叫我杨薇就好。"

这话一出，四个男人交换了眼色，大概知道了杨薇的性子。一顿饭吃起来，苏简不断地和刘导说自己的电影，希望他多照顾。

刘导不说话，既不承诺，也不拒绝，只是和苏简喝酒，四个人轮流灌苏简喝酒，苏简不懂得拒绝，也怕得罪他们，只能闷着头喝。杨薇看出情况不对，笑着对刘导说："刘导，我们小苏酒量不好，今天怕是不行了，要不我和张姐先带他回去，改天再请您？"

"是啊，是啊，"和杨薇一起来的张姐附和，"小苏他酒量不行，您看要不下回，我们带几个酒量好的来和您喝？”

“张姐，你这话就不对了，”旁边一个广告商笑着说，“我们这是喝酒吗？我们这是喝情谊，小苏第一次拍片，这不是小事，起点决定终点，他的起点能有多高，就决定了以后爬多久。拍电影不容易啊！”

那人又抬头看向杨薇：“杨小姐，你说是吧？”

杨薇没说话，她看着对面的广告商，顿时明白了对方的意思。她明白，今天刘导这条路是走不通了。但是在圈子里混，她也不想让苏简得罪人，于是她笑了笑，举起酒杯：“您说得是，只是您看，小苏都喝成这样了，他一片赤诚之心。要不这样，我敬大家三杯，然后我再把小苏带走，怎么样？”

“三杯怎么行？”

刘导笑得猥琐：“给薇薇的酒我得亲自敬，要不这样，我们一人敬薇薇三杯，怎么样？”

刘导这么一说，大家都附和起来。苏简虽然醉得不行了，但还是站起来，说：“刘哥，杨薇不喝酒的，我喝，我喝。”

“小苏，你喝不了，杨小姐可以的，你放心吧。”

张姐安抚苏简，杨薇笑着说：“如果刘导这样说，那就算了，我带着小苏先走……”

“你敢！”

话刚说完，其中一个人用力地摔了杯子，他看着杨薇，冷下脸：“别敬酒不吃吃罚酒，你当南城什么地方？也不掂量掂量自己几斤几两，我让你喝酒是看得起你，今天这酒你喝得喝，不喝也得喝！”

“刘哥，”看到这架势，张姐慌了神，“小薇她是新人，不懂事，您等等，我劝劝啊。”

“不喝酒！”张姐刚说完，苏简突然站起来，他勉强支撑着自己，拉着杨薇就往外走，“杨薇不喝酒！我们走，她不喝酒！我们走！”

“拦着！”

苏简还没走出门，就有两个人在门口拦住了他，苏简一拳砸了过去，屋子里顿时闹起来。

几个人围住苏简就要打，杨薇一把护住他，大喊来："刘导，你不想想后果吗？"

动手的人迟疑了片刻。

刘导走上前，冷笑："后果？我要想什么后果？"

"刘导演。"杨薇深吸了一口气，将苏简护在身后，同时给张姐递眼神，拖时间，"不管是在南城还是在哪里，总归是要讲法律的，这事说大不大说小不小，您也是有头有脸的人物，上了网见了报，总归不是好事。为这么点小事，大家没必要闹成这样。"

"有本事你就让我难堪啊！"

刘导有几个大广告商撑腰，他看着杨薇，抬手指着在地上抱着头的苏简："我告诉你，是他先动的手，有本事咱们就媒体见，我倒看他个宣传都搞不定的废物能干什么！"

这话让杨薇捏紧了拳头，她正打算反击，就听见本来关着的门"砰"的一声，被人踹开，随后一个带着笑的声音传了进来："哟，刘导。"

只看见一个青年站在门边，他抬手整理因动作幅度太大而弄乱的领带，环顾着四周。

他长得极为俊美，一身米色西服，金丝边眼镜在灯光下泛着淡淡的光泽，他轻轻一扫众人，把目光落在刘导身上，微微勾起嘴角，似笑非笑，眼里带了几分嘲讽，声音里满是赞叹："您这架势，好威风啊。"

所有人都愣了，杨薇有些发蒙，她自己也没想到，两年后再次相见，是在这样的情况下。

刘导最先反应过来，他连忙笑着说："宋总，您怎么在这儿？"

"刚才听见熟人的声音，就进来看看，你们这很热闹啊？"

宋哲直接走了进来，在座的你看我我看你，都没摸清楚宋哲的来意。

南城做传媒的，几乎都认识宋哲，宋家在南城的传媒业根基深厚，可谓一家独大。

刘导忙招呼宋哲坐下：“来，宋总，坐。”

他让人把苏简扶了起来，一脸善意的模样：“快，扶小苏在旁边坐着，让人倒杯茶来，给小苏醒醒酒。”

宋哲没说话，直接找主位坐下，随后对杨薇说：“杨小姐，来，请坐。”

听到这话，在场的人都明白宋哲的意思了，宋哲这样的身份会在这里跟他们一起吃饭，看的估计是杨薇的面子。

刘导背上顿时冒出冷汗，他忙站起来，对杨薇说：“杨小姐，刚才是我们不懂事，得罪了，我先自罚三杯。”

刘导二话不说，举杯就干了三杯。

杨薇平静地说：“您该道歉的人是小苏。”

“您说得是。”刘导忙拿了杯子，去找苏简，恭敬地说，“小苏，刚才是我的不是。来，刘哥先把这杯喝了，你大人有大量，原谅我一时糊涂。”

苏简已经不太清醒了，他艰难地睁眼，恍恍惚惚看见宋哲，心里舒了口气，直接往旁边一倒，眯着眼睛睡了过去。

刘导撑着笑容喝了酒，回到桌上，坐在宋哲边上：“宋总来找人啊？”

宋哲在刘导喝酒的时候，已经将衣服解了下来，放在自己身后。他一只手搭在桌子上，一只手随意搭放在杨薇的椅子上，漫不经心的姿势却给人一种威压感：“是啊，本来就是过来看看，听见里面的声音，就没忍住踹了门，刘导，”他举了杯，“得罪了。”

刘导背后直冒冷汗，他之前和宋哲其实没什么交集，只是酒桌上见过几面，以前宋哲脾气不太好，是能当面把人骂得下不来台的泼辣主，动起手来都不打招呼。

就宋哲此刻的样子，他看得真真切切，明白宋哲如今大概是看上杨薇了，虎口夺食，这老虎还笑眯眯地说得罪了，换谁都觉得害怕。

刘导二话不说举杯，连连道歉，宋哲笑着没说话，刘导心里明白，他站起身来，抓起一瓶白酒，豁出去了："宋总，话不多说了，这瓶酒我干了！"

他一咬牙，像喝白开水一样灌了下去。

半瓶下去，他便撑不住，酒瓶一甩就往厕所奔去，还没到门口，就"哇"的一声，吐了出来。

腥臭味在房间散开，所有人都皱起了眉头，对面几个广告商战战兢兢。

宋哲站起来，说："既然刘导身体不舒服，那我就不奉陪了，改日再约吧。"

"哦，刘导，"宋哲突然想起来，"小苏那电影是我投资的，听说您现在节目收视率不错，您看方不方便让小苏去做个嘉宾？"

刘导喘息着抬起头，宋哲将名片放在桌上："考虑一下，你可以找我详谈。"

说完，宋哲做了个"先走"的姿势，便走到沙发边上，亲自扶起苏简，同杨薇和张姐说："走吧。"

一行人跟着宋哲走了出来，高林站在门口，见到宋哲扶着苏简出来，连忙上去扶住苏简，问："宋总，没事吧？"

"先去医院。"

高林点了点头，扶着苏简往旁边电梯走去，张姐和杨薇跟在后面，宋哲假装这时候才想起杨薇，回头看了她一眼："你和这位……"

"我姓张，叫张芳。"张姐热情地介绍自己，"是制作组的编剧。"

宋哲点了点头，礼貌性地叫了一句："张姐。你们是跟我和苏简一起去医院，还是先回去？"

"我去医院。"杨薇果断开口。

张姐犹豫了一下，慢吞吞地说："那个，家里有孩子我还得回去照看着……"

"好的。"宋哲点了点头，打断了张姐的话，直接说，"高林，你送张姐回家，留一个人处理现场的事，我送小苏去医院。”

话语间只字未提杨薇。

杨薇不知道宋哲是刻意的，还是无心。但她也来不及管这些，跟着宋哲一起上了车，她坐在后排照顾苏简，宋哲在前排开车，苏简其实也没多大事，就是喝多了一些，但他刚才被人打了几拳，宋哲怕有什么内伤，要做个全身检查才放心。

苏简酒喝多了就困，车里只有杨薇和宋哲两个清醒的人，杨薇突然觉得尴尬，宋哲也不说话，过了许久，她才问：“那个，你怎么会来？”

她一开始给张姐使眼色，是想让张姐报警或者叫剧组里的其他人，没想到宋哲突然来了。

宋哲笑了笑，面上看不出半点情绪：“刚好在那里吃饭，听见了声音，就赶过去了。”

宋哲放柔了声音：“没来晚吧？”

“没有。还好你来了，不然都不知道要怎么收场。”

宋哲从后视镜里观察杨薇，她瘦了一些，看上去精神了很多，岁月似乎并没有在她身上留下太多痕迹，比起从前还多了几分神采。

宋哲克制着自己，装作什么都不知道一样，问：“电影拍得怎么样？”

“挺好的，”杨薇高兴地说，“小简真的很不错，你看成片就知道了。”

“嗯。”宋哲点点头，“看得出来不错，你的眼光一贯是不错的。”

两人有了一个平和的开头，两年没见，能说的话自然很多。宋哲比起当年，似乎健谈了许多，他总是能恰到好处地接住她的话，给一个她想要的回应。

他温和又内敛，仿佛是一只把爪牙都藏起来的雄狮，带了一种成熟的，不可多言的魅力。

杨薇将头靠在椅子上，侧头看宋哲，打量着他。

宋哲察觉到杨薇的目光，笑着回头看了她一眼：“看我做什么？”

“宋哲，你真的变了好多。”

“嗯？”宋哲有些奇怪，“哪里？”

“脾气。”杨薇直接说，“你脾气真好。”

这话把宋哲逗笑了：“我才帮你收拾了人，你就夸我脾气好，你对脾气好的定义还挺奇怪的。”

“脾气好又不是打不还手骂不还口。

“我觉得你现在挺好的，该出手就出手。”

宋哲听到杨薇的话，居然有些欣慰。此时，他的手机响了起来，他当着杨薇的面接通了，杨薇听不见对方说的话，就见他点头说：“嗯，就这么处理。你让律师过去，等我这边验伤结果出来。好，行。”

宋哲挂了电话。杨薇直觉这事和她有关，于是问：“刚才谁的电话？”

“高林。我进去的时候就让高林在外面报了警，我留了人在那里，警察已经去处理了。现在我们带着小苏把伤验了，如果可以起诉，我们就直接起诉。”

杨薇也是这么打算的：“你想得很周到。”

眼见着医院快到了，宋哲抿了抿唇，说：“杨薇，以后这种事就别去做了。”

杨薇怔住了。

宋哲说：“你知道人生最难得的不是钱，是人脉资源。你回来，也不用和宋家撇得干干净净，你想推苏简的电影，就找以前在宋家认识的人，也没什么。

“这些人虽然是你在宋家认识的，当时和你交流也是基于你是宋家的人，可是他们为你做事，看的是你的个人能力。没必要离个婚，就把过往放弃得干干净净。有些事，我想你也明白。刘导这事不是偶然，你得学会保护自己。”

听到这话，杨薇犹豫了片刻，终究还是点了点头。

她知道宋哲说得对。

其实今天一来她便明白，苏简太单纯了，他以为想上节目，找导演好好讨好一下就行得通。但讨好是要本钱的，刘导今天请这么多广告商来做什么，估计是早就说好，今晚会有女性作陪。

刘导想用苏简手下的人讨好广告商，从而拿到投资，苏简却没想明白，一顿饭怎么可能打动对方？

刘导被杨薇当着广告商的面下了面子，他们逼着她喝酒也不是真的想罚她，就是想灌她酒。

杨薇有些后怕，这个世界对女性有太多的陷阱，而过去她从来不曾遇见，因为她从一开始，就已经被赵阳兰带到了云端。

赵阳兰给她的世界，她的美貌不是最大的价值，因为在那个价位去讨论美貌，太浪费钱。

可是当她离开宋家，离开了赵阳兰给她的保护伞，她从头开始时，她就必须要面对这个最真实的世界。

名校毕业，精通外语，会拉大提琴，会讲段子，能和身后几十亿上百亿的资本相比？

没有这些资本作为基础，就得去见识世上最丑陋的事。

虽然她知道自己能解决这些问题，今天就算宋哲没来，也会有警察，有夏啾啾，有顾岚，有其他她认识的人来。

可是身处险境，就是不应该。

宋哲提前联系了熟悉的医生，苏简一到，便被扶着去做检查。

宋哲似乎有些疲惫，他坐在长椅上等苏简出来，杨薇站在检查室的门口，透过玻璃看苏简。她看见护士给苏简包扎好伤口，转过头来想和他说话。

但她一回头，就看见宋哲靠在墙上睡着了。

他大概很累，所以才会在这种地方，只是休息片刻，就睡了过去。

他的头靠在墙上，这个姿势看上去极为不舒服，杨薇想了想，走过去，坐在他边上，然后轻轻扶起他的头，让他靠在自己的肩膀上。

宋哲察觉到杨薇的动作，慢慢睁开眼睛。

她说："睡吧，一会儿好了我叫你。"

宋哲睫毛微微颤动，似乎是在挣扎，最后还是闭上了眼睛。

他就这么静静地靠着她，内心觉得很温暖，很幸福。

宋哲一直睡得不太好，杨薇刚走的时候，他经常梦到她，后来浅眠就成了习惯。

他这两年强行投了几个没有名气的导演的作品，金额不菲，整个董事会都看着他，他压力很大。

压力大，他也不会和别人说，只是晚上有时候会突然醒过来，也不知道是惊醒还是怎么样，起来喝一杯水，再倒头睡，又是断断续续做着梦。此刻靠在杨薇肩上，一种久违的安定感袭来，他想起当年赵阳兰刚死的时候。

那时候他其实很痛苦，很惶恐，也很不安。他骤然接手那么大个公司，还要面对时时刻刻想要把他赶下台的大伯和二叔，他不慌是假的。可就是因为杨薇站在他身边，替他撑着伞，用冰冷的手掌握住他的手，于是，他什么都不怕了。

宋哲靠在杨薇肩上，很快熟睡。杨薇侧头看他，他睡着之后毫无防备，好像还是少年时一样，带了几分青涩和温柔。

她不忍惊扰，两个人就这么安静地坐着。

不到半个小时，医生就让杨薇和宋哲进去接苏简。

宋哲一听见医生的声音就醒了过来，他迷茫了一下，随后很快清醒，站起来，走向医生。

"宋总，检查报告都出来了。苏先生没什么事，就是受了点外伤。"

"那就好。"宋哲点点头，和医生客气了一番，便与杨薇进去看苏简。

苏简的酒醒了一些，看上去有些疲惫，他抬眼看杨薇和宋哲走进来，眼里带了几分愧疚："薇薇姐……"

"没事，"杨薇知道苏简要说什么，"这事不怪你，你也不知道他们的意思。”

“我没想到他们会这样，我朋友和我说这个刘导演人不错，好好说说就行了，让我为了表示尊敬把主演带过去，我真的没有想到……”

“别自责了。”宋哲拍了拍苏简的肩膀，“其实宣传本来也不该是你的责任，你当导演，好好拍片子就行了，这些事公司有其他人去做。”

“哲哥……”苏简低下头，小声说，“你已经帮了很多忙了，我也不想事事都麻烦你。”

听到这话，宋哲挑了挑眉：“这电影是我投拍的，你当我的钱不是钱啊？你们文化人搞你们的艺术，和我们这些商人抢饭碗做什么？拍片和宣传一条龙你全做了，还要我干什么？”

“可是……”

“小简，”宋哲叹了口气，“做自己擅长的事，把不擅长的交给别人，别想着事事都自己做完。有些事你不明白，做了要吃亏的。”

苏简没说话了，他知道宋哲说得对。

宋哲看着苏简的样子，也没再多说，扶着他起来，和杨薇一起把他送回家。

把苏简送回去后，宋哲又送杨薇回家，苏简一走，杨薇便忍不住说：“小简向来喜欢把错往自己身上揽，这事他估计是想不开了。”

“想不开也好。”宋哲开着车，一脸平静，“男人总要成长的，一直这么单纯，也未必是件好事。”

这话让杨薇沉默了，不知道为什么，她的心突然轻轻地抽了一下。

她发现自己总处于一个矛盾的状态，以前宋哲傲慢伤人的时候，她觉得他不懂事，可现在他懂事了，她又觉得心疼。

“人要是一直不长大就好了。”杨薇忍不住感慨。

如果一直不长大，她不会学会喜欢，不会患得患失，不会敏感自卑，她只会永远仰望着那个闪闪发光的少年，那么谁都不会难过。

宋哲听到这话，便明白了杨薇的意思，他轻声笑了：“我倒是觉得，长大挺好的。”

“这样我就能对我喜欢的人好了。”宋哲看向杨薇，眼里带着笑，“你说是吧？”

杨薇的心跳骤然快了一拍。她不知道宋哲这句话是什么意思，但她总觉得，下一秒，宋哲可能会说出什么让她心跳加速的话。

比如，告白。

然而宋哲把话停在了这里，没有再进一步，仿佛刚才的话就是一句再普通不过的闲聊。他转过头，继续说：“你外出两年，财务报表你都仔细看过吗？”

“嗯？”宋哲突然转到公事，杨薇的脑子停滞了一秒，随后迅速反应过来，点头，“看过。”

“我投的那几个项目，”宋哲有些不安，“你觉得怎么样？”

“挺好的。”杨薇点头。

杨薇是公司第五大股东，宋哲每一个重大决定都需要通知她，整个董事会一起投票，决定宋哲的项目是否能够推进。

宋哲占股比例本来就是最多的，加上她的，所有的决议几乎都是没有悬念胜出。

听到这话，宋哲并没有感觉开心，他像是和朋友一样聊天：“其实我心里没底，这几个导演过去都没有太好的商业票房作品，有一个还是纯新人。他们不喜欢请流量明星，把所有钱都放在制作上了，票房的事，我也很担心。

“如果这次亏损了，二叔估计就要借着这个机会集合所有股东来投票让我卸任了。”

杨薇不知道宋哲为什么和她说这些，宋哲漫谈着公司里的事，等到了最后，他停下车，转头看着她：“你觉得我做得对吗？”

杨薇想了想，认真地说："其实你投的那几个项目，我认真地研究过，虽然许多都是新人，但是项目本身都很好。而且宋哲，你眼光一向好，以前你不总和我打赌估票房吗？我从来没赢过你啊。"

听到这话，宋哲笑了，他心里的乌云突然散开，压在心头的压力，被杨薇三言两语就驱散了。

宋哲下了车，和杨薇进了电梯，到门口分别时，他像个再普通不过的朋友，爽快告别。

杨薇看着率先离开的宋哲，在门口愣了一下，随后笑起来。

这样的宋哲让她感觉到，他们终于重新开始了。

毕竟两年过去了，她自己都把那份感情残存的念想拔干净了，宋哲或许也有了新生呢？

然而她不知道的是，宋哲在利落转身进屋，关上门后，立刻背靠着门，轻轻喘息。

他的心跳得飞快，他都不知道，自己用了多大的意志力，才完成这一切。

他内心忐忑不安，他开始认真回想，这天所有的表现，有没有泄露自己的内心，有没有让杨薇发现那件让他自己都不敢再开口的事——

他还喜欢她，始终喜欢她。

杨薇笑着进了屋子，她给自己端了一杯水，然后坐在书桌前开始写日记。

这个中学时的习惯，在这两年重新培养了起来，她落笔的时候，想了想，写下了赵阳兰的名字——

"阿姨，今天我见到宋哲了。"

"他变了很多，他很温柔，很沉稳。其实我一直知道，他是个内心很温柔的人，只是我从没想过，有一天他能把这份温柔拿出来，展现给所有人。"

"我很高兴，可奇怪的是，这份高兴里，我又觉得有些难过。"

"大概成长这件事，本身就令人难过吧？"

杨薇把遇见宋哲的感想一句一句写完，等写完之后，她才发现，这天的日记，像是一个十几岁的小姑娘写的。

她抿了抿唇，有点不好意思。这个时候，她的手机突然亮起来。

有一条信息进来，是宋哲的微信。

只是一句很简短的话语："你回来了，我很高兴。"

杨薇不清楚宋哲说的"高兴"是因为什么。

她不敢多想，因为她很有经验，人一旦自作多情，就容易动情，继而伤情。于是她开始以朋友的身份输入："见到你还好，我也很高兴。"

打完之后，她没有发出去，因为她看着这句话，觉得有些刻意疏远。于是她删除了，又重新打了一句："哈哈哈，你是看我变黑了高兴吧？"

打完之后，还是觉得不妥，她和宋哲说话似乎不是这样的调调。

她开始斟酌着用词，写了删，删了写，宋哲那边一直显示着"对方正在输入中"。

宋哲一直盯着手机，忍不住想，杨薇打字打这么久，到底是打了什么？

她向来是个会讲道理的，他左思右想，自己这句话应该没什么不妥，犯不着写长篇大论吧？

他心里不安，等了好久之后，他等来了一个表情包——

一个秃头用手指指着他，满脸赞赏："兄弟，你这个想法我很欣赏。"

宋哲一脸无奈。

不得不说，当杨薇学会用表情包以后，他们的沟通越来越困难了。

好在这些年来，他在努力学习和别人沟通的过程中，也积攒了大量的表情包，他拥有的表情包数量，比起在外漂泊、经常晃荡于山区的杨薇，多了好几倍。

于是他迅速回复了一个满脸不屑的熊猫："你这个表情我都不屑回复。"

杨薇看着这个表情包，先是愣了愣，随后忍不住笑出声。

她感觉对面像一个假的宋哲，但她还是很快回复了一个对应的表情包。

她的回复仿佛是触动了一场战争，两个人就这么斗着图……

斗了几百条。

等宋哲意识到的时候，他有些窘。

他终于打了几百个表情后的第一行字。

“我从未想过，第一次与你发这么多信息，竟不是热恋，而是为了斗表情包。”

片刻后，杨薇发了一个拿着剑的熊猫：“我还能再来八百回合！”

第十一章　请你们立刻结婚

和杨薇斗了一晚上图，宋哲早上起来的时候还有点困，他穿戴好衣服，打着哈欠出了门，等电梯的时候，他觉得眼睛有些痒，取下眼镜，低头揉眼睛。

他正揉着，身后突然有人轻轻拍了他一下。

宋哲迷糊地抬眼，只看见杨薇的轮廓。

“早啊。”杨薇笑着。

宋哲故作镇定地戴上眼镜，看清对方后，给了他很大的安全感，他上下打量了杨薇一下，见她是穿戴好的样子，忍不住问：“去哪儿？”

“去见见向哥和玫姐，还有工作室的人。”

她走的时候，武纶的工作室转到了她的名下，当初刚回国的时候去看了一眼，然后两年来一直挂着个名头，她也是时候过去看看了。

宋哲点了点头，明白了杨薇的意思。

这两年杨薇一直在坚持户外脱口秀的直播，已经成了圈子里的一姐。现在猫猫平台里，她属于自带稳定流量的主播，在外的名气虽然不一定赶得上顶级流量，但是在国内脱口秀里，已经是新秀了。

之前一直忙于苏简的电影，现在回来了，她也该为自己规划一下。

于是宋哲想了想，转头瞧她：“要不你坐我的车吧？我也去公司看看，顺路。”

其实宋哲早就已经不在大米娱乐当CEO了，毕竟当初也只是权宜之计，现在有了新的CEO，这种子公司他就很少去了。

但杨薇并不清楚，她觉得宋哲似乎还和走之前一样，在大米娱乐管事。

杨薇点了点头，有些客气：“麻烦你了。”

“客气什么。”宋哲笑了笑。

两人上了车，没事闲聊。宋哲问杨薇以后的打算，她慢慢说着她的规划：“主播还是要做的，用来和粉丝互动。现在手游很发达，我和粉丝互动打打游戏，也挺好的。电影上了之后，我这边应该会办一个演出，到时候你来看啊。”

“好啊。”宋哲看了她一眼，“不过门票费得你出，等我觉得你的演出值得掏腰包了，我再买票。”

“行。”杨薇点头，“给你一张贵宾券，要是演出精彩，劳烦宋少爷以后帮我多宣传宣传。”

“好说。”宋哲点头，“我不仅帮你宣传，我还有赏。”

说着，他不经意一挑眉，似笑非笑一瞥，溢出了几分藏不住的张扬。

这样的神色让杨薇找到宋哲几分过去的影子，她抱着包，坐在副驾驶座上，头轻轻靠在窗户上，抿着唇看向窗外。

南城不像北方四季分明，它在所有季节都开着鲜花，杨薇看着路边的野花开得茂盛，内心平静。

宋哲用余光看过去，看见杨薇嘴角挂着笑容，听着车里放着安静又柔软的钢琴曲，他突然觉得，要是余生如此，已经很好。

他控制着自己不要多想，两个人保持沉默，似乎在平衡这样的距离。过了很久，他才说：“哦，你准备和粉丝打游戏？”

“是啊。”杨薇点头，“也是互动嘛。”

“打什么？”

杨薇报了一个手游的名字，宋哲问：“你打得好吗？”

“一般吧。”杨薇有些苦恼，“你知道我打游戏不行啊。”

“你和粉丝打也不能太差呀，”宋哲笑意盈盈，似乎是在等什么。

杨薇点了点头，认真地说：“你说得对，所以啾啾说，她和江淮安来带我。”

宋哲突然就笑不出来了。

他低着头，咳了一声：“其实江哥没我打得好，我带你也一样。”

“真的？”杨薇回头看宋哲，有些狐疑。

宋哲被这句话问笑了，他面上的不屑一闪而过，杨薇心里“咯噔”了一下，她知道了，这少爷不高兴了。

好在宋哲立刻收住了脾气：“是啊，你什么时候直播？”

“过两个星期吧，也得先准备一下。”杨薇想了想，皱眉说，“我听说这个游戏要讲段位的，总不能段位太低去见粉丝是吧？”

“你说得对。”宋哲点头，“这样吧，我改天抽个时间，上线叫你。”

“好。”杨薇也没多想，“那就拜托你了。”

两人说着游戏的事很快到了公司，宋哲和杨薇一起上了办公楼，杨薇去找向维和冷玫，宋哲往办公室走去，在长廊处拐了个弯，给江淮安打电话：“哥！”

江淮安接到宋哲电话：“怎么了？”

“我听说你要带杨薇打游戏？”

江淮安有点蒙：“啾啾说让我带她打，我不知道她要带杨薇啊。”

“别打了。”宋哲略带诚恳地说，“你别说这游戏你打得比我好。”

江淮安有些为难：“可是啾啾……”

话没说完，江淮安就猜出来了，他叹了口气，用一种悲壮的口吻说：“算了，我哄她去玩另一个游戏。阿哲，你争气啊。”

这种老父亲一般的口吻是怎么回事？

宋哲搞定了江淮安，回公司立刻把游戏装上了，一有空就打。

这晚他打到了大半夜，第二天接着打。

宋哲以前游戏打得多，这游戏和他以前在电脑上玩的差不多，很快就掌握了。但他还是不太放心，又加急练习了两晚，然后给游戏疯狂充值，买了所有英雄以及皮肤外加满级铭文后，他终于信心满满地给杨薇发了信息：“上线吧，我带你。”

杨薇刚刚忙完，最近她一边熟悉工作室的情况，一边和向维、冷玫打好关系，希望和他们合作，还要兼顾网上直播。宋哲叫她的时候，她刚好到了休息的时候。

说完之后，宋哲一个语音拨了过来，杨薇有些迷茫，接了语音，见宋哲说：“这样说话方便，等一会儿你就跟着我，配合一点。”

“好。”杨薇应了。

宋哲说：“这个是我的小号，这个游戏段位太高我带不了你。”

杨薇信以为真，语气里带了几分崇拜：“你大号什么段位了？”

宋哲岔开话题：“你新手任务做了吗？”

“做了，我打了几把，感觉还是不太会。”

“嗯。上线吧。”

杨薇上线之后，就看见宋哲的邀请信息，宋哲这个号果然和她一样是个全新的号，她心里有些感动，觉得宋哲为了帮她也是费尽心思。

她感激极了：“我突然有点不好意思了。”

“你麻烦夏啾啾和江淮安就没觉得不好意思？”

宋哲一句话回了过来，杨薇想想，也对。

宋哲和她开了局，宋哲一路逆天杀杀杀，杨薇忍不住夸：“你真厉害啊！”

“好棒！”

宋哲颇为骄傲，当他杀得兴起的时候，却突然发现，他们输了！

杨薇反应过来的时候已经迟了，这是一个推塔类的游戏，不是比谁杀人更多，而是谁先把对方的塔推倒。宋哲太过于关注自己如何秀翻全场，于是老家被人一锅端了。

宋哲沉默了片刻，说：“不好意思，刚才有点太激动了，下一局，下一局。”

杨薇没有多说，和宋哲开了下一局。

两个人配合得不是很好，杨薇喜欢用控制系的法师，宋哲则是担当了输出主力，可是杨薇控制住对方的时候宋哲总是不上，宋哲上的时候杨薇总是疯狂点击“撤退”。

打到半夜，杨薇的心沉到谷底，宋哲濒临崩溃，简直两败俱伤。

宋哲一直控制着自己的语气，让自己不要太冲，可当他再一次喊：“别跑！冻住他！快！”

然后看着杨薇加速快跑留下他一个人被人围攻的时候，他终于忍无可忍。

接着杨薇就发现宋哲掉线了，她抿了抿唇，也有些生气，都叫他撤退，他还要冲！她也想下线！

就在这个时候，她听见门“砰砰砰”地被砸响了，她一听这声音就生气了，他还敢来砸门？！

她憋了一口气冲出去，一开门，就看见宋哲满脸着急：“走走走，我当面和你说！”

他拖着她冲到卧室，两个人像中学时候那样，坐在地板上，靠着床开始打游戏。

当着面，宋哲终于能控制杨薇了，他一看见杨薇要跑，立刻说：“别跑！你别跑！你停下！”

为了用行动阻止她，杨薇一跑，他就用脚轻轻踹她。

在几次送死后，杨薇终于爆发了：“你！跟着我！”

宋哲被杨薇吼得傻眼了，但他害死她好几次，也不敢说话了。

这次换他跟着杨薇，杨薇控制住之后，大喊一声：“上！快上！”

然后宋哲就扑上去，指哪儿打哪儿。

原本快要输的局面重新被撑起来，两人配合得越来越好，等最后赢的时候，宋哲一把搭在杨薇的肩上，捏紧了她的肩，激动地说：“行啊！你厉害啊！”

说完两个人就愣了，呆呆地看着对方，片刻后，宋哲扭过头，故作镇定地抽回手，轻咳了一声：“那个，太激动了，把你当兄弟了，对不起啊。”

“没事，没事。”杨薇低着头，她感觉或许是游戏时间太长了，她呼吸都有些不畅了。

宋哲看着她，问：“再来一局？”

杨薇低着头，小声说：“好。”

这次两人打得规规矩矩，后期，宋哲又兴奋起来，现在他们配合得好了，有种心有灵犀的感觉，宋哲赢得爽快，就一直夸她。

“干得漂亮！

“杨薇，我没看出来你这么厉害啊！”

杨薇被宋哲夸得飘了，感觉自己膨胀得不行。结果一个激动冲上去，就被人干掉了。

宋哲二话不说，直接冲上去把干掉她的人给杀了，随后扬眉看她，颇为得意：“帮你报仇了，帅吧？”

杨薇看着宋哲带着几分少年气的笑颜，在宋哲低下头重新投入战局后，她才回过神来，低下头，小声说了句：“挺帅的。”

杨薇以为宋哲没听见，宋哲却听得很清楚，还好他们只开了一盏台灯，这样的灯光下，看不见他脸红了。

他们打了大半夜。

宋哲游戏瘾一直很大，以前读书的时候就是这样，成年后戒了。现在突然重新被拉回游戏世界，还有杨薇陪着他大杀特杀，他完全控制不住自己，高兴得不行。

杨薇也打得兴起，只是杨薇和他不一样，她睡觉一向定时，撑到后面，熬不住，闭上眼睛，头一歪，直接倒在宋哲肩头。

宋哲正在打架，在杨薇靠到他肩膀的一瞬间，他的手微微一抖，屏幕就变成了灰色。

世界突然就安静了，他感觉到杨薇均匀的呼吸声，感受到她的温度顺着肩膀传来，他像是年少时，她第一次靠着他那样，心跳得飞快。

宋哲呆呆地转过头，看着杨薇熟睡的侧颜。风吹过来，她的头发轻轻拂过她的面容。

岁月在杨薇脸上留下些许痕迹，也给了她年少时没有的智慧从容。宋哲静静地看着她，他们离得很近，他只要稍稍低头，就能碰到她。

许久后，他鬼使神差地低头，将唇温柔地落在她的发间。

轻轻一吻之后，他从旁边捡起一件衣服，搭在她身上。

他低头打着游戏，听杨薇迷糊地叫他：

“宋哲。”

“嗯？”

“你赢了没？”

“还没呢。”

“哦。”

“睡吧，等会儿我抱你回床上。”

杨薇困得很，迷迷糊糊应了声。

这是他们多年前的对话模式，这么多年过去了，在毫无意识的状态下，她还是选择本能地回应他一声：“好。”

她打着哈欠：“早点睡啊，别关我台灯，我害怕。”

宋哲弯起嘴角，温柔地说：“好。”

“放心吧。”

——放心吧，我陪着你呢。

宋哲打完最后一把游戏，小心翼翼地把杨薇抱回床上，给她盖上了被子，留了灯。

其实他很想留下来，但他知道这样做不合适，他站在床边静静看了她一会儿，她似乎睡熟了，看上去毫无防备，他弯下腰，轻轻吻了吻她的额头，低声说：“晚安。”

然后他起身，轻轻关上门，回到自己家。

后面的时间里，两个人每天晚上约在一起开黑打游戏，杨薇发现其实放纵自己，不要想太多以后就会发现，游戏真好玩。

有时候宋哲下班得早，干脆就来她家做饭。宋哲对英雄的技能比较熟悉，他做饭，杨薇站在他背后打着游戏，一边打一边问他。

“这个英雄我该带什么召唤师技能？”

“啊，她的被动是什么啊？”

“对方好厚啊，我该怎么出装？”

宋哲一边做饭一边指点，等杨薇不行了，他干脆放下菜刀拿过手机，坐下来帮她打。

两个人因为游戏混在一起，杨薇也没去想他们现在具体算什么状态，毕竟宋哲以前就是这么个性格，她自己也搞不清楚，宋哲是为了打游戏和她混在一起，还是其他。

但是她也不想深究，毕竟，开心就好。

杨薇很快就小有成就，开始和粉丝直播互动打游戏。

其他主播都是带粉上分，她打游戏是粉带她上分。好在她本来也只是个脱口秀主播，大家关注的根本不是她的技能操作，而是她打游戏过程里的吐槽。

“他骂我，对面居然骂我？区区刘婵也敢骂我！”杨薇愤怒地输入，“2888 英雄不要和我说话。”

杨薇的游戏水平不行，但是直播金句频出，居然也吸引了不少新粉。

这时候苏简的电影宣传也跟上了，宋哲看完电影剪辑的完整版之后，直接把电影提成当年的重点项目之一，交给集团里最好的一个宣传团队。

杨薇知道的时候，有点犹豫，晚上，她坐在床边，盘着腿和宋哲打游戏时问：“那个，小简的电影你看过了？”

“看过了。”宋哲低头打着游戏，“挺好的。”

“听说你把它提成了重点项目。”

这个电影成本不高，完全是宋哲自己一手投资，突然提成了重点项目，杨薇总觉得难以置信。

宋哲听到这话，他的游戏人物刚好死了，有了思考的空隙，想了想，便明白了杨薇的意思：“你以为我是因为你或者苏简的关系这么做的？”

杨薇低头玩着游戏。

宋哲笑起来，抬手轻轻推了推杨薇的头，轻笑：“你的脸怎么这么大啊？”

“啊？”

杨薇抬起头来，有些茫然，宋哲的人物复活了，他的目光回到游戏上，头也不抬，神色淡定：“我不会因为私人问题干涉公司。当初猫猫平台签你的时候，我是在不知道你是谁的情况下看数据定下来的。这次我把电影提为重点项目，也是因为我看了成片。小苏拍得比我预想中好很多，一开始我很担心，你没有任何演出经验，而纪录片需要运气和技术并存，我怕你们找不到好的素材，但是小苏对镜头的把握精准，出乎我的意料。

“你不是演员，他也不是导演，他的镜头真的只是在记录。很真实，很感动。实话说，”宋哲抬眼看她，笑得温和，“中间好几次，我都差点哭了。”

杨薇呆住了。

宋哲似乎有些不好意思，重新目光定回游戏上：“你想，我快三十岁的一大男人都能看哭，成片是真的有水平。我做这个决定不是因为感情用事，你放心。”

“而且，”宋哲似笑非笑地瞧了她一眼，“决定一个重点项目是要投很多钱的，你觉得你值这么多？”

杨薇听到这话，哪怕她知道宋哲是安慰她，但也放松了下来。

宋哲说的大概也是实话。她不知道她在宋哲心里值多少钱，但是宋哲不会因为和她的感情问题决定这个电影的推荐级别，这是真的。

有了宋哲这话，杨薇便放心看着他们做宣传。

电影上映前，宋哲甚至亲自带着他们的创作团队一起上了节目。

节目是做各种闯关任务的，综艺人气很高，算是宣传中的顶配资源。

宋哲带着制作组和原本节目里的常驻嘉宾一起闯关PK，一开始要进行分组，所有人按照网友支持的CP进行匹配，全场一共八组，网友投票完毕后，杨薇一回头，就看见大屏幕上她和宋哲的头像被圈在了一起，全场CP支持率最高。

观众哄笑，主持人憋着笑："俊男美女，不出意料。"

宋哲笑着没说话，杨薇觉得这个投票也是意料之内，毕竟在场他们的颜值最高。

他们被分在一起之后，八组人一起闯关，看谁先到达终点。上节目前导演就和他们沟通过，希望他们放开一些，杨薇还好，她脱口秀讲得多，这种综艺对于她来说和平时做直播没多大区别，她就是不太确定宋哲会怎样。

第一个关卡是智力接龙，宋哲满脸信心："我来，你让我来。"

杨薇点头，然后第一个问题便开始了："滕王高阁临江渚。"

宋哲蒙了，然后开始倒计时，杨薇忍不住了，手疾眼快地按下回答键，爽快地回答："佩玉鸣鸾罢歌舞！"

第一题顺利完成。

宋哲有些尴尬："我不擅长这个，下一题我肯定会。"

等到了下一题："大雁为什么要飞去南方过冬？"

这个宋哲知道！

他一把按下去："因为大雁是候鸟！"

杨薇同情地看着宋哲，里面响起提示音："确认吗？"

这句话把宋哲问蒙了，杨薇果断地说："因为用走的太慢。"

积分顺利到手。

杨薇已经不相信宋哲了，每次她都在宋哲为难的时候抢答，宋哲总抢不到回答问题的机会。等到最后一题，宋哲在杨薇伸手的时候，一把拦住了她，大喊了一声：“我可以！”

杨薇看着他，默默收回手，然后他回过头，看见屏幕上满满的公式，沉默后，他抬起手，走下了答题台。

“你来。”他放弃了，“你能来就来。”

杨薇一把按在红灯上，对着这道考研的数学压轴题微微一笑，然后开始在屏幕上飞快运算。

算完之后，她把笔一放，满分通过！

宋哲看着杨薇，面无表情地鼓掌。杨薇忍不住抬起手，用一种慈爱顺毛的眼神看着他：“乖，数学欺负你，不是你的错。”

接下来的关卡，杨薇凭借其聪明才智一路带宋哲飞，等宋哲和其他组的人会面的时候，其他组的男性都气喘吁吁地跑来和宋哲交流：“哲哥，你感觉怎么样？”

“哲哥，你可以啊，这么一路走下来面不红气不喘的啊！来，传授点经验，你是怎么通关的？”

“我？”宋哲微笑，“我跟在杨薇后面就可以了。”

从智力问答、迷宫到拼图一路走来，他没有经历过任何节目组的捶打，顺利得仿佛是提前拿到了标准答案。

节目结束之后，宋哲觉得有点郁闷，这种郁闷在节目播出后达到高潮，播出当天，节目组的收视率暴增，微博上突然多出了“哲薇 CP”的热搜词。

一开始看见这个词，宋哲内心还是有点小窃喜的，等他点进去后，迎来的根本不是他想象中的美好甜蜜内容，而是……他们的表情包。

宋哲的三连拍分别截了三张图。

第一张是他面对那道数学题蒙的表情：“你们不要欺负我”

第二张是他在移动迷宫里面要被移走的时候拼命叫杨薇的表情：“我老婆马上来了”

第三张是他和那些男性成员聊天的表情，生无可恋的笑容里带了一丝甜蜜：“怎么赢的？跟在老婆后面就可以了。”

而杨薇的三连拍分别是——

沉着按灯：“没有我不会的题！”

百米冲刺：“没有我到不了的战场！”

以及，最后杨薇赢的时候回眸眨眼：“没有我宠不了的男人。”

宋哲惊呆了，这种又窃喜又纠结的心情，到底是怎么回事？

好在网友也不全是这么丧心病狂，大家还是保持了小天使的心态，截了一堆杨薇和宋哲同框的图。

他们截图的角度刁钻，配上粉红色泡泡和各种心形，看上去都觉得甜。

当天晚上网友就把他们之前的事全部翻了出来。

他们之间的细节在网上透露不多，大家大概能翻出来的也就是“一个灰姑娘被收养后嫁入豪门，在女配破坏下和男主离婚，男主一路帮扶，女主十分感动还是拒绝了”这样一个故事。

“所以，都是误会啊！”

网友们得出结论：这是一对苦命鸳鸯。

有故事，有颜值，有现在甜蜜互动的素材，当天晚上大家吃瓜吃得不亦乐乎，第二天宋哲就看到了各种神奇的视频剪辑。

他们把他当年还没和杨薇离婚时流出来的各种画面都找到了，又翻到了杨薇在学校比赛获奖的各种视频图片，配合着音乐，竟然讲了一个年少相爱、误会分开、最后和好的故事。

宋哲看着视频里最后杨薇回头朝他眨眼的画面，画面另一半是杨薇当年代表学校参加英语演讲大赛的画面，以及他们P出来的宋哲仰望的一个表情，画面定格在这里，等宋哲反应过来的时候，他才发现，自己居然哭了。

他有些狼狈地擦了眼泪，站了起来，他不敢再看了。

网上那些甜蜜的段子，看的时候很高兴，可就像是酒精，是毒药，是一时之快，他得清醒一点。

宋哲提醒自己，越是沉沦，越容易万劫不复。他得清楚他们的状态，才能保证正确的距离。

宋哲用毅力克制自己，结果电影首映之前，宣传组组长来找他，有些忐忑地说："那个，宋总，我们有个提案，可能需要你配合一下，我就是来问一下，您方不方便？"

"你说。"

宣传组的组长小心翼翼地说："您和杨薇现在在网上 CP 热度很高，您看要不首映那天，您和杨小姐包场去看个电影，怎么样？"

宋哲手里的钢笔霎时在纸上划出一道尖锐的声音。

组长立刻说："宋总，这话我瞎说的，您别放在心上，就当我没说过。我这就走！"组长转身就要走。

宋哲低垂着眼睛，说："去安排吧。"

组长微微一愣。

"去和杨小姐说一声，"宋哲试图让自己语气平静下来，"我想请她看首映。"

杨薇听到高林给她传的话，没有多想。

高林却有些为难："这是宣传组那边提的意见，说这样的热点不炒白不炒。不过先生也说先来问问您的看法，看您怎么想的。"

听了这话，杨薇笑着反问："宋哲怎么想？"

"先生说听您的。"

高林揣摩着宋哲的意思，把决定权交给杨薇。杨薇想了想，她虽然不太喜欢和这些事情沾上边，可这部电影是许多人的心血，能走得越高越远当然最好。她现在单身一个人，宋哲都不怕媒体乱写，她也没什么好怕的。

杨薇点头同意了，高林舒了口气，回去把事情安排了。等到首映那天，宋哲包了一家影院的场，时间快到的时候，杨薇戴着口罩和墨镜，趁着人少，悄悄溜了进去。

杨薇进去的时候，影院还没关灯，屏幕上放着广告，她看见中间有一个人已经坐下了，是宋哲。

宋哲穿了正装，看上去认真打扮过，他见杨薇来了，便站起来，有些不自然地问："来了？"

杨薇看着他的神色不免笑了："能别这么一副如临大敌的模样吗？"

宋哲点点头，让自己显得轻松一点："你说得对。"

杨薇先坐下来，宋哲才跟着坐下。

两人中间放着爆米花，杨薇的手边放了瓶水，宋哲将可乐递过去，问："喝可乐还是喝水？"

"喝水吧。"杨薇叹了口气，"我现在有偶像包袱了，怕胖。"

宋哲上下打量了她一眼，赞同："的确胖了一点。"

杨薇的脸一僵。

宋哲嘴边带了笑，他假装不知，这时候整个电影院暗了下来，两个人随着黑暗安静了，屏幕上是黄沙漫漫的画面，开场是杨薇一个人戴着纱巾，在沙漠里独行，驼铃声响起，红色的字体漫漫浮现——言行万里。

电影他们都是看过的，他们早已预知接下来的情节，宋哲看着这个画面，问："这是在哪儿拍的？"

"敦煌。"

"那边感觉怎么样？"

"和南方差别挺大的，"杨薇慢慢地说，"到了北方，才知道大漠孤烟直，长河落日圆。"

这个纪录片拍了两年，他们走遍天南海北，宋哲一边看，一边询问她当时具体的情况。

现实永远比镜头里更残酷也更曲折，有些事宋哲听着都觉得心惊胆战。

“当时宾馆条件不好，有人早就盯上我了，我们不知道，我回宾馆的时候，刚一进门就感觉不对，直接退了出去，马上把剧组里的人叫过来，然后我就看见一个男人从我床底下冲了出来，翻窗户跑出去了。”

宋哲听得眼皮一跳。

杨薇转过头去，笑意盈盈地看着宋哲：“你想说什么？”

宋哲沉默着。

杨薇推了他一把：“想说什么，说啊。”

听到杨薇的催促，宋哲转过头，他看着屏幕，好久后，才说：“我也不知道该说什么。

“本来想劝你，以后这样的事少做。可是又觉得，你应该已经被劝过许多次了。劝你不要晚归，劝你不要穿暴露的衣服，劝你不要坐顺风车，劝你不要独自出去旅游……

“已经劝过你很多了，拍纪录片这事，一个剧组几十个人跟着，去之后都和官方对接，这种情况下还会遇到这种事，这件事上我如果继续劝你，那以后你出门，我是不是也该劝劝？”

宋哲的脸上看不出喜怒。

“是啊，”杨薇叹息，“这就是我这两年来，最大的感受。

“君子不立危墙之下，可我一走出去，就发现身为女性，到处可能是危墙。”

宋哲没说话，他听着她话里那份软弱，脱口而出：“那我陪着你好了。”

杨薇愣了愣，她侧脸看他。

他神色平静，看着电影：“你想去哪里，叫上我，我保护你。

“谁在这世上都只活一次，在能力范围之内，力所能及选择自己想要的，这是生而为人的权利。在我能力范围内，你想去哪里，我都保护你。

“以后如果我有儿子，我也会教他好好做人，我们这样的人越多，一代接一代，早晚有一天，会有你想要的世界。”

宋哲转头看杨薇，明亮的眼里带了几分温柔：“慢慢来。”

杨薇没说话，静静地看着面前的男人，心跳得飞快。

没有任何一种温柔比得上理解。

——你说的每一句话，当你的愿望他都知道，他站在你这一边，他与你奔驰在相同的道路上。

杨薇看着宋哲，突然觉得这个人似乎点缀了她过去未曾发觉的光彩。

宋哲被她看得心跳有些加快，有些不好意思转过头去，故作镇定，轻咳了一声：“你这么看着我做什么？是不是我太帅了？”

这次杨薇没否认：“是啊。”

她说：“太帅了。”

电影在他们交谈之中浮出了“完结”的字幕。宋哲和杨薇走出去，刚走出影厅，宋哲就感觉有一阵风吹过来，他下意识地挡在杨薇前面，回头看了一眼杨薇身上的裙子，想了想，把自己的外套脱了下来，披在她身上。

杨薇愣了愣。

宋哲赶紧松了手：“外面估计有记者，给他们摆拍一下。”

杨薇点了点头，她身上披着的衣服还带着宋哲的温度，让她有点蒙。

两人进场之后，高林就给媒体发了消息，媒体全部蹲守在电影院门口，杨薇和宋哲一走出来，记者就蜂拥而上，杨薇保持着微笑，宋哲护着她，让早已经准备好的保安给他们圈出一个安全空间来。

他们一边上车，一边听着记者的问题，宋哲上车前听见有人问了句：“宋少爷，你们是不是在一起了？！”

“宋少爷”是当年大家对他的称呼，听到这三个字的瞬间，他挑了挑眉，回眸看过去。他想了想，突然就笑了，额间一缕碎发在风中轻轻摇摆，他笑着说：“这个得问杨薇啊。”

得了这话，好多人尖叫，杨薇坐在车里，哭笑不得，有记者追着车大喊：“杨小姐，给个回复啊！”

杨薇抿唇笑了，宋哲心里一阵发虚，他突然来了几分少年气性，从车里探出头，高声说：“一切都是为了宣传！为了电影！”

这个动作把所有人都搞蒙了，宋哲迅速坐到位子上，假装什么都没发生过一样整理领带。

他心里忐忑，低着头不敢说话。

这时候，杨薇喊他：“宋哲。”

“嗯？”

宋哲如临大敌，打起了十二分精神，准备应对杨薇的拷问。

然而杨薇只是笑着说了句：“刚才那个姿势危险，以后别这样了。”

宋哲傻眼，他有些搞不清杨薇的意思了。

“那个，刚才……”

宋哲想要解释，杨薇笑意盈盈地看着他，琢磨着他打算怎么撒谎。

宋哲憋了半天，才说：“一切都是为了宣传……”

“嗯。”杨薇点了点头，“我知道，都是为了宣传。”

宋哲感觉她一点都不像是知道的样子。

两人各自回了家，他们包场看电影的消息已经在微博上传开了，各种照片和直播视频都有，当天热搜的关键词是——请你们原地结婚！

杨薇一回家就上了微博，她点开了评论和转发，发现自己微博下面齐齐刷着：“请你和宋哲马上结婚！”

“结婚吧，立刻结婚！”

这些整齐的阵容间夹杂着一些其他的话，有些从一开始就跟着她的老粉：“薇薇，我知道你吃了很多苦，走了很多的路，我尊重你所有的选择，可我还是要说一句，视频里看见狗儿子给你挡风，我真的泪目了。”

“薇薇，我看见狗儿子又帅又有钱，一看到你把他养得这么毛光皮滑之后他要和其他人在一起，我就受不了，呜呜呜，你们破镜重圆吧，这个破镜重圆的糖我愿意吃！”

“其他不多说了，我只说一句，宋少爷回头那一瞬间太惊艳了，颜好任性，不管做什么，我都原谅他……”

而相比杨薇的评论区，宋哲的评论区就非常简单粗暴，基本只有三句话：“你是不是还在追她？”

“你有没有点出息？”

“表白啊！在一起啊！结婚啊！宋总冲呀！”

两人面对微博上的言论，心态各异。

杨薇看着评论区，也不知道为什么，多年后，再一次像十几岁那样，慢慢红了脸。有些不安和小甜蜜涌上来，又带了几分羞涩和难为情。

她发现，在两年后再次与宋哲相遇，当她放下之后，似乎又再一次因为这个人，开始心绪不平。

“啊啊啊！”

杨薇趴到桌上，把脸埋在肘窝里，一句话都不想说了。

这一届的网友，太会撩人了啊！

而宋哲看着屏幕上的话，想了想，在零点的时候发了一条带着黄色狗子竖着大拇指的表情包的微博：“今天也是努力的一天！”

第十二章　我们和好了

面对群众的呼声，杨薇和宋哲仿佛什么都没听到一样装傻。

只是，宋哲总是偷偷去看粉丝们剪辑的 CP 视频。

有一次高林走进办公室，吓得宋哲一把合上了电脑，高林愣在原地，看着故作镇定的宋哲，沉默了一会儿后，高林严肃地说：“对不起，先生，我来得不是时候。”

“回来！”宋哲尴尬地说，“该做什么做什么。”

随着电影上映，杨薇的人气也越来越高，杨薇和大米娱乐重新签约，继续由冷玫和向维负责她的宣传推广，只是这次她采用的是代理分成制，并不是整个人签死在大米旗下。

为了电影宣传，杨薇和宋哲还是时不时会接受一下媒体的采访，媒体都十分关注他们两个人的关系，杨薇每次都很认真地说：“只是朋友。”

“大家不用多想，的确是朋友。”而宋哲则是把话题岔过去，仿佛什么都没听到。

有几次，网友察觉了情况——

“一定是宋总没追到人。”

“宋总不给力啊。”

为了帮助宋哲追人，网友自发发起了“每日一表白”活动，每天早上去杨薇的微博上刷一句：“今天我们又来替宋少爷表白了，你可以嫁给他了吗？”

于杨薇而言，网络上铺天盖地都是宋哲的名字，现实里她却不怎么能见到宋哲。

宋哲保持着良好的分寸，除了和她打几把游戏，没什么事，他几乎不会出现。

这让杨薇拿捏不好宋哲的态度，如果说宋哲只是把她当朋友，有时候她却能明确感知到他的喜欢，他的心动。如果说他喜欢她，那对于一个喜欢的人来说，这样的距离，似乎又太客气了一些。

杨薇不敢多想，她吃过自作多情的亏，于是她每天清晨看见网友表白的时候，都要告诉自己一遍：“平常心对待。”

敌不动我不动，谁先心动谁傻。

人生傻一次是年少意气，一而再，再而三傻就是真的傻成性了。

可每天看见宋哲的名字已经成为习惯，她偶尔也会忍不住想他在做些什么。

相比杨薇，宋哲则要好很多。他每天能从直播上见着杨薇，对他来说已经是很大的慰藉。

这段感情他求的不多，他已经习惯了远远地观望和守护，能每天看见她，能在想见她的时候出现在她面前，能在想保护她的时候站在她身后，这已经足够了。

两个人默默僵持着，他们偶尔会在宴会上相见，有时候站得远，在黑夜中抬头看过去，轻轻举杯。

他会看见那个穿着晚礼服的姑娘优雅又美丽，她会看见那个众星捧月的男人沉稳又谦和。

电影从第一天开始就口碑爆棚，这部成本只有五百万元的片子成了一匹黑马，票房一路绝尘。之前董事会里对宋哲有异议的声音也消了下去，宋哲整个人春风满面。

每天照顾他的林姨察觉到宋哲的转变，忍不住笑起来："先生，您最近很开心啊。"

"是啊。"宋哲笑了笑，"诸事顺利。"

林姨递了个篮子给宋哲："先生，里面是我做的枣糕，以前太太最爱吃，您要是方便，就帮我带给太太一下吧。"

宋哲被林姨的举动搞蒙了，林姨一向是不管这些事的，然而过了片刻，他还是接过篮子："行，我会帮你带给她的。"

宋哲提着篮子打算上车，上车前，他突然回过头，看向林姨："林姨，以后你想做给杨薇吃你就做，如果不是你想，就不用弄了。"

宋哲笑了笑："你别为我们操心，我觉得现在挺好的。"

林姨听了这话，有些局促地捏起围裙，略微尴尬。

宋哲忙说："不过，林姨，你做这个枣糕还是很好的。给了我一个见她的机会，我很高兴。"

宋哲朝她摆摆手。

林姨的眼眶忍不住发酸。

宋哲坐上车后，抱着篮子想了一会儿，突然问高林："林姨最近是不是遇到什么事了？"

高林开着车，有些发蒙："您为什么这么问？"

"去查查吧。"宋哲看向窗外，"林姨向来是安分守己不管事的，突然做这些举动，肯定有她的原因。"

宋哲开口，高林自然上心。

没过几天，高林就带了一份病历走进宋哲的办公室。他把病历放在宋哲的桌上，宋哲看着桌上"卵巢癌"的诊断，一言不发。

他感觉有什么哽在喉间，突然觉得特别难受。

林姨从小看着他长大，虽然在宋家一直是保姆的身份，可对于宋哲而言，十几年的陪伴，已经像亲人一般。

他拿着病历看了很久，才问：“去医院了吗？”

“去了，就是看她去了医院，才打听出来的。”

“给她安排最好的主治医生，所有的治疗费用我们出，全世界这方面最好的专家你都去联系一下，该怎么治疗，就怎么治疗。”

“好。”高林问：“要告诉林姨吗？”

“先不了。”宋哲低着头，“让医生说都在医保范围里。她不告诉我，就是不想我知道。等以后她和我说了，再说吧。”

和高林说完林姨的治疗方案后，他又让高林把所有的事都推了，提前回了别墅。

回去的时候，林姨正坐在花园里发呆。宋哲站在门口，看了很久。

在他的记忆里，林姨一直是一个忙忙碌碌的形象，以前赵阳兰经常劝她，让她歇一歇，可她有些完美主义倾向，强迫症很严重，家里每个碗的位置她都要用心调整，花园里每一朵花的高度都要修剪出规律。

她很少这么坐着发呆，看上去眼神有些空洞。

宋哲努力搜索着林姨的信息，才发现自己对这位如同至亲的人，了解匮乏得可怕。他只记得她以前嫁过人，生了一个儿子，后来离了婚，儿子也没了影子。

宋哲又看了一会儿，等到了正常回家的时间，才走进去，小声地叫她：“林姨。”

林姨回头，她看着宋哲，呆愣了几秒，随后笑起来：“先生回家了。”

“林姨，”宋哲笑着说，“您今天休息一下，我给您做顿饭吧。”

“哪能让先生做……”

“我想做饭了。”

宋哲走进屋子，把东西放在衣帽架上，温和地说：“您还没尝过我做的菜吧？我给您做一次。”

林姨恍惚了一下，宋哲就已经进了厨房，她忙说：“先生，还是我来……”

“您就站着看吧。”宋哲挡住她，“我心情不好，我们聊会儿天吧？”

听到这话，林姨也说不出什么了，她站在门口，手足无措：“先生，是不是……太太又让您不好受了？”

宋哲背对着她，不由得心疼，却还是说：“勉强算吧。林姨，我记得您有个儿子？”

“啊？是啊。”林姨的语气里带了几分遗憾。

宋哲边洗菜边问：“现在在哪儿呢？我好像一直没见过。”

“离婚后，他爸把他带走了，不让我见。”

宋哲听到这话，心里沉了几分，他努力让自己不表露情绪：“您想见他吗？”

林姨沉默了，片刻后，她说：“见不见已经无所谓了。”

“比起见他，”林姨笑起来，“我倒希望您和太太能早点和好，像以前一样，我天天能见着你们，我就开心了。”

宋哲没说话，其实他明白，这么多年来，林姨把他和杨薇当成自己的孩子，现在只剩他，没有了杨薇，她终归不好受。

宋哲点了点头：“您放心吧，我会早点追到她，和她和好的。”

“那太好了。”林姨高兴地说，“你们要是能和好，我也就放心了。”

“嗯。”宋哲低着头，遮掩住自己酸涩的眼眶。

“林姨，”宋哲拼命洗着菜，力气大得把菜都捏碎了，“您还有没有其他想要的啊？”

听到这话，林姨有些忐忑，她沉默了一会儿，开玩笑地说：“先生，您这个口气，就像我随时要没了一样，您是不是有什么事啊？”

“没啊。”宋哲遮掩，“就是薇薇说，我该对身边的人好一点。我身边也没多少人，我想着要对您更好一点，不然她要不高兴了。”

“怪不得，”听到这话，林姨放下心来，“太太一向心细。”

说完这话，林姨似乎又觉得不妥：“不过先生现在已经很好了，不需要再多做什么。”

“哪里有？”宋哲苦笑，“我对您还不够好。”

“先生说得不对。”林姨纠正，“我是家里的保姆，您都亲自为我做饭了，还要怎么样啊？”

宋哲没说话，低着头，好久后，突然郑重地说：“林姨，您叫我小哲吧。”

“这么多年，我没当您是保姆，您就是我的亲人，您是长辈，叫我小哲，听着亲近。”

他本以为林姨会拒绝，已经做好了诸多说服林姨的准备，没想到，林姨沉默了很久之后，叫了他一声：“小哲。”

宋哲看着锅里沸腾的水，深吸了一口气，应道：“哎。”

接下来的时间，宋哲几乎每天都早早回家。他买了菜，回去给林姨做菜。同时，他让高林去查林姨儿子的下落。

几天之后，高林告诉宋哲：“她儿子，似乎很早就没了。”

宋哲神情严肃地看着高林的报告。

在林姨和她丈夫离婚后两年，她的儿子意外身亡。而林姨一直没有再嫁，她一直守在宋家，照顾他和杨薇。

他想为这个女人做得更多一点，然而他发现，这个女人的人生如此苍白，她大半生的时光，都放在他和杨薇身上。

宋哲坐在位子上，深吸一口气，最终起身，冲到了杨薇家的门口。

杨薇开门时，看见他提着外套站在门口。他神色疲惫，眼里带着一击即破的脆弱，她小心翼翼地喊：“宋哲？”

宋哲什么话都没说，突然抱住了她。

“杨薇，跟我回去好吗？”

他无法一个人面对死亡，无法一个人看着过去的人一个个消失。

成长最大的疼，不是割舍过去的自己，不是学会低头弯腰，而是你眼睁睁地看着一个个重要的人被时光带走，却无能为力。

亲人是生与死之间的一堵墙，身边有羁绊在，才会感受到生死的分量。

每个人都需要握着另一个人的手，一起承受这份沉重，而此时此刻，宋哲唯一能够牵手的人，只有杨薇。

杨薇能够选择一同去面对的人，也只有宋哲。

宋哲突如其来的软弱，让杨薇措手不及，在短暂的茫然后，她迅速反应过来："怎么了？"

宋哲抱着她，手微微颤抖，仿佛抱住了唯一的依靠。

"林姨病了。"

他的声音沙哑，杨薇脑子"嗡"的一声响，颤抖着声音问："什么病？"

"卵巢癌，晚期。"

杨薇没说话，这个答案在情理之中，又有些出乎意料，大约是因为，她从未想过这一天会来得这么早。

她突然明白宋哲此刻为什么来找她，有一种难以言喻的惶恐涌上她的心头，只是她用她的理智克制了自己，她抬手抱着宋哲，两个人在黑夜里像是两只互相取暖的小动物，紧紧依偎在一起。

好久后，杨薇感觉宋哲慢慢放松了下来，才开口："我们进去说，好吗？"

宋哲放开杨薇，杨薇握着他的手，拉着他进屋。

宋哲来的时候，外面下了雨，他没撑伞，头发有些湿润。

杨薇让他坐下后，给他倒了一杯温水，然后拿了吹风机，站在他背后替他吹头发。她纤细温柔的手穿过他的发间，带着暖风经过。

两人都没说话，宋哲发现，这几日他的不安，他的痛苦，似乎都在这没有言语的互动里慢慢平静下来。

杨薇把他的头发吹干之后，自己的内心也平静了下来。

她放好吹风机，坐到宋哲对面，问："林姨现在具体情况怎么样？"

宋哲大概说了一下，他和林姨的主治医生直接沟通过，现在林姨处于卵巢癌三期，伴随肝转移，确认下来的方案是尽快手术。手术切除干净之后，接下来的治疗方案要看林姨的身体条件。

杨薇听着，有那么一瞬间，他们仿佛回到了当年赵阳兰刚刚生病的时候。

杨薇听完后，直接说："我去照顾她吧。林姨打小把我和你当作自己的孩子，不管后面治得好治不好，我现在在她身边，她应该会高兴很多。"

"我也是这个意思。她一直惦念着你，你走之后，她嘴上虽然不说，但我知道她一直想着你。"

"我知道。"

"到时候，我们轮流照顾。"宋哲垂下眼睛，"你随便看看就行，累了就去休息，我会尽量把所有事搬到医院去做。"

杨薇抬眼看向对面的男人。其实她一直知道，宋哲并不是一个坏人，他只是一直没有学会怎么对一个人好。

当年赵阳兰生病的时候，他猝不及防地接任赵阳兰的位子，他既害怕又紧张，虽然每个星期都要去看看赵阳兰，但照顾赵阳兰的责任，其实都落在杨薇身上。

杨薇一边照顾赵阳兰，一边指点宋哲，帮他在公司里牵线搭桥，别人设坑给他跳，她还得提醒。

这一次林姨生病，他终于来到她身边了。

也不知道为什么，杨薇突然很难受。这份酸楚来得太莫名，如果是为了当年，那来得太晚；如果是心疼宋哲的成长，也更没有必要。

她觉得心口发闷，想了许久才明白。

一个人如果有了依靠，就会变得软弱。

当年面对赵阳兰也好，如今面对林姨也好，她内心深处，总是痛苦又惶恐，只是当年她得撑住，如今她以为她要像以前一样撑起来的时候，宋哲却突然告诉她，他在这里，她可以倚靠。

杨薇双手抱着自己，不敢看他。

宋哲没注意到杨薇的情绪变化，他只是说："你要是方便，今天不如和我一起回去，你去看看林姨，多劝劝她。”

“好。”杨薇深吸了一口气，起身拿了件外套，“走吧。”

两人一起回了家，林姨在家里低头擦着桌子，听见外面的声响，她头也没抬高兴地招呼：“先生回来了？”

“林姨。”

杨薇站在门口，林姨的动作僵了僵，她抬起头，满脸震惊地看着杨薇，好久后，她才激动地喊了一声：“太太……”

“林姨，”杨薇没有纠结她的称呼，笑着走过去，柔声说，“我来看您了。您先不要忙了，我和您说说话。”

“您……您吃过了吗？”林姨激动得话都说不利索，“你们肯定没吃晚饭，我去给你们做晚饭……”

“不用了，”宋哲按住林姨，笑着说，“我去做晚饭，你们聊聊。”

杨薇也拉住了林姨，笑着给她解围裙：“别忙了，让他去，我好不容易回来，就是想见见你。”

林姨整个人呆呆的，杨薇帮她把围裙解了下来，林姨这才反应过来，抬眼看向杨薇，两人互相注视了一会儿，林姨笑起来，眼里带了些泪光：“太太出去这么久，倒显得丰满了许多。”

“是啊。”杨薇叹了口气，“出去后天天在外面吃好吃的，不减肥不节食，想运动就运动，不胖才怪了。”

“这样好。太太以前太瘦了。胖点好，胖些有福气。”

“可是林姨瘦了。”

杨薇拉着她的手，不由得紧了紧。林姨没说话，她低着头，没敢回声。

林姨的确瘦了许多。她本来就瘦，如今更是皮包骨头。她换了一个发型，看上去没那么消瘦，宋哲天天见着她，没有察觉，可杨薇第一眼看着，便知道她和之前比起来消瘦了许多。

她脸上的红润是化妆化出来的，状态也是强撑。

林姨知道杨薇是个细致的人，她骗得过宋哲，却骗不过杨薇。

她沉默了很久，问："太太今天怎么回来了？"

"想你了。"杨薇直接说，"林姨把我养大，我在外面漂泊了这么多年，也该回来看看您。"

"太太真会讲话。"林姨的语气里带着欢愉，"有太太这句话，我这辈子也就没什么遗憾了。"

"不是啊。"杨薇握着林姨，认真地说，"您这辈子还有很多事要做，至少要看着我再婚，生孩子，替我带孩子，您说是吧？"

杨薇忍不住说："林姨，您看我也没个爸妈帮忙，以后我要是有了孩子，估计还得麻烦您。"

林姨被杨薇说得有些恍惚，等她回神的时候，似乎知道了什么。她也没说穿，看了一眼厨房："太太，您和先生怎么样了？"

杨薇看着林姨期待的目光，知道林姨在期盼什么，她想实话实说，可她突然不忍开口。

她说："挺好的。他现在脾气改了很多，我也想通了。我今天就是跟着他回来，高林很快就会把我的东西搬进来。"

"真的？！"林姨惊喜，"太太，你们和好了？！"

谎话说出口，再接着圆下去，就没这么困难了。

杨薇笑着说："是啊，您放心吧。我和他和好了，重新谈恋爱，过一阵子，我们就结婚了。"

"好……"林姨因为激动，说话都带了颤音，她似乎不知道该说什么才好，只能拼命地点着头，不停地说，"好……回来就好……能在一起就好……"

"太太……"

"您叫我薇薇吧，"杨薇终于忍不住纠正，"林姨，您是我们的长辈，您叫我薇薇，叫宋哲小哲就好了，不要这么生疏。"

林姨抬眼看向杨薇，眼泪在眼眶里打转，她注视着杨薇，好久后，她笑了。

"好。"林姨很开心，"你们就是我的孩子，薇薇啊，"她抬手放在杨薇的手背上，"每个人长大都是很难的。小哲他长大得晚了点，可是这一路你都陪着他走过来，这种少年夫妻是不一样的。他有什么不好，你就告诉他，让他改，答应林姨，"她看着杨薇，小心翼翼地说，"别放弃他，啊？"

"林姨，"杨薇听着林姨的忠告，心中酸涩，"您放心吧，我和他重新在一起了，哪里还会有什么放弃不放弃的。"

"他现在对我很好，"她转头看着厨房的方向，"我很喜欢。"

"那就好。"林姨点头，高兴地说，"我看你们闹，看了好几年，我心里揪着，可又不能管。你们总算是走回来了，林姨也就放心了。"

两人说着，宋哲端着菜出来，杨薇见了，赶紧起身从宋哲手里接了菜："我端过去吧。"

杨薇把菜端了过去，对林姨说："林姨，您歇着，让我们照顾您一次。"她说完，转身进了厨房。

宋哲正端了另外一个盘子要出去，就听杨薇说："我跟林姨说咱们和好了，等会儿配合一点。"

宋哲愣了，随后他反应过来，点了点头："好。"

杨薇和他放好菜，便一起吃饭，饭桌上杨薇给宋哲和林姨夹菜，一边吃饭，一边说话，宋哲看着她坐在身边，感觉自己好像做梦一样。

等吃完饭，两个人一起去厨房收拾，宋哲洗碗，杨薇收拾桌子，她低着头说："你一会儿让高林帮我把东西搬过来吧。林姨是下周的手术是吗？我就住在这儿陪她吧。"

"好。"

宋哲洗着碗，面上看不出喜怒。

杨薇擦了桌子，继续说："林姨现在最放心不下的就是我们了，既然装了情侣就别让她操心，晚上我和你睡一个屋。"

杨薇说完这话，觉得有些不好意思。

宋哲眼观口，口观心，故作镇定：“嗯，好。”说完他又补充了一句，“你放心，我睡地上。”

听到这话，杨薇忍不住笑了。她也没多说，桌子擦好就走了出去。

出门之后，她看见林姨坐在沙发边上，仔细擦拭着一些照片。

杨薇走过去：“林姨，您在做什么啊？”

“整理一些照片。”

林姨收起照片，眉眼温柔：“我之前发现了一些很有意思的事，你过来，我带你去看。”

杨薇点头：“行。”

杨薇伸手去扶林姨，林姨带着她上了楼，到了她小时候的房间里。她的房间纤尘不染，似乎还是她走时的模样，只是多了一些东西。

林姨带着她走过去，从书架上翻找着什么，一边找一边说：“你走后啊，小哲经常睡不着，他睡不着了，就会来这个房间，窝在你的床上，开着灯睡。他以为我不知道，其实我清楚着呢。”

林姨抽出一个相册，递给杨薇：“他把好多东西都搬过来了，那天我打扫卫生，看见这个相册。你看了会高兴的。”

杨薇有些疑惑，但也没多问，听了林姨的话，打开了相册。

打开相册第一页，她就愣了。

相册里，是十几岁的她去参加英语演讲时拍的照片。

她以前总在想，为什么自己总有这么多照片，然而在看到相册的瞬间，她就懂了。

她的心微微一颤。

这个时候，宋哲终于想起什么，急忙上了楼，冲到杨薇房间门口，然后又急急停住。

他看着杨薇手里的相册，脸上顿时浮现出紧张的神色。但他还是故作镇定，手扶在门框上，一言不发。

林姨看了看他们，悄无声息地走出房间，往楼下走去。房间里只剩下他们两个人，静得呼吸声都能听见。

杨薇捧着相册，突然觉得，自己捧着的不是一本相册，而是一颗炙热又温柔、别扭又傲慢的心。

“宋哲。”杨薇忍不住笑了。

宋哲扭过头去，看着长廊尽头，别扭地说：“当时不是新买了个相机吗？就，随便乱拍了一些。”

听到这话，杨薇藏着笑意，假装没听懂这拙劣的谎言，只是低下头去，手拂过照片上的少年，温柔地说：“拍得挺好。”

“那时候，原来你眼里的我，这么好看呀。”

宋哲没说话，他听着杨薇翻页的声音，抬头看过去，她低着头，神色平和又温柔。光在她身上镀了一层曲线，让她整个人呈现出一种像梦一样美丽的色彩。

他静静地注视着她，察觉到他的目光，她抬起头来，他们隔着不足两米的距离，静静相望。片刻后，他嘴角一弯：“现在也好看。”

“嗯？”

“我说，”宋哲坚定道，“你过去好看，现在好看。

“等到未来，也一定是个好看的老太太。

“你一辈子都很好看。”

宋哲说出这样的话，杨薇有些诧异。她一时不知道怎么回应，只好把目光拉回相册上。她抬手翻看着相册，指着相册里一张她突然回头的照片：“这是哪儿？我怎么没印象？”

“这是我和你第一次去动物园。”

宋哲一看照片就知道是哪里，他笑着说：“那天你不敢和长颈鹿合影，怕它低头咬你，你记得吗？”

听到宋哲的描述，杨薇这才有些印象，她也笑了，点头：“记得。”

说着，她指着相册，一一问过去。

宋哲和她一起坐在床边，她问，他就回答当时发生了什么。

杨薇听着听着，才慢慢意识到，在年少时，他就一直如此密切地关注她，用超出了她想象的耐心，记录着她的点滴。

她抬眼看向身边的人，目光有些复杂。

宋哲不由得愣了愣，下意识地问："怎么了？"

杨薇摇了摇头："没事。"

她假装什么都不知道，和宋哲聊着天，等到了睡觉的时间，她去看了看林姨。

林姨正咳嗽着起身拿药，杨薇忙开了灯，给她拿了水和药。

林姨缓了缓，把药吃下去，才看向杨薇："怎么还没睡啊？"

"我这就睡了。"杨薇扶着林姨躺下，"临睡前来看你一眼。"

林姨静静地看着杨薇，好久后，她突然说："你们都知道了吧？"

杨薇掖被子的动作顿了顿。

林姨目光平静，似乎是早已知悉，好久后，杨薇垂眸，继续给她掖被子："林姨，您放心，阿哲已经找了国内外最好的专家，现在癌症已经是慢性病，治愈率很高的。"

"我不担心。"林姨叹了口气，"我活得够长了，你看，先生和太太都走了，我已经很幸运了。"

杨薇知道林姨说的先生太太，不是她和宋哲，她心里有些难过。赵阳兰和宋彦青没有活到现在，一直是她内心巨大的遗憾。她看得出林姨想说话，便坐到一边，听着林姨唠叨："我的情况我也了解，拿到报告的时候我心里就有数了。本来觉得很害怕，可是现在看着你和少爷，也就不害怕了。

"你们好好的，我也就没什么挂念了。"

"您别这样说，"杨薇拉着林姨的手，有些难受，"我们还有很多事做得不好，您得挂念着。"

林姨看着杨薇，握住她的手："你和林姨说句实话。

"你和少爷在一起，真的过得好吗？"

杨薇没想到林姨会这样问。

林姨眼里有挣扎："我想了一晚上了，少爷是我看着长大的，我心里对他的看法偏心些。可是我也希望你过得好，我看得出来，你这次回来，和他不亲近，你实话跟林姨说，你是不是为了林姨回来的？"

"林姨，"杨薇笑着拍了拍她的手，宽慰她，"我如果只是为了你回来，犯不着和您说我和宋哲和好了。"

"我和他，"杨薇犹豫了片刻，终于找到了一个词，"我和他，只是才重新开始，他变了很多，我还不知道怎么和他相处而已。"

林姨听着这话，终于放下心来，可她还是加了句："别委屈自己。"

"放心吧。"杨薇点头，"不委屈。"

哄着林姨睡了，杨薇才起身回了卧室，进门时她发现，宋哲已经把地铺打好了。

林姨已经睡了，这场表演也该落幕了。可是看着宋哲认认真真地打地铺，眼里压着欢喜的样子，她又觉得有一丝小小的愉悦划过心头。

杨薇躺在床上，宋哲躺在地上，她翻身看着他，好奇地问："地铺硬吗？"

"我说硬你会让我上床吗？"宋哲瞟了她一眼。

杨薇脸靠在手上，笑着说："不会啊。"

"那硬不硬，又有什么区别？"

"有区别。"杨薇认真说，"要是地面太硬，你可以现在去睡隔壁屋，早上五点再回来睡，林姨不会发现的。"

"算了吧，"宋哲立刻否认，"地板不硬，我能坚持！"

杨薇抬手关了床头的灯，屋子一片昏暗，宋哲的声音变得有些幽远："林姨和你说什么了？"

"问我是不是真和你和好了。"杨薇简短地回答。

“那你怎么说？”

“肯定说不是啊。”杨薇叹了口气，“林姨肯定感觉咱们相处不正常。”

“你说得对。”宋哲认真地点头，“我们演得不够逼真。”

“不，”杨薇纠正，“我觉得你演得太浮夸了。”

“嗯？”

“我和你现在的样子，在林姨眼里，估计不像是恋人，像母慈子孝的母子。”

“你说话还能不能再损点？”

“祖孙？”

好了，宋哲确认她可以再损了。

但他也知道了杨薇的意思，杨薇能回来，他已经觉得很满足了。他怕她又走，所以事事迁就忍让，但一段关系里双方必然要势均力敌，他现在的态度，看上去太谦卑了。

他以为自己隐藏得很好，但是林姨都看出来了，他也不能自欺欺人。

他看着天花板，说：“其实我很怕你生气。”

杨薇背对着他，睁着眼，好久后，她说：“我不生气，你别怕。”

“宋哲，”杨薇突然问，“你是什么时候开始喜欢我的？”

这句话问得太突兀，宋哲的心跳快了半拍。他翻了个身，背对着她，终于有了勇气：“很早了。”

“有多早？”

“早得让我觉得，第一次见到你，可能就喜欢了。”

“你那时候不是很讨厌我吗？”

“这并不矛盾。我就是因为喜欢你，所以才讨厌你。”

这个思路让杨薇有些震惊，她忍不住回头，睁大眼：“你别和我说，你欺负我，也是因为喜欢我？”

这次宋哲狗胆包天，他背对着她，“嗯”了一声。

然后枕头如泰山倾塌一样落了下来。他听到杨薇愤怒地说：“你是小学生吗？！”

宋哲埋在枕头里，小声说：“不是说不生气吗？”

这话把杨薇噎住了，她把气憋了回去，宋哲见她没了回声，低低笑了。

杨薇气得下床去捡枕头，宋哲听到她下来的声音，赶紧去藏枕头，只是藏好了一个没来得及藏第二个，她手疾眼快捞了个最近的，又提着枕头开始砸他。

“我不生现在的气，我生过去的气不行吗？有你这么幼稚的吗？你到底是不是真的不会写作业？你是不是故意被老师罚？你是不是真的看不懂我的笔记本？还骗着我要重抄一份。”

杨薇越想越火大，拼命地砸着宋哲。

宋哲“哎哟，哎哟”地叫唤着，最后没忍住，就地一滚，杨薇刚好往前砸着枕头，突然失去了砸的对象，整个人扑了过去，宋哲手疾眼快，一把把人捞在怀里。

温度传来的时候，两个人都愣了，杨薇贴在宋哲的心口，听见他骤然加快的心跳声。

过了好久，宋哲先笑了。

“大半夜这么投怀送抱，我有点吃不消啊。”

话刚说完，杨薇一个枕头直接朝他的脸挥去，把他打蒙了以后，杨薇迅速爬回床上，背对着他，假装睡觉。

男女之间暧昧的开始，总是从假装幼稚、装疯卖傻、故作不经意的肢体触碰开始。最初可能反应不过来，但杨薇很快就意识到她刚才做了什么。

她心跳得飞快，完全不敢动，又提高了十二分警惕听着身后的声音。

过了一会儿后，杨薇见身后没动静，才小心翼翼地回过头，却看见宋哲侧身躺着，一只手撑着头，正笑意盈盈地看着她。

杨薇吓得赶紧回过头，听见他的声音：“我摆了这么久姿势你终于回头了，我就想问你一句。”

“你讲。”

“帅吗？”

杨薇一脸无语。

没等到杨薇的回答，宋哲心满意足地说：“帅得说不出话了。”

说着，他躺平：“不和你闹了，晚安。”

第二天早上起来，林姨也不避讳他们，直接说自己要去医院。

宋哲和杨薇送她去了医院。

手术时间差不多定了，只是手术前要做一系列的术前检查。林姨不喜欢医院的氛围，她没说，宋哲却看出来了，于是商量过后，杨薇便自告奋勇每天送林姨过来。

宋哲重新找了个保姆，专门照顾林姨，杨薇也把大部分工作搬到了家里，宋哲也是事情能回家做就回家做。

于是宋哲、杨薇和林姨有很多时间聚在一起。

宋哲每天都会抽空精心做一顿下午茶，杨薇第一次看他做松饼的时候有点被惊到，忍不住说：“你这手艺什么时候学的？大师级别啊！”

“你不在的时候。”宋哲认真裱着花，话里没有半分埋怨，“那两年我闲着没事，一有空就做这些。”

“我以为你炒菜的水平更高。”

“第一次学做吃的就是做蛋糕，”宋哲解释，“所以就有点雏鸟情节，后来也是做西式糕点的水平好一点。”

宋哲突然想起来：“哦，我第一次做的蛋糕，”宋哲面无表情，“就是你砸我的那个。”

杨薇莫名感到一阵心虚。

看见杨薇的表情，宋哲抬起手，轻轻弹了一下她的额头，声音里带了几分柔和："逗你玩的，也是我自找的，砸得好。"

宋哲虽然这么说，但杨薇还是觉得当初她的处理方式也不妥。

杨薇心里记挂着，第二天宋哲出门上班，杨薇在家里，她忍不住问林姨："林姨，以前阿哲第一次做的那个蛋糕，是不是您教他的？"

"是啊。"林姨点头，叹了口气，"他学了好久，当时做什么都容易受伤，笨手笨脚的，也不知道为什么硬要学。"

杨薇轻咳了一声，转移了话题："要不您教教我吧？"

林姨有些奇怪，但她看杨薇的神色，猜想着是和宋哲有关，也就没多问，给了杨薇食材表和操作步骤。杨薇找了材料，花了一下午时间，做坏了三个蛋糕，终于成功了。

那个蛋糕看上去有了几分当年宋哲送她的样子，宋哲送她的时候，蛋糕已经被破坏了，但能看到一些轮廓，杨薇根据林姨的描述，重新做了个差不多的，然后用一个精致小盒装上，放在冰箱里。

宋哲下班提前回来，他们吃完饭，又去书房工作。杨薇时不时就来看看他，他有些奇怪，等忙完了最后的事后，他终于忍不住问："有事？"

"哦，没，就问你什么时候忙完？"

"快了，我把文件整理好，要是你着急……"

"不着急，不着急。"杨薇赶紧说，"你继续忙，马上就好了是吧？"

宋哲有些迷茫地点点头。等他整理好文件，回到屋子里时，发现整个卧室黑漆漆的。

他抬手想要开灯，杨薇的声音突然响起："别开！"

宋哲听话地顿住了动作，笑着问："你要什么花样？"

话刚说完，便听见打火机的声音，然后他就看见屋子里有一根蜡烛亮了起来，他借着微弱的光芒看着杨薇，她捧着一个小蛋糕，唱着："恭喜你发财，恭喜你精彩……"

宋哲听着杨薇唱的歌，笑个不停："你在干什么……"

然而在话说出口的瞬间，他就愣了。

他呆呆地看着那个蛋糕，虽然有很多地方变了形，可他还是能认出来这个蛋糕，是在仿制当初他做的第一个蛋糕。

“我找不到合适的 BGM（背景音乐），可蛋糕上场总要有个 BGM，所以就恭喜你发财了，别嫌我俗气啊。”

宋哲没说话。他看着这个蛋糕，觉得喉头哽咽，眼眶发酸。

他突然想，他这辈子，何德何能，遇到的这个人，能这样好？

杨薇见他一直不说话，忍不住喊：“宋哲？”

宋哲伸出手，温柔地抱住杨薇。

“你真好。杨薇，你真好。”

杨薇捧着蛋糕，仰着头笑了。

“彼此彼此，”她靠着他，眼里闪着光，“你也不赖。”

“没你好。”

“我知道。”

“你超好。”

“好啦好啦，我知道我超好啦。”

“你世界第一，顶顶的好。”

“宋哲，”杨薇的笑容有些僵了，“你可以不考虑我的感受，可你能尊重一下我的臂力吗？

“举着一个蛋糕维持一个姿势，真的很累好吗？”

听到这话，宋哲顿了顿，在杨薇以为他要放开的时候，他却把蛋糕接过去，低声说：“蛋糕我拿，再抱一会儿。”

杨薇再次一脸无语。

第十三章　你什么都很好

尽情享受完一个拥抱后，宋哲放开杨薇，两个人开了灯，坐在地上，一起把这个蛋糕分了。

谁都没提一开始那个拥抱，一边吃着蛋糕，一边闲聊，说到好笑的地方，便不动声色地对视一眼，一起笑。

只是有些东西变得不一样了。

一开始的时候是宋哲总是落下东西，于是杨薇给他送过去。

然后是宋哲一个人做菜变成了两个人，杨薇跟着宋哲学，然后一边炒一边吃。

最后就是宋哲每天回家的时候，杨薇会提前去等着他，然后两人一起去超市买个菜，再一起回家。

诸如此类的日常，不胜枚举。有很多事，明明不需要他们做，比如买菜和做饭，他们却开始享受这种接地气的生活，谁也不揭穿这份故意揽事的意图。

有杨薇和宋哲的陪伴，林姨的精神好了很多。入院那天，连医生都说：“林女士最近调养得不错。”

宋哲第一次来医院打听林姨的情况时，他很害怕，此时他坐在医生办公室里，听医生和他说具体的手术情况和最坏的结果，他却坦然了很多。

因为杨薇就坐在他身边。

医生把林姨的大概情况说了一下：“病人这个情况，如果第一次手术能切除干净，后续配合化疗和好好保养，五年存活率还是很高的。现在抗癌技术一直在进步，五年内如果有任何突破发展，对于病患来说都是希望。”

“这是最好的预计吧？”杨薇有些紧张。

医生点点头。

杨薇接着问：“如果没有这么好呢？”

听到这话，医生沉默了片刻，杨薇绷紧了身子，盯着医生，这时候，一只手温柔地覆在了她的手上。

宋哲在桌下，悄无声息地拉住她。

手交叠在一起，温暖仿佛是一种情绪的媒介，它带着无限的力量，从两人交握的手掌一路蔓延向上，传递着他们无声的慰藉。

杨薇突然有了面对一切的勇气。

医生说：“如果没有这么好，手术后会复发转移，寿命预期很难估计。”

“好的。”杨薇点点头，“谢谢。”

说完，他们签好字，和医生再三道别，回到了病房。

杨薇和宋哲陪着林姨聊了一会儿天，林姨有些困了，便先睡了，宋哲让人照顾林姨，和杨薇一起走出了病房。

两人走出医院后，杨薇上了宋哲的车，宋哲犹豫了片刻，说：“林姨现在也安置好了，你是回你家，还是继续住着？”

杨薇愣了愣，她没想过这个问题。

她其实也不知道答案，她突然期盼宋哲给她一个答案，于是她说：“你觉得呢？”

“这取决于你。”宋哲不敢看她，他垂着眉眼，等着她的回应。

杨薇一时有些难堪。

宋哲的话不能说是不对，他一切都尊重她，可是那一分钟，却依旧有了那么几分小小的不满涌上来。于是她转过头，直视着前方：“我们去看看阿姨和叔叔吧？”

宋哲不知道杨薇为什么突然不高兴了，可他还是只能点头：“哦，好。”

两人开车去了陵园，宋哲买了白菊，跟杨薇一起去了赵阳兰和宋彦青的墓碑前。

他们合葬在一起。

宋彦青和赵阳兰一辈子感情都很好，只可惜去得太早。杨薇看着墓碑上的照片，有种恍若隔世的感觉。

“阿姨走的时候，我以为我会一辈子活在伤痛里。

“那时候，有那么一段时间，我每天都在问自己，痛苦什么时候过去？

“日复一日，有时候我会觉得，痛苦一辈子没办法过去了。”

宋哲侧目看她，他回想着当时他在做什么。

那时候他似乎沉浸在自己的悲伤里，从来没去关注过她，没想过她难不难过，她伤不伤心。

他的目光里，这个女人永远坚强，她始终保持得体的仪态，站在他身后，用纤弱有力的手，稳稳当当地托着他。

“你那时候，完全看不出来。”宋哲觉得懊恼，“我完全不知道。”

“那是啊。”杨薇轻笑，“你和我不一样。”

“我这辈子学得最多的，就是忍耐。”

杨薇抬手拂过照片上赵阳兰的面容：“说实话，如果不是我会忍，我在宋家也待不了这么久。”

毕竟赵阳兰虽然看在她妈妈的面子上收养了她，但对她这么好，主要还是因为，喜欢她。

而为了得到这份喜欢，杨薇已经记不清自己付出过多少努力。

宋哲听着这话，说：“其实就算你不忍，也不会怎样。”

杨薇有些诧异地回头看他，他抿着唇，认真地说：“我妈当年就说过，她喜欢你骨子里那份气性。她觉得你太收敛了一些，希望你能过得自我一点。”

宋哲扬起笑容："咱们综合一下，就最好不过了。"

听到这话，杨薇笑了，她明白宋哲一辈子都不会懂她的处境。

他是天之骄子，她是寄人篱下，哪里能一样？

她低头给赵阳兰上了香，又放了祭品，同宋哲一起在墓前叩拜之后，两人站在墓前，说了一会儿话，便打算下山去。

陵园还没走出一半，雨便淅淅沥沥下了起来。宋哲忙脱下外套挡在杨薇头上："快走。"

杨薇撑着衣服小跑着跟在宋哲后面，陵园地滑，杨薇跑了没两步，高跟鞋突然歪了一下，她忙调整了角度，这才避免了崴脚的悲剧发生，但她脚抽筋了。

宋哲跑在前面，见杨薇没有追来，回过头时看见杨薇正一瘸一拐走过来。

他折回去，低头看着她的脚："怎么了？"

"没什么？咱们赶紧走吧。"

宋哲没说话，皱着眉，看着杨薇的脚，雨越下越大，杨薇顶着他的衣服，已经有些撑不住了。他转过身："上来。"

杨薇有些不好意思地说："其实不怎么疼……"

宋哲果断地说："上来。"

杨薇见宋哲意志坚决，也不再坚持，雨越来越大，再僵持下去，吃亏的就是两个人。

她趴到他的背上，由他背着，她就撑着衣服，给他们遮着雨。

宋哲本在生气，但这个微不足道的动作，让他又高兴了几分。可他还是生着气，觉得这事儿不能这么算了，于是板着脸，故作气恼。

杨薇感知到他的情绪，忍不住问："你不开心啦？"

"嗯。"

"我怎么惹着你了？"

"为什么不直接叫我？"

杨薇有些莫名其妙："什么叫你？"

"脚疼为什么不叫我？"

"因为不是很疼啊。"杨薇一脸茫然，"用得着这么矫情吗？"

听到这话，宋哲也不知道自己是该气还是该难受，他说："杨薇，你以后能不能学得矫情一点？"

"嗯？"

"难受就说，疼了就喊，不高兴就说出来，痛苦就哭出来。"宋哲一股脑地说，"不会有人不喜欢你。"

杨薇听到这话，整个人都蒙了。不知道为什么，她感觉有种酸楚直冲鼻尖。

宋哲没听到杨薇回话，觉得是不是他说得太过了，便放缓了音调，柔声说："一个人要是觉得你好，他就只想宠你，想你过得好。你已经做得很好了，不用再想着不麻烦别人，收敛自己。大家会喜欢一个更真实的你，而最真实的你，也值得大家喜欢。"

"我从很久以前不就和你说吗？"宋哲背着杨薇在雨里前行，"你已经很好了。哪怕你只考了第二名，你迟到，你撒娇，你有任何失误，你都已经很好了。"

杨薇咬着牙，不知道为什么，突然想起当年宋哲挡在她面前的手。

她撑着雨，一言不发，直到眼泪落下来，宋哲才知道，她竟然哭了。

他假装什么都不知道，只是背着她低头前行。

临到山脚，他终于听到她问："要是我有特别多要求，你也觉得我很好？"

"对。只要遵从你的本心，你提再多的要求，我也觉得你很好。"

"那我，"杨薇吸了吸鼻子，"我现在很难过。"

她喘着气，像个小姑娘一样，哭得上气不接下气："以前没人和我说过这些话。"

"我一直，一直特别怕阿姨不要我，怕你不喜欢我，怕大家觉得我不好。"

她哭着："我有特别多要求。我来月经会心情暴躁，会肚子疼，我不喜欢喝凉水，但我也不喜欢喝很热的水；我喜欢吃切成方块的西瓜，我不喜欢其他形状的西瓜，我……”

宋哲哭笑不得地听杨薇说着诸多要求，等到了车边，他开了车门，将她放在车上，她还一边哭一边说。

宋哲看着杨薇抹着眼泪说这些鸡毛蒜皮的小事，竟然忍不住笑了。

杨薇抬头，擦着眼泪：“你在这个时候笑我，是不是觉得我特别幼稚，是不是只是装个样子，其实心里很讨厌我……”

宋哲听着这话，想压着笑，却发现压不下来。他看着面前的杨薇，她失去了平日的镇定从容，像个孩子一样胡说八道。

他突然觉得，面前这个姑娘可爱极了。

他叹了口气，忍不住问：“这么伤心啊？”

“特别伤心。”杨薇哭着点头，语气完全无法让人信服，“好伤心！”

宋哲有些忍不住了，他一只手撑在靠背上，另一只手抬起她的头，低下头，吻在她的唇上。

杨薇的唇上还带着她的眼泪，他吻得温柔，把那本来带了些咸味的吻变成了甜味。

杨薇先是有些呆愣，随后红了脸，慢慢闭上眼睛。他站在雨里，她坐在车上，他们吻了一次又一次。

这个吻和过去的截然不同。在杨薇的记忆里，他们每一次接吻，都带着些许冰冷和决绝。她忍耐，或者悲伤。他不耐，或者敷衍。

他们从未这样，像一对刚刚步入爱河的情侣，拥抱着对方，辗转于唇齿间的每一个角落，然后拉扯出甘甜和喜悦。

到最后，宋哲笑着问：“不难过了？”

杨薇喘息着抬头看他，他眼角眉梢都带着春色，像是被染了色的四月江南，清雅朦胧中带着艳丽。

杨薇突然有些不好意思，扭过头，小声说：“不难过了。”

宋哲看着杨薇的模样，抬手抹过她脸上的泪痕。

“所以我说，”他声音柔和，“以后凡事别忍，天大的事，我给你撑腰。

“你脚疼了我会背你，你不高兴了我会哄你，你生病了我会照顾你，你不舒服我会陪着你。

“你惹事了我帮你摆平，谁欺负你我帮你打架，我眼里，你的事太少。”

杨薇没说话，只是心跳得飞快。

宋哲见杨薇低着头也不哭了，抽了一张纸递给她，关上门回到驾驶座上。

宋哲启动了车，音乐在车里响起来，杨薇听着音乐，慢慢冷静下来，她想起一开始那个吻，忍不住悄悄地看了一眼宋哲。

宋哲面上一派镇定，似乎刚才什么都没发生。杨薇内心有些纠结，她似乎希望宋哲此刻能说些什么，又怕他说些什么。她一下有些弄不清他们之间的关系，她需要宋哲来定义这段关系，可她也不知道，在宋哲真的要和她定义这段关系时，她会不会逃跑。

宋哲始终没开这个口，他将杨薇送到了她家，这时候雨已经小了，他停住车，两个人一句话都没说，好久后，他说：“雨还下着，先等一会儿吧。”

“嗯。”杨薇低低应了一声，两人不约而同地忽视了车后排的伞。

雨毕竟已经下了很长时间了，车停下后没一会儿，雨也停了。杨薇看着外面跑出来玩的小孩子，小声说：“我的行李你让高林送过来吧。”

“嗯。”宋哲的手放在方向盘上，应了一声。

“那，我走了？”

“好。”

杨薇抿了抿唇，最后她还是开了车门。

杨薇的鞋子踩在水面上，溅起了一小点水花，她关上车门，大步离开。

宋哲坐在车里，仿佛回到了以前，他之前就在这里，无数次抬头看着杨薇的房间。

那样的感觉让他特别难受。尤其是在刚刚得到甜蜜后，又突然让他想起这些，他觉得难受惶恐，最终忍不住，推门下车，大喊：“杨薇！”

杨薇顿住脚步，没回头，不知道为什么，她内心有那么一点小小的欣喜涌了上来，但又带着几分惶恐不安，她听着身后脚步声渐近，他站在她身后，喘息着：“要不不搬了？”

“不好吧？”杨薇背对着他，笑着说，“林姨都住院了，我一直住着不太好。”

“她很快就会回来的！

“她手术做完了，回来见不到咱们，会不高兴的。”

杨薇笑着不说话。

宋哲觉得自己这个理由似乎也不够充足，便继续说：“而且你一个人住在外面，我也不放心，那里是你从小长大的地方，你住着也习惯。

“哦，还有，你工作也忙，吃饭天天叫外卖也不是事，自己一个人做，做饭也不方便，你和我一起吃，家里还能多个菜。”

宋哲绞尽脑汁想着理由：“还有……”

“好吧。”杨薇轻叹，转过来对宋哲说，“想我留下你就说啊，你不说，我怎么知道你想让我留下呢？”

宋哲愣了愣，片刻后，他笑着说：“对，我想让你留下来。”

他朝她伸出手，有些忐忑：“可以吗？”

杨薇看着宋哲伸出的手，突然笑了，她抬起手，一把拉住他的手大步往车走去：“妥了！”

宋哲听见这句“妥了”，整个人都蒙了。

他被杨薇推上车的时候，坐在驾驶座上，好久都没回过神来。

杨薇看着他，有些担心：“你行不行？不行我来开。”

宋哲终于回神了，他转头严肃地看着杨薇，杨薇被他的眼神看得有些发毛，片刻后，他突然笑得不能自已。

杨薇被这一连串动作吓蒙了，忍不住问：“你……你没事吧？”

“没事。”宋哲摆着手，“就是高兴。”

宋哲笑了一会儿，终于停下来，他直起身，清了清嗓子：“刚才激动了。”

“还好，”杨薇点头，“是该有的样子。”这证明她魅力很大。

宋哲知道她的意思，轻咳了一声：“好了，回家了。”

宋哲启动了车，流畅地转弯冲了出去。

两个人回到家，杨薇继续做她的直播，宋哲在书房工作，等工作完了，他们一起吃饭，一起出去散步。

小区里有人拉着一条萨摩耶跑过去，这只萨摩耶被打理得很漂亮，让人看着就元气满满。

杨薇看着忍不住笑了，宋哲注意到：“喜欢萨摩耶？”

“是啊，”杨薇回过头，“不过比起狗，我更喜欢猫。”

“为什么？”

宋哲有些奇怪，杨薇笑笑没说话。

她想起自己印象中的那些猫，又黏人又傲慢，满脸“莫挨老子”，又会在饿的时候蹭过来“喵喵喵”，怎么看，都有那么几分像宋哲。

她小时候每次看见那些漂亮又骄傲的猫，就会想起宋哲。

第二天，她先去了公司，向维和冷玫最近在给她安排首场个人演出，事情很多。

她忙到天黑才出公司，宋哲的车等在门口，她也不避讳，直接上车，跟着宋哲去了医院。他们和林姨说了会儿话，又具体问了一下情况，林姨的情况还算稳定，不需要操心太多。他们和陪床的人嘱咐了几句，才离开。

回到家里，已经是将近十二点，杨薇一进门，隐约听到一声“喵”。

她觉得自己可能听错了，回头对宋哲说：“我感觉我都累出幻听了。”

她打开了灯，看见一只白色的小猫站在茶几上，静静地看着她。

猫很小，看上去不到三个月，毛茸茸的，蓝色的眼睛让它颜值暴增，杨薇被这猫萌到了，她下意识地看向宋哲。

宋哲轻咳了一声：“他们和我说这猫最乖，而且长得好看，我就带回来了。”

宋哲走到猫面前，想去抱猫，结果猫懒洋洋地用尾巴扫开他的手，坐到了另一边开始舔爪子。

宋哲觉得有些尴尬，他眯起眼睛，恐吓猫：“过来！”

猫懒洋洋地抬了眼，抬步离宋哲更远了一点。

杨薇被逗笑了，宋哲有些难堪，他解释着：“还小，不熟悉情况，还可以训练。”

杨薇点着头：“嗯，没错。”

他们给这只傲慢的布偶猫取名叫“蔡文姬”，因为杨薇在游戏里爱上了那个叫“蔡文姬”的角色人物，觉得这只猫像“蔡文姬”一样可爱。

取这个名是一个美好的愿望，但杨薇很快发现，“蔡文姬”这个名字太难念了，取名不到三天，她就发现宋哲偷偷叫它“菜鸡”。

这让杨薇有点生气，她警告宋哲：“你这么叫它，它就不知道自己真正的名字了。”

宋哲忙点头：“嗯，我以后不叫它‘菜鸡’了。”

话刚说完，小猫跑了过来，然后坐下来，用尾巴圈住自己的爪子，仰头看着宋哲，似乎是等着开饭。

杨薇绝望了，她发现，这只猫真的觉得自己叫“菜鸡”。

她感觉仅凭宋哲一人之力应该做不到这样，于是开始观察，经过几天观察后，她终于发现，除了她，周边所有和这只猫玩耍的人，都叫它“菜鸡”。

这个认知让杨薇崩溃了。于是在经过艰难的抉择后，她终于决定，也叫它……菜鸡。

“菜鸡”熟悉家里时，林姨也开始手术了。手术当天，杨薇和宋哲都推了工作，在手术室门口等着，林姨没有什么亲人，进去前特意给了他们一份授权书，由他们直接决定她的生死。

林姨的手术从早上做到深夜，夜深时，林姨终于从手术室里出来，宋哲和杨薇迎上去，宋哲先去感谢医生，杨薇则去看林姨。

林姨的麻醉还没过，她昏睡着，看上去除了脸色稍显苍白，和平时没有任何不同。

宋哲和医生大概了解了一下情况，道谢之后，才回到林姨身边，宋哲看着杨薇担心的表情，小声说："没事，我问过了，手术很好，切得很干净。"

听到这话，杨薇顿时舒了一口气。

"那就好。"杨薇的目光落在林姨脸上，有些疲惫，"其实我无法想象林姨走的样子。

"她要是也走了，总觉得这个世界，只剩下我们两个人了。"

宋哲没说话，他想了想，伸出手搭在她的肩上，柔和地说："不怕，我还在。"

因为有生老病死，所以每个人都希望一生能有一个人，陪自己走过青葱年华，看过而立之年，陪自己一起苍苍白发，最后在一起共享黄土。

大多数人没有这个运气，但宋哲想，他和杨薇是有的。

至少，杨薇是有的。

无论杨薇是否回应，他都将一生守护在她身侧。

青葱年华，而立之年，苍苍白发，黄土青草，他始终都在。

心中有一人，厮守此生。

林姨动完手术后，在医院做了化疗，杨薇和宋哲每天都去看她。林姨的精神一日日好了起来，面色红润了很多。

手术很成功，后续康复也没有太大问题，杨薇和宋哲总算放心了，宋哲每天找笑话逗林姨笑。

电影给杨薇增加了名气，作为今年电影的黑马，宋哲四两拨千斤，给公司带来了巨大的收益，之前一直反对他的声音小了下去，他不免有些得意，回来总和杨薇说董事会那些人吃瘪的样子，看上去幼稚极了。

杨薇演出开始售票之后，票立刻在网上销售一空，随后开始有黄牛加价。加价没几日，杨薇直播的时候就看到有人说她："其实不过就是长得漂亮，好好卖脸就行了。"

这话让杨薇愣了，她的粉丝很快抓着对方说："你凭什么说薇薇只卖脸？"

"你知道她有多么努力吗？！"

"她的优秀你理解不了，你想象不到！"

粉丝想给杨薇出气，杨薇看见这话就知道不好，但她一时不知道怎么应对，单独拿出来讲，这事就闹大了，不过就是粉丝一句话而已，单独拿出来说，显得太过在意。黑粉是每天都在吵，她不能把每一件事拿出来说。也就是犹豫的时间，事情就过去了。她也没多想，很快切换了话题，继续和大家聊天。

她不知道的是，那个粉丝在弹幕里被其他人怼了之后，有些生气，就在微博上发了一条状态。

杨薇电影出了之后，真人粉数量剧增，每天都有新增的粉丝在微博上搜索她，看见这条微博之后，便立刻冲了上去。

双方吵了一晚上，等到第二天，这个人居然花了一天一夜的时间，整理了一个《杨薇，请你好好努力，别再卖人设了行吗？》的帖子发在网上。

这张帖子整理了杨薇走红的每一个关键节点，然后又拿了她的几场脱口秀进行了非常专业的点评，最后总结："以杨薇的水平，根本没有达到专业脱口秀的水准，现在就敢开个人演出会凭什么？凭的是实力？哦，不，凭的是一路营销。

"红是因为她的豪门人设，脱口秀比赛也赢得黑幕重重，到现在爆红也是因为苏简超凡的电影天赋，她有一件事是凭借实力做到的吗？

"她或许一开始有灵气，可看看她现在搞的都是些什么垃圾东西。"

帖子被转发得很快。

杨薇的粉丝发起了第一次反攻，然而在没有组织的情况下，大多数人说话都漏洞百出，等杨薇知道事情的时候，她在网上已经有了“真主白莲花”之称。

杨薇才刚刚彩排完，她走下台，趁着吃饭的时间上网，才刚拿出手机，就被向维一把抢了过去，他支支吾吾的：“那个，杨薇，吃饭的时候别看手机。”

杨薇愣住了，以前也没这规矩，她觉得有问题，抬手说：“给我吧。”

“吃饭……”

“我知道出事了。”杨薇平静地说，“没事的，我至少要知道发生了什么。”

她已经不是最初接触网络的时候，她早就知道，网络能给人温暖，也能给人黑暗。他们称赞和安慰的时候不惜余力，那黑人骂人的时候也会用尽全力。

所有人的感情都是如此。

看见杨薇的样子，向维知道没办法了，只能将手机递给了杨薇，杨薇很平静地看完了分析帖，她笑了笑：“这有什么啊？”

她低头吃饭：“你们处理就好，我不管了。”

见她没有受到任何影响，向维才放下心来。

然而再次排练的时候，所有人都发现杨薇不在状态，她一次次重复，一次次失误，冷玫皱眉：“薇薇，今天你太累了。”

杨薇捂住额头：“对不起，真的有点累了。”

“先回去吧。”

杨薇点了点头。

她回到家，关上门之后，打开电脑，不断看那个帖子。她看着帖子里的视频，看见那个人做的技术分析。

“杨薇明显缺乏很多生活体验，她总是在讲述过于宏观的命题，试图去升华她的主题，但其实她并没有驾驭能力，比如说……

“高级的脱口秀在于由笑入泪，用幽默反讽现实，杨薇的笑点过散，有时候和主题毫无关系，比如说……

“她喜欢用抽象化的句子……”

对方明显带了情绪在吹毛求疵，可她不得不承认的是，对方说得没错。

如果只是随便辱骂，伤害不会很大，最难受的就是，杨薇知道对方说得都对，可她无能为力。

她固执地一遍一遍看着对方截屏里的自己，里面都是她的失误，她用这些失败的视频一次次提醒着自己的失败。

宋哲回家的时候，看见她躺在沙发上，在看视频。

她戴着耳机，看得很专注，宋哲回来了也没发现。宋哲没发出声响，提着衣服走到她身后。他的目光落在她的屏幕上，看见她一遍一遍地倒放自己的失误，他皱起眉头，仔细一扫，知道是网友又来黑她。

宋哲沉默着。

过了一会儿后，杨薇深吸了一口气，关上电脑。她突然意识到身后站着个人，回头就看见了宋哲。

她愣住，宋哲笑着将衣服搭在沙发上，温和道：“吃过饭了吗？”

“吃过了。”杨薇回过神来，勉强笑起来，“你吃过了没？”

宋哲摇了摇头：“还没，怕你没吃，就想回来做饭一起吃。”

“那我给你煮碗面。”

杨薇起身，宋哲拉住她：“没事，我做就行了，你在一旁和我说说话。”

“哦，”杨薇点点头，“好。”

她的厨艺比宋哲差，做出来也是毒害宋哲。

她跟在宋哲身后，和他一起进厨房，看着他熟练地烧水，洗菜切菜，下面煎蛋……

一切如行云流水，他一边做一边说：“我一开始学做饭的时候，好多人都笑话我。”

“还有人敢笑话你啊？”杨薇笑了。

宋哲抬头看了她一眼：“武邑嘲笑我。

“他们总说我不行，然后说我盐放太多，糖放太多。

“那时候我就想啊，谁都会犯错，大方向对了就行，剩下的要一次次进行调整。

“于是我一直做，反复做，然后我就知道了，多少盐大概是什么咸度，多少糖大概会有什么味道，味精放下去能提鲜，果醋和香醋有什么不同。”

宋哲往碗里倒了油：“其实有时候我觉得，我还挺感谢我爸妈，他们从来不会和我说我不行。”

“你本来就行啊，你一向做什么都做得好。”

“不是的。”宋哲摇摇头，“我只是个普通人，每一个普通人，再有天赋，都要通过一次次试错和努力去改正。错了真的没什么，失败也不可耻，最怕的就是失败一次就退缩了。”

“我好的一点就是，不管多难的事，我都觉得自己特行。”宋哲笑了起来，“所以那时候总有人说我狂，不知天高地厚。我不知道，就是觉得不怕错，我觉得别人能干我肯定能干，别人能行我一定比他行。错就错了，谁没错过？我不错我能成功吗？”

杨薇听着，终于反应过来，宋哲是在劝她。

宋哲没直接和她说，他这样迂回地安慰她，如果不是她足够敏感，她甚至反应不过来，他这是安慰。

宋哲背对着她，认真煮着面条。他长得很高，身形清瘦，肩膀又宽又平，给人一种难以言喻的安稳感。

宋哲见说到这份儿上，杨薇还是没说话，便换了个法子：“哦，我今天还看了个笑话挺有意思的。”

“什么笑话？”

“就网上有个作者，3 月 15 日那天没有更新，等 16 日回来的时候，你知道她的读者什么反应吗？”

“呃……关心她为什么断更？”

“没，读者为她找好断更理由了。”

“什么？”

“都传她去打假了。”

杨薇听着这个段子，一时不知道要不要笑。宋哲见身后没声音，琢磨着可能是这个笑话没那么好笑，他左思右想，又说：“还有一个段子……”

听到这个开头，杨薇没忍住，突然就笑了。

宋哲愣了，觉得杨薇的脑回路有点长，刚才的段子，现在才有反应。这个时候，他感觉背上一暖，杨薇从他身后抱住他，将头轻轻靠在他的背上。

“好啦，”她轻声说，“我不难过了，你别绞尽脑汁想段子了。”

宋哲听着这话，看着面前煮沸的面条，厨房里有种不知名的幸福感随着热气升腾，他抬手覆在她的手上，什么话都没说。

杨薇靠着他的时候，内心平和又温柔，她才发现，两个人在一起的时候，会形成一种感情上的联盟，内心因为安定变得平和，因为知道身后有人而变得无所畏惧。有足够的勇敢和坚韧，去面对一切苦难艰辛。

她第一次感觉到，爱情该有的模样。

第十四章　爱情该有的模样

杨薇在宋哲背后静静靠了一会儿，突然充满了电，她开口说：“其实我也不仅仅是不原谅自己的错误。每个人都会犯错，这我理解，我只是忍不住在想，我是不是真的有能力去做这场演出。”

听到这话，宋哲将面条捞出来，放在了碗里：“为什么会这么想？”

“我的一切都是偶然，不是吗？”

宋哲将香葱放在碗里，听着杨薇碎碎念：“我走红是偶然，后续其实也有很多营销成分在里面，一切我都心知肚明，我不知道自己是不是真的有这个能力，去独立支撑这场演出。”

“杨薇，”宋哲正色道，“你说过多少场脱口秀了？”

听到这话，杨薇愣了，她脑海中瞬间闪过她说脱口秀的次数。

杨薇当初做直播的时候，在街头演出的；后来参加比赛时候，为了比赛准备的，之后两年，她走过天南海北，每到达一个地方，她就要做一场乃至好几场演出。

有时候是即兴而起，有时候是要正儿八经排演，她想给宋哲一个答案，却发现自己竟然不记得了。

太多了。

宋哲端着面条，领着她出了厨房，坐在餐桌面前。

宋哲慢条斯理地将面条里的调味料拌匀，像一个谆谆教导的长者：“最初走红的时候，大家是想听你复杂的豪门故事。但是一个人设，一个故事，又能支撑多久呢？你知道我拿到你数据的时候，觉得这个主播多优秀吗？

“那时候向维想签你，怕我不同意，我看了你的数据，我不知道你是谁，可是我直接和向维说签了。因为我知道这个主播未来前途无量。”

杨薇听着宋哲夸她的话，心里高兴，她撑着下巴：“夸，继续夸。”

宋哲抬头看了她一眼，有些无奈：“你的粉丝是因为你的能力喜欢你，不是因为我们的推广喜欢你。你是用能力赢得的比赛，不是我操纵，我当初和慕雪说的也只是给你一个公平竞争的机会，当初哪怕你被黑幕了，你也是第二名。

“这些年你有这么多次演出，我并没有刻意为你做过什么。苏简的电影爆红，也是因为电影本身质量在这里，换任何一个有眼光的投资人，都会做和我一样的决定。

“而且，一直以来，我都觉得很抱歉。”宋哲的目光定在杨薇脸上，“你也是因为我，所以一直不联系过去的人吧？

“你怕欠宋家人情，所以和宋家有关的人，你一个都不联系。如果你愿意用你的资源，我帮过你的一切，你本身就可以做到。杨薇，能建立自己的人脉，本身也是一种能力。”

“可是，如果没有宋家，”杨薇苦笑，“我又算什么呢？”

“如果没有宋家，我又是什么呢？”宋哲反问，他低头吃了口面，平淡地说，“我出身好，还能怪我投胎努力？

“运气本身就是实力的一部分，上天给了你这些，你还推三阻四，那就是矫情。我好好一个富二代，一定要从小读最差的学校，被父母抛弃以免他们用优秀熏陶我，和中国最贫寒的子弟接受一样的资源，就为了证明我自己特有能力，这不是脑子有病吗？”

杨薇笑出声。

宋哲抬手轻轻拍了一下她的头：“再乱想，我就捏爆你的脑袋。”

晚上睡觉的时候，她躺在床上，反复想着宋哲的话。

林姨住院以后，她和宋哲就分房睡了。

她不知道自己和宋哲的关系应该界定成什么样。如果不是情侣，他们又自然地拥抱，亲吻。如果是情侣，他们却没有任何一个人，开口越过那一步。

杨薇不开口，或许是因为女性那份矜持，又或许是已经由她开始过一次不想第二次还是她开始的埋怨，又或者是对宋哲的感情不确定，种种复杂的理由，让她沉默不言。

网友的中伤让她几乎崩溃，可是宋哲的安慰又给了她新的勇气，她忍不住伸出手，抱住旁边的大兔子，使劲亲了一口，高兴地说：“加油！”

一觉睡到天明，杨薇醒来之后，宋哲已经做好早餐，等着她吃好了，宋哲才说：“我送你去排练？”

“不用啦。”杨薇笑着说，“今天休息一下，调整状态。”

宋哲想了想，点头：“也好。”

他提着公文包，准备往外走，但他想了想，又提着公文包回来。

杨薇有些疑惑：“做什么？”

宋哲突然抱住她，低头亲了亲她的额头：“别理他们，多看看我。”

杨薇“扑哧”笑了，推了他一把：“看着你更烦。”

宋哲“嘶”了一声，随后说：“口是心非。”说完，他又亲了她一口，感到她的心情愉悦起来，他才转身出了门。

宋哲出门后，杨薇觉得浑身充满了干劲，她打开电脑，又把那个人的帖子拿出来看，但这次心态完全不一样。

不是挑刺吗？

她得感谢这个人，这么认真地点评，让她有进步的空间。

杨薇认真分析对方的评价，思索着改进的方法。不知不觉过了半个小时，杨薇的手机突然响了起来，她随意接了电话：“喂？”

“是……杨总吗？”对面传来一个迟疑的声音。

杨薇愣了愣，这个称呼已经很多年没人叫了，当年赵阳兰还在的时候，公司里的人都这么称呼她。她在宋氏集团根基深厚，甚至于后来她嫁给了宋哲，出现在公司的时间越来越少，赵阳兰病去之后，还会有人改不了口。她皱了皱眉头，客气地问："请问您是？"

"杨总，我是韩小葵，您记得吗？"

听到这个名字，杨薇瞬间反应过来。韩小葵是她最后一位私人助理，那时候韩小葵还叫她太太，后来她和宋哲离婚后，把韩小葵安排进了公司，她不由自主地笑了："你怎么叫起我杨总了？小葵，好久不见，有事吗？"

"杨总，"韩小葵的声音很小，似乎有些紧张，她没有回答杨薇缓解话题的问题，却对杨薇说，"我现在是宋明的助理，刚才我不小心听见他和人打电话，说他已经检举了宋总，很快宋总就会进去了。"

听到这话，杨薇顿时神色一冷："还听到其他什么没？"

"没有了。"韩小葵的声音微微发抖，"杨总，我就和你们说一声，我……"

"你不要怕，小葵，你先假装什么都没发生过，把我的电话删掉，先不用再联系我，帮我看着宋明。"

杨薇郑重地说："这次谢谢你，我会记得的，你放心。"

韩小葵似乎松了一口气。

杨薇的语调强硬，似乎一切都不是什么大事，韩小葵跟着她那些年，很清楚她的手腕，韩小葵顿时放下心来，快速挂了电话。

等韩小葵挂了电话后，杨薇坐在电脑面前。

宋明和宋哲的斗争一直没有停歇过，因为两个人对公司的发展目标截然不同。两个人都有自己的野心，这么多年来，宋明一心一意想把宋哲赶出董事会。

宋明在外面有很多私人公司和股份投资，他想掏空宋氏集团去填补自己，这一点宋哲心里再清楚不过。

检举，进去。

具体会发生什么，杨薇大概已经猜想到了，无论下一步会怎样，一旦宋哲坐牢的新闻出来，对公司来说就是致命的打击，股价迅速暴跌是预料之中的事情。

尤其是公司今年最大的项目眼看着就要上映，这样敏感的关口，一旦这部巨资投拍的冷门电影出了闪失，宋哲就算安然无恙回来，董事会对他的不满也会集体爆发。

杨薇闭着眼睛，将之后的事迅速模拟了一遍，她立刻意识到一件事。

她需要授权，也需要股份。

此时此刻，她需要一个身份能彻底代表宋哲，在他无论发生任何事的第一情况下，她都能有签字权，唯有如此，她才能保证后续情况在掌握之中。

只是片刻，杨薇就做出了决定，她立刻冲到了楼上，翻箱倒柜把宋哲和她的户口本翻了出来。

她一边翻，一边给宋哲打电话，宋哲正在开会，没有接她的电话，她干脆开着车直奔宋氏集团大楼。

杨薇在楼下等了五分钟，宋哲从会议室走出来，刚好接到她的电话，宋哲还没开口，就听她的语速又快又冷："你在哪里？"

"我？我在公司。"

"下来。"

"啊？"

宋哲有些迷茫，杨薇看见警车远远朝着宋氏集团开了过来，她开车绕到集团一个用来装倒垃圾的侧门，迅速说："你从安全通道立刻下来，从倒垃圾的那个三号门出来，我在这里等你，快一点，不然警察就上去了！"

宋哲听到这话，虽然不清楚什么事，却立刻冷了脸，吩咐了一句："谁来问都说不知道我去哪儿了。"之后，便大力拉开消防通道的门，一路狂奔下去。

他体力很好，很快就冲到了楼下，他一冲出门，就看见了杨薇的车，他立刻跳上副驾驶座，一边系安全带，一边问：“发生了什么？你要带我去哪里？”

“去结婚。”

“什么？！”

“我说，”杨薇没玩笑，她的车速又稳又快，仿佛是在拍美国大片，“去结婚。”

这话把宋哲说蒙了，他用了好久才反应过来，有些紧张，悄无声息抬手抓住了扶手，故作镇定：“你不是开玩笑吧？”

“没有，”杨薇果断地说，“如果你真的有任何问题，我需要出面帮你处理，我需要一个身份。”

宋哲没有说话，他静静地看着前方，感觉自己的内心异常复杂。他该高兴的，可是一瞬间，他感觉自己又回到了中学时，杨薇在他和宋家之间，果断选择了宋家。或者说，选择了他的母亲。

他内心始终自卑，这种自卑让他在这份感情面前傲慢又无助。

宋哲想到这一点的时候，突然愣了，他猛地意识到，自己这么多年来，对待这份感情那种态度的真正原因。

因为他知道杨薇永远不会背叛宋家，而他要的是杨薇的爱情，不是杨薇对宋家的忠诚。

“我刚才来的时候让顾岚帮我查了离这里最近、人最少的民政局，我已经预约了号，现在过去还有一个小时，我们过去复印身份证的时候打印一份代理授权书，你先把这份授权书签署好，后面无论发生什么，我都会以你的妻子的身份出面替你完成，授权书说为了以防万一。”

听到这里，宋哲用异常平静的语调说：“好。”

杨薇听出宋哲并没有自己想象中的那种狂喜，她不由自主地看了他一眼。

宋哲很冷静，似乎没有半分在结婚道路上的感觉。杨薇心里“咯噔”了一下，她突然有点慌乱，忍不住抓紧了方向盘。

之所以决定结婚，是因为她从来没想过宋哲会不愿意。她之前一直以为，在他们这段关系里，宋哲是追求的那一方，她提出结婚，他应该毫不犹豫答应。

她提出结婚，固然是因为这是最好的方案，还因为……她不反感。

有这样一个理由让她结婚，她感觉仿佛是拥有了一个合乎情理的理由，或者说借口，让她去完成一件，她认为可以完成的事情。

宋哲的反应出乎杨薇的意料，她仿佛回到了以前。

她猜错了？她想，她是不是又一次自作多情了？

毕竟这么久了，宋哲虽然为她改变了很多，宋哲和她之间似乎也像是情侣一样相处，可他从头到尾，都没有说过一句明确他们关系的话。他用一种很谨慎的态度，处理他们之间的关系。

杨薇觉得有些难受，但她控制住自己的情绪，等待着他的回应。

宋哲慢慢说："代理授权书我写给你，可是这个结婚证，我不领。"

杨薇死死地捏着方向盘，手臂因为太用力微微颤抖，她面上没有一丝表情，用冷漠又客气的语气说："抱歉，是我没有考虑到你的想法，授权书也可以，授权书也足够我处理后续的事宜了。"

宋哲听出了杨薇话里的难过，忍不住转头，盯着她的侧脸，认真地说："你是没有考虑到我的想法，还是你认为，我不会拒绝你结婚的提议？"

杨薇觉得格外难堪，宋哲的话，像是把她赤身裸体从家里拖到大街上，让所有人看到她的自以为是。

宋哲没有明确承诺过她什么，是她以为他很喜欢她。

宋哲对她的好，或许只是亲情，又或许只是恋爱的开始。

宋哲……

杨薇脑子里胡思乱想，她没有说出来，用了很大的力气，才张口："抱歉，我之前误解了你的意思，我的确以为你不会拒绝这个提议，我以为你想和我结婚……"

"我想。"宋哲打断她。

杨薇已经无法明白宋哲的意图，她回头看他，一脸茫然：“那你为什么……”

“我喜欢你，我想和你结婚，我想要的是你的爱情，你明白吗，杨薇？”

宋哲骨子里和年少时似乎没有任何变化，对于一份感情，他有他的骄傲，也有他的要求。

只是年少的他太自私自利，他只想着自己要的爱情是怎样，当杨薇无法满足时，他就愤怒、哭泣、谴责。那时候的他看不到杨薇的难处，看不到杨薇为他做的一切，可今天他学会了站在杨薇的角度去考虑，他能理解杨薇对他的好，也从来不放弃自己对爱情的追逐。

“杨薇，如果你愿意答应我的求婚，这会是我人生里最幸福的事情。可是我希望的是，你是因为爱情和我在一起，你是因为愿意和我结婚。”

杨薇的内心慢慢平复下来。

宋哲深吸了一口气，继续说：“我很感激你在这个时候义无反顾出来帮我，甚至愿意为此和我结婚。可是我不需要。”

宋哲有些激动：“我宁愿自己单恋你一辈子，我都不想要施舍一样的婚姻，你明白吗？”

杨薇没说话，一直按照导航往前走，她听着宋哲的话，也不知道为什么，嘴角慢慢扬了起来。

宋哲见杨薇不说话，扭过头去：“就这样吧，我们回去，我给你签署代理授权书。”

杨薇还是沉默着，宋哲忍不住去看她，然后就看见她一手操纵着方向盘，另一只手搭在车窗上。风轻轻吹过来，她的发丝落在脸颊上，让她整个人显得愉悦又温柔。

宋哲愣了愣，下意识问：“你笑什么？”

“签署代理授权书是可以解决公司的问题，”杨薇听到他问话，轻咳了一声，“但还有一些重大问题没法解决。”

“比如？”宋哲皱眉头。

杨薇笑着：“病危通知书怎么办？

“你紧急联系人能不能授权？

“你生病的时候谁来签字？

“你要是成了限制行为能力的人，我怎么成为你的监护人？

“你的遗产我怎么继承？

“我怎么才能在你出任何事情时，成为别人首先通知的人？

“到底怎么样，我才能成为你的家属，让别人放心觉得，你的事我来处理是理所应当？”

这一串发问把宋哲问蒙了，杨薇含着笑，用讨论公事的口吻，一本正经地说：“要不这些你都给我写个授权书，但是还有很多没想到的意外，你说怎么办？”

“杨薇……”宋哲的喉结动了动，好久后，他想说什么，可半天都停留在一个“你”字上面。

杨薇看着前方：“你以为我不知道一个代理授权书能解决现在百分之九十的问题？

“可我还是选择了结婚，因为我想解决的不是百分之九十，而是百分之百。

“你说的问题，其实我想过，可是我不敢深想。如果你不问，我大概也就这么糊里糊涂过去了。因为有很多问题，我不敢去问答案。

“我怕这个答案出来，你我都不满意。比如说你和我结婚，又是为了什么呢？你对我的喜欢，源于什么呢？

“你和我结婚，是不是因为我过去对你太好了，你成了习惯？又或者是因为你失去了你以为不该失去的东西，所以你不甘心？你对我的喜欢，是不是源于害怕失去生命里唯一亲属的惶恐？是不是把我当成一种精神寄托？你以为只有你对感情有要求吗？”

杨薇转头看他："我也有。"

任何人对感情，都有那份骄傲。哪怕在最卑微的时候，也想要这份感情，认认真真，独一无二。

宋哲注视着杨薇。

她转过头去，继续说："你知道吗？对感情无限放低身段，往往就是因为对这份感情有其他要求。之前，我真的很担心，我就一直想，这是我要的感情吗？这是我爱的宋哲吗？

"来结婚我不是没有犹豫的，其实如果不是这件事推动，我可能真的不会来。可我还是来了，是因为我知道，我们核心的原因或许在于，我太怯懦，而现在的你，也没有勇气。

"我们都被这份感情伤害过，所以我们都已经失去了去奋力把一份感情往前推的力气。可我是想往前推的。

"我很想，"杨薇每个字都说得很认真，"很想，很努力地和你谈一场恋爱。

"我回来之后，和你相处的每一个点滴，都让我对这份感情充满希望。其实现在结婚我还有那么一点害怕，可是我知道这份害怕和惶恐，未来会消失。

"我终究会喜欢你，现在的你值得我喜欢。我本来就是在等着你往前迈这一步，现在这一步被逼着要迈出去，那么，我就迈出去。"杨薇看着路，语气平稳又温和。

"宋哲，我对你的喜欢从来都很认真，我从不轻贱任何一份感情。我当年没有陪你出国，一方面是想陪阿姨，另一方面也是想，我得留在公司里，等你回国，我能更好地帮着你。

"我如果不喜欢你，我不会这么努力，想成为你喜欢的人；我如果不喜欢你，我不会费心费力地留在宋家，我考个好学校，找一个不用我操心的对象，嫁给另一个人就好了；我如果不喜欢你，我不会嫁给你；我如果不喜欢你，我也不会离开你；我如果不喜欢你，我不会和你重新开始。

“我如果不喜欢你，”杨薇的眼里带了几分无奈，“也不会用婚姻来帮一个人。”

所有的一切都是因为喜欢。

她的开始，她的付出，她的离开，她的回归，她的每一步，都是因为，她在认认真真，奋力喜欢着这个人。

若要说纯粹，又有什么比得上这样经历过风雨，却仍旧如初的感情，来得纯粹？

要说认真，又有什么比如此努力、如此坚持、如此付出、如此诚恳的感情，来得认真？

宋哲没说话，好久后，他突然笑了。

他垂下眼睛，缓缓说道：“杨薇，有的时候我会觉得有些无奈，我感觉自己好像不管怎么奋力成长，在感情这件事上，我似乎始终都没你成熟。”

听到这话，杨薇的双肩慢慢松懈下来。

“不是的，”她的声音柔和，“如果不是你先把话说出来，我这辈子，也不敢把这些话说出来。”

“宋哲，”她转头看他，目光带着感激，“有一点你说得对，你一直比我勇敢。”

而她用了这样漫长的时间，也终于从他身上汲取了这份力量和勇敢。

这是爱教会她的一切。

宋哲说不出话来，在极端的情绪冲荡下，他整个人仿佛是被狂风海啸拍打。

杨薇说的话，颠覆了他对这场感情的认知。

一直以来他都暗暗埋怨着，她不够喜欢，不够爱。他从一开始的忐忑试探，到后来的心灰意冷，到最后的奋力追逐，他第一次听到她如此坦诚又认真的回应。

这份回应像是暴雨降临在干旱已久的沙漠，将沙砾凝结，冲洗，然后在水沟里汇聚成小溪，涓涓流淌。

宋哲用了很久的时间，才消化完杨薇的话。他克制着自己，一直没有说话。

杨薇的车转进民政局的停车场，她停好车，转头看着宋哲："所以现在，你再选择一次，这个婚，你结，还是不结？"

宋哲猛地扑过去，捧着她的脸，狠狠地吻了下去。

杨薇抬手圈住他的脖颈，加深了这个吻，两个人在车里吻得缠绵悱恻。等停下来时，宋哲用额头抵着她的额头，低笑："结。"

"杨薇小姐，你可以做我的妻子吗？"

"可以。"杨薇一点也不犹豫。

他们推开车门，手拉着手朝民政局大厅跑过去。他们取了号，然后在大厅自助区照相，复印，打印了文件，按着指引等在一边。

两人和旁边任何一对笑着的情侣没有任何区别，谁都看不出来，这对新人在过去经历过那么多起起伏伏，悲欢离合。

两人一起签了字，拿到了红本，然后看见旁边有一个宣誓照相的地方。

宋哲的眼睛一亮，拖着杨薇："要不我们去照个相吧？"

杨薇看着那带着大妈气息的粉红色桃心气球支架和中老年颜色的背景，她为难地说："还是不要了吧……"

"去吧，去吧。"宋哲拖着杨薇，"结婚呢，怎么能不宣誓？"

杨薇有些无奈，只能跟着宋哲一起站在一边排队。

宣誓这项环节要缴纳一百四十块的费用，宋哲直接给了一百八十八块，让工作人员眉开眼笑，一直说着祝福的话。

两个人排了十几分钟，终于轮到了他们。宋哲按着工作人员的指示从旁边拿过花，递给杨薇，还摆了好几个又土又傻的姿势。杨薇无奈得不行，她一直用红本挡着脸，低着头，完全不想被拍下来。

然而宋哲沉浸在这种土味浪漫中，他甚至还加了钱，要抱着杨薇多照几张，直到后面的新人不满，才停止了这种幼稚行为。

工作人员先询问杨薇：“杨薇小姐，你是否愿意嫁给宋哲先生，成为他的妻子？你是否愿意无论是顺境或逆境，富裕或贫穷，健康或疾病，快乐或忧愁，你都将毫无保留地爱他，对他忠诚直到永远？”

杨薇垂下眼睛，温柔地说：“我愿意。”

听到这话的瞬间，宋哲眼中突然有了雾气。

他感觉自己像是一个在沙漠中跋涉多年的旅人，终于看到了终点。其实他已经很累了，他感觉筋疲力尽，是意志让他一路走过来，让他磨平了疼痛，忘记了困难，不去思考过去，不去期盼未来。

他麻木了所有感官，才能一路坚持下去。然而直到这一刻，这句“我愿意”，才宣告了这场漫长征程的结束。

他感觉鼻子发酸，眼泪随时会掉下来。

然后他听见工作人员询问他：“宋哲先生，你是否愿意迎娶杨薇小姐，成为她的丈夫？你是否愿意无论是顺境或逆境，富裕或贫穷，健康或疾病，快乐或忧愁，你都将毫无保留地爱他，对他忠诚直到永远？”

宋哲没说话。

所有人都有些奇怪，他们忍不住侧目，随后就看见宋哲抬头，吸了吸鼻子，对工作人员说：“不好意思，你能不能再问一遍？”

工作人员再次询问了一遍，宋哲立刻说：“我愿意。”

“我愿意，我愿意！”

工作人员忍不住笑了：“一遍就够了。”

“对啊，大家都知道你愿意啦。”围观的人也笑了。

里面不少人已经认出了他们，拿着手机开始拍照。杨薇和宋哲也没有躲闪，他们拉着手，笑容里带了几分腼腆。

“走吧。”杨薇小声说。宋哲点点头，两个人一起走出去，沿路所有人都在和他们打招呼。

“百年好合啊。”一个大妈开口。

“薇薇，要幸福啊！”一个小青年说。

旁边女孩子一把拍在他头上：“你还敢和她说话！”

杨薇“扑哧”笑出来。

随后就听一个女孩子大喊：“宋总，早点生小宋总！”

这明显是宋哲的粉丝，杨薇黑了脸，抬眼看过去，是一个扎着双马尾的女孩子，身边站了一个黑着脸的青年，宋哲似乎完全没有看到女孩身边的青年，优雅地微笑，点头：“谢谢，我会的。”

他们一路走出去，收到各种各样的祝福。这是他们这么多年来，最开心的一天。

他们走出民政局，往停车场走去，才走到一半，一辆警车猛地停在他们两侧，随后警车的门被人拉开，一群人迅速跳下来，将他们包围起来，为首的人看着宋哲，冰冷地说：“宋先生，不要做无意义的挣扎。”

宋哲和杨薇都愣了。

对方例行公事出示了自己的证件：“宋哲先生，因为您涉嫌参与了一个行贿受贿案件，现在希望您协助我们调查。”

因为宋哲逃跑的前科，警官对宋哲的印象不是很好。尽管没有证据证明他是刻意逃跑，但从他的行为来看，和逃跑无异。

好在及时拦住了他，他也并没有想象中的激烈反抗，他笑着回头看了一眼杨薇：“我先跟他们去，后面一切都交给你，让你操心了。”

宋哲的声音很温柔，带了几分歉意，让在场的警察都有些蒙，仿佛他们不是来传召嫌疑人，而是来拉个人去饭局的。

杨薇的回应也很奇怪，她不哭不闹，点头：“放心吧，我会处理好。”

宋哲看着她，好久后，他才说：“有点不舍得放手。”

这时候，一个警察忍不住了，大声说：“你们够了没？！别磨磨蹭蹭的，快上车！”

“你有需要通知的家属吗？”

为首的警官比那些年轻警官沉得住气，问了这么一句。

宋哲笑了笑，眼里有几分骄傲：“我家属在这里，有什么需要告知的你都和她说。”

对方点了点头，将情况和杨薇重复了一遍，杨薇点了点头，对警官说：“这段日子，就劳烦你们照顾了。”

这种送孩子上学的口吻是怎么回事？

但伸手不打笑脸人，杨薇也没说错什么，甚至这种平和的态度，让大家还有几分喜欢。于是为首的警察硬着声说：“都是公事，没有什么照顾不照顾的。”

“还是谢谢你们，你们辛苦了。”

“是啊，是啊，”宋哲戴着手铐，握住了警察的手，真诚地说，“真的，太感谢你们了。你们每天抓人太辛苦了，这次我赶着结婚，增加了你们的工作量，太不好意思了。”

这……这是不是刚结婚，脑子高兴坏了？

第十五章　离他近一点

宋哲被警察带走后，杨薇二话不说，立刻给高林打电话，她先让高林联系宋哲手下的金融公司西融金融，安排了晚上的会议，同时安排了董事会议，随后给宋家合作多年的律师沈泉打电话，让沈泉去联系宋哲。

联系好一切后，杨薇直接奔向西融金融大厦，她到的时候是下午四点，高林已经帮她全部安排好，她一下车，高林就一脸急切地问："杨小姐，西融的高层我都已经通知了，您能不能给我个底，这次宋先生怎么回事？"

"他不会有事的。"杨薇一脸平静，"只要公司没事，他不会有事。"

宋哲的行事风格她清楚，违法的事他绝对不会做，如果没有违法，再怎么查也不可能查出问题来。顶多就是进去问个话，但对于幕后的人来说，问话已经足够了。

杨薇完全可以预料，明天早上铺天盖地都是关于宋哲被抓的黑料，这种黑料和宋哲的花边新闻不一样，花边新闻只是让人看个乐子，宋哲换多少个女朋友，都不会影响股价。只要宋哲的盈利水平始终在那个水平，财务报表永远漂亮，那么他离婚，结婚，有小三，都不会对股价有太致命的打击。但被警察带走就不一样了，一旦涉及违法的事情，一定会造成股价波动。

这场刻意策划的股价暴跌行为，明显是有人想要压低股价趁机收购。

杨薇进会议室的时候，所有西融金融的人都看着她，他们的目光里带着打量，对她十分好奇。

身为宋哲手下的员工，自然对宋哲的八卦都十分熟悉，这位传得沸沸扬扬的“前妻”，他们早有耳闻。有一些老人，则是在杨薇进来的时候，站了起来。杨薇朝他们点头问好，随后她站到主位上，做了简短的自我介绍：“我是杨薇，从现在起，我暂代宋哲行使对西融的一切控制权，这是我的授权书。”

她将宋哲给她的授权书推到了离她最近的一个老者面前，对方认真看过以后，点头将授权书交给了旁边的人，对所有人颔首：“没有问题。”

“宋哲现在因为作为证人被传召问话，他被审讯期间，可能会有一些风波，我希望各位能够协助我稳住宋氏集团的股价，OK？”

“杨小姐，您放心，”杨薇身边的老者笑着说，“您的吩咐就是宋总的吩咐，我们都会百分百执行。”

“谢谢。”杨薇朝老者点了点头，“陈总和我也是熟人了，知道我不会乱来的。还有，陈总，我和宋哲复婚了，你可以叫我宋太太。”

听到这话，所有人交换了一下眼神，心里顿时了然。

杨薇看了高林给她的资料，平静地问：“现在西融可以直接挪用的资金有多少？”

“大概十亿元。”陈老立刻开口。

杨薇皱了皱眉：“明天开盘之前能准备到八十亿元吗？”

陈老愣了愣。

旁边一位女高管忍不住问：“宋太太，您是说，八十亿元吗？”

“对，八十亿元。”

所有人都深吸了一口气，大家对视了一眼，那位女高管说：“宋太太，您可能不太了解，虽然宋总被传召可能对股价有一定影响，但这个影响不会……”

“能不能？”杨薇打断她，看着陈总，“我只问，能不能？”

陈总皱着眉头，片刻后，他点了点头：“可以。”

杨薇说：“明天一开盘，立刻开始收购宋氏传媒的股份，不管多高价格直接收购。同时准备针对宋氏集团的客户做资管计划，接下来估计会有很多天的硬仗。”

杨薇的声音很平静，她十分镇定，不容有异议。所有人都对这个决议有着疑惑和不安，但在她的言语下，没有一个人敢开口质问。她的柔和中带着刚硬，用一种无声的方式，把所有人压在地上，动弹不得。

会议结束后，整个西融都忙碌起来。

杨薇出了大厦，又让高林联系了报纸媒体，这时候已经是晚上八点了，高林送杨薇去医院看望林姨。林姨躺在医院里，神色柔和，她看杨薇来了，笑着说：“薇薇，今天过得怎么样？”

杨薇没说宋哲的事，她笑了笑，把买来的花插好：“挺好的。哦，林姨，我告诉你一件事，”杨薇抬起头来，笑容明朗，“我今天和宋哲领证了。”

听到这话，林姨愣了愣，随后她惊喜地问：“真的？！”

“真的。”杨薇点了头，“来，我给你看我们的证。”

杨薇把在衣服里揣了一下午的证件拿出来，递给了林姨。林姨看着证件，高兴得不行：“真好啊，你们终于又在一起了。”

“是啊。”杨薇坐在林姨身边，给林姨削着苹果，“我也没想到会这么快在一起的。”

“怎么突然领证了呢？”林姨有些好奇。

杨薇想了想，低头笑了：“其实也不知道，就稀里糊涂领了。我和他领的时候真的没多想，倒是他想了好多，他还以为我又是为了宋家什么的和他结婚，傻得不行。”

“小哲就是这点不好。”林姨叹了口气，“他啊，总是想得太多。”

“也不能说不好吧。”杨薇将苹果切好放在盘子里，插上牙签，递给林姨，“他大概是患得患失。”

“你能明白这一点，就再好不过了。”林姨抬眼看杨薇，突然想起来，“也不知道能不能看到你们的婚礼。”

“怎么会看不到？”杨薇听到这话就笑了，“我们还等着您来讲个话什么的。”

“我哪儿能去给你们讲话啊？”林姨赶紧摆手，“我去讲话，会给你们丢人的。”

“林姨，”杨薇安慰她，“要是我们没本事，就得让人来给我们撑场子。可有本事的人，想捧谁，大家就得鼓掌，怎么会觉得丢人？你放心，你只要准备好发言稿就好了。毕竟，我们也是你陪伴长大的孩子。”

这话把林姨说红了眼，她端着盘子，感动不已：“小薇，其实我真的没想到……我还能有这样的晚年。

“我儿子死了以后，我是真的没了盼头。”林姨苦笑，“我看着小哲长大，其实我心底是把他当我的孩子看的。后来你来了，你们都是我的孩子。可我也只是家里的一个保姆，先生太太对我好，看得起我，不把我当外人，可我不能真把自己当回事，失了分寸，小哲是少爷，那就是少爷，和我半点瓜葛都没有。所以你有发现吗？”林姨有些不好意思，“其实我对你，比对小哲，是多了点感情的。

“因为小哲有太太和先生疼，我就总想着，我可以多给你点什么。”

林姨选择了杨薇，或许是因为，她没了孩子，而杨薇没了父母。

杨薇明白林姨的话，她拉着林姨，点头：“您永远是我们的长辈。”

两人说完话，杨薇一个人回了家，她没有去睡自己的小房间，洗漱之后，她在宋哲的门口站了一会儿，仿佛宋哲就在里面一样，过了好久，她推开门，进了屋子。

屋子和宋哲离开的时候一样，杨薇开了灯，坐在床边。

她想了想，拿出手机，给宋哲发信息。

“今天应该算咱们的新婚之夜吧，我现在就睡在咱们的房间，可惜你不在。”

她知道宋哲看不到消息，可她还是想发：“我挺想你的。我觉得好可惜，又是我先和你说喜欢了，这场感情，似乎又是我主动了。

“可是没关系。”杨薇一个字一个字认真地打，“我乐意。

“谁叫我倒霉呢？”

杨薇躺在床上，像是宋哲会回复她信息一样，有一句没一句地发。她才知道，自己是能说这么多话的人，她的信息一条条发出去，不知道到了几点，她才睡过去。

第二天早上杨薇醒得很早，醒了之后，她先给自己做了份早餐，随后坐在餐桌边，开始刷今天的信息。

宋哲入狱的消息果然成了早上最劲爆的头条，只是记者添油加醋，宋哲被捕的原因什么都有，从行贿受贿到强奸杀人，玄幻无比，十分离奇。有一些理由，杨薇都看笑了。

杨薇昨天晚上就联系了媒体，但明显没有对方这种有准备的舆论战来得凶猛，他们澄清的消息都被淹没在谣言里，事实证明，谣言总是比真相跑得快。

好在杨薇并不在意，她看热闹一样吃完了早餐，就接到了冷玫的电话。冷玫明显是看到了信息，有些犹豫地问：“那个，你还好吧？”

“嗯？”杨薇有些疑惑，“冷姐，你这是什么口吻？进去的是宋哲又不是我，我有什么不好？”

“你别贫了。”冷玫被杨薇逗笑了，“宋总进去了，你状态还好吗？”

“挺好的。”杨薇伸了个懒腰，“好得很，放心吧。”

“宋总不会有事吧？”

“这个你放心，他不会有事。”

“那……”冷玫有些犹豫，“后天的演出，还继续吗？”

这话让杨薇愣了愣，她不知道后天的演出还该不该继续。

她现在明显不在状态，如果继续，怕是浪费了粉丝的票，而且作为她第一场演出，以这样的状态开头，似乎不是很好。

可是如果不继续，票都已经卖完了，临时退票……

“要是后天能下雨就好了，”冷玫叹了口气，“天降大雨……”

“也不能退票。”杨薇说，“要真下雨，我下大雨也得去站着。”

杨薇忽然想起来她最初做直播的时候，站在广场上，大雨里，坚持着讲段子，然后一个撑伞的小女孩，一直站在她面前，仰头看着她。

那时候宋哲似乎也在，他在做什么？

杨薇居然都忘了。才不过两三年的时间，她却觉得，离婚之后的一切，发生得太快了。

她成为主播，走上脱口秀这条路，参加了比赛，拍了电影，然后现在，她马上就要完成她的梦想，办第一场演出。

宋哲呢？他从一个说话口无遮拦，完全不懂得考虑他人感受，偏执又傲慢的少年，成长为现在这个懂得放手、知道进退、会为他人着想、明白什么是爱、如何表达爱的青年。

这几年比他们前半生的十几年都过得精彩漫长。

杨薇想着她曾经努力过的画面，不知道为什么，她突然有了极大的勇气。

“办。”她说，“我必须遵守演出约定。”

无论发生什么，她都不能放弃自己。宋家是她的责任，脱口秀才是她的梦想。她这辈子为了宋家放弃太多了，她可以做好的，她能比想象中做得更好。

“好。”听到杨薇带着笑意、坚定又认真的语气，冷玫不由得被感染，“咱们啥都不怕，加油！”

挂了冷玫的电话，杨薇停下来，她开始一一整理信息和思路，怕遗漏了什么。静默了一会儿后，杨薇看到了纸上的“韩小葵”，想了想，便给她打了电话。

杨薇询问了韩小葵的地址，然后开车直接过去，韩小葵才刚醒，和杨薇这种六点就起床的魔鬼不一样，韩小葵作为一个新时代美少女，她每天早上八点半起床，然后花半个小时冲到公司。所以杨薇到韩小葵家里的时候，韩小葵还没换下睡衣，她带着妆，紧张地让杨薇进屋坐。

杨薇笑着说："你别紧张，我就是来和你随便说几句。"

"嗯嗯。"韩小葵给杨薇倒了水，两个人面对面坐着，一片静默。

这气氛搞得杨薇有些尴尬，好半天，杨薇才笑起来："别紧张，我本来可以在电话里和你说的，我就是怕宋明监听你。"

"啊？"韩小葵顿时紧张起来，"监听……"

"没事，"杨薇摆摆手，"我比较谨慎，就是一个猜测。其实我很好奇，为什么这次你会把事情告诉我。"

韩小葵听到这话，愣了愣，片刻后，她有些不好意思地说："因为，以前当您助理的时候，在您那里学了很多。"

"嗯？"

"当您助理时，我刚刚大学毕业，什么都不会，很多事都是您手把手教的，我很崇拜您。"

韩小葵看着杨薇的样子，有了勇气："您和宋总离婚，当了主播，您做每一件事都很努力，我很喜欢。宋明是我的上司没错，可是，我的工资也是公司发的啊。"

杨薇缓了半天，终于明白过来，原来这是个粉丝。

她感受到了自己粉丝的力量，不好意思地轻咳了一声："谢谢你，这次真的非常感谢。"

"没事，没事。"韩小葵摆着手，"都是我应该做的。"

"不过，我想请问，你能不能帮我再做一件事？"

"嗯？"韩小葵有些疑惑。

"你能不能帮我在宋明的办公室装一个窃听器？"

听到这话，韩小葵睁大了眼。

杨薇看着她，有些犹豫："如果可以，他所有的私人地方，能不能都帮我装一个？"

韩小葵没说话，杨薇知道她是害怕了，连忙说："你不愿意也没关系，你害怕我能理解的，我已经很感谢你了。这样吧，你害怕的话，我现在让王经理出面给你调一个部门。”

“窃听器哪里买？”

韩小葵突然问了这么一句，杨薇呆了一下，随后回答：“我会让人给你。”

“好。”韩小葵点了点头，“我会好好完成任务。”

杨薇听到这话，轻轻笑了：“你放心，做完这件事后我帮你调一个部门，保障你的人身安全。等事情结束后，我会给你升职。小葵，你需要什么吗？”

“需要？”韩小葵有些茫然。

杨薇看着她的眼睛：“你没有什么想要的吗？”

韩小葵没说话，杨薇的眼睛太通透，通透得让人无所遁形。韩小葵没说话，她低下头，似乎有些害怕。

“薇薇姐，”她犹豫着，“我很喜欢听你说话，有一次，你和我说，人是无所不能的，只要你愿意去做，只要你敢做。”

“嗯。”杨薇点头，“然后呢？”

“我……想和苏导合作一次。”

韩小葵说出这个要求，让杨薇有些诧异，她没反应过来，片刻后，才问：“你说的是，苏简？”

“对。”韩小葵抬起头，深吸了一口气，似乎鼓足了很大的勇气，“我有一个不错的剧本，您能不能，帮我引荐一下？”

杨薇虽然知道韩小葵别有所求，可是说出苏简的时候，她还是有些猝不及防。

韩小葵说：“薇薇姐，苏导脾气很大，听说性子很怪，好多编剧带着投资商都被他拒了，听说您和他关系很好，真的，拜托您了……”

“好吧。”杨薇叹了口气，“我可以帮你问问。”

“谢谢！”韩小葵高兴地说，“薇薇姐，我一定会把窃听器布满宋明的屋子！”

“不用，就他出没的地方各放一个就好了，我让人买的窃听器质量挺好的。”

和韩小葵说完话出来，杨薇想了想，直奔西融金融。

杨薇打开了自己的账户，她已经许久没登录自己的操作账户了，等待下载的时候，她听见大厅里喊：“开盘了，开盘了！”

她立刻站起来，站在交易员的背后。

在开盘的瞬间，她看见宋氏传媒的股价一路飙升，交易员犹豫了一下，果断地说：“加！快加！”

于是开盘不到十分钟，宋氏传媒的股价直接涨停。

杨薇看着这个开盘就涨停的局面，紧张不已。她看了看时间，时间不容许她思考太多，早上十一点宋氏集团董事会会议，她必须出面稳住情况。于是她吩咐了今天交易的一些基本原则后，便直接去了宋氏集团。

她和高林一起走进会议室时里面已经坐满了人，大家都在议论纷纷，明显已经知道宋哲的消息。

杨薇走进来的瞬间，所有人都安静了，相比西融对杨薇的陌生，宋氏集团董事会的成员，对于杨薇的熟悉程度，完全不亚于宋哲。所以在杨薇走进来的时候，所有人都愣了，尤其是宋明，在短暂的错愕后，他起身，诧异地问：“你怎么来了？”

“我也是宋氏集团的股东，我不能来吗，二叔？”

宋明的脸色顿时变得极为难看。

杨薇拿出文件，直接坐在宋哲的位子上，平和有力地说：“各位，好多年不见了，大家还好吧？”

没有人说话，大家看了看宋明，又看了看杨薇，心知肚明今天情况不妙。

杨薇没有理会宋明虎视眈眈的目光，她优雅地坐在位子上，将授权书递给旁边的宋明，对所有人说：“各位，宋总目前作为证人被传召，所以最近这段时间，由我暂代宋总全权处理所有事宜。我和大家也是熟人了，我的个人能力大家不用怀疑，宋总不在的这段时间，集团一切事务会正常运转，请各位放心。”

“宋哲果然被抓起来了？！”听到这话，宋明顿时叫了起来，满脸震惊，“他犯了什么事？杨小姐，你也别为他遮掩了，他做了什么至少该让股东知晓，我们有权利知道这些！”

宋明这句话就是两层意思，第一宋哲犯了事，第二杨薇和宋哲已经离婚，并没有权利代替宋哲行使权力。

杨薇喝了口茶，抬眼看向宋明，温柔地说：“二叔，宋总是当着我的面跟警察走的，我和警察交涉过，宋总只是作为证人被传召，您怎么知道他是犯事了？您是不是有什么我们都不知道的渠道，提前知道什么消息啊？”

这话让宋明的脸色顿时有些难看。

杨薇接着说：“哦，还有一件事，二叔，我和宋总复婚了，我又是您侄媳妇了。同时，我和宋哲的股权加起来，应该比您高很多。”

宋明不说话了。

杨薇看向所有人：“其实今天开这个董事会，主要就是向大家说明情况，大家有任何问题，或者是想法，都可以和我说。”

杨薇说完这话，场面安静下来，过了好久后，宋明说：“我认为应该给周末上映的《银河时代》换个档期。”

听到这话，众人都看向了他。

《银河时代》是这几年来宋哲投资最大的一部电影，身系好几份对赌协议，如果《银河时代》失利，宋氏传媒一定元气大伤。这是宋哲最看好的项目之一，所以将它排在了国庆档。

临时换档期，对于电影来说有多不好，所有人都知晓。

杨薇转着笔，扫了在座的人一眼。

宋明接着说：“无论小哲是为什么被抓，现在媒体铺天盖地都是这事，说也说不清楚，继续黑下去，对电影有影响。这电影投了这么多钱，要是砸了，谁负责？”

大家都不说话。

杨薇微笑着：“那么，二叔，您擅自调了档期，砸了你负责？”

“我调档期是给电影一个最好的选择，但最后是什么情况得看电影质量本身啊。这电影可是宋哲力排众议钦点的，出了问题他不该负责？”

“所以啊，砸了他负责。不管怎么样都是他负责，调不调有什么区别？临时换档期太伤元气，而且我保证，”杨薇看了众人一眼，“电影不会有问题，大家不用担心。”

“可是……”

“那就投票吧。”杨薇看宋明还要说，直接打断，“按股份比例投票。”

这话一出，宋明也不说话了。

比股份，他在现在的情况下，绝对比不赢合并了宋哲股份的杨薇。

杨薇看见宋明不说话，笑了。

散会之后，杨薇在高林的带领下，去了宋哲的办公室。

这个办公室最初是赵阳兰的，后来她也坐过一段时间，再后来就变成了宋哲的。

她走进去后，感觉办公室和过去有些不太一样，仔细看过之后发现，不太一样是因为换了色调。她在的时候喜欢加点暖色调的东西，而宋哲喜欢清一色的冷色调，整个办公室显得冰冷端庄。但是他又保留了一些她那个时候的瓶子之类的东西，于是整个房间熟悉又陌生。

杨薇坐在宋哲的位子上，打开他的电脑。他们打印授权协议时，宋哲把他的密码都交给她了，她细细浏览着他电脑里的文件，发现了一个名叫“资料”的文件夹。

她好奇地打开，然后就发现……里面全是她的照片。她的照片，她的视频，她发过的微博，全部被整整齐齐地整理在文件夹里。

杨薇看着这个文件夹是震惊的，瞬间，她感觉自己和那些岛国女神有几分相似。都在一个男孩子的电脑里，成了资料……

她忍不住想着平时宋哲在这个电脑前做些什么，她之前想的是宋哲在勤奋工作，可这个文件夹打开后，她满脑子都是宋哲顶着“猫大侠”的昵称撑着下巴傻呵呵地看她的直播。

想到这个画面，她忍不住笑起来。

她摇了摇头，开始处理宋哲留下的问题。她一边翻着文件，一边吩咐高林：“你去看看国庆节有哪些电影要上，出品方都是哪些，把那些公司查彻底一点，看看到底谁和宋明有瓜葛。”

高林愣了愣：“您觉得是国庆档的电影的出品方和宋明有瓜葛？”

“很明显。你觉得现在把《银河时代》撤档了，最直接的收益方是谁？”

这话一问，高林瞬间明白过来。

“这么搞股市来推个电影，成本高了一点吧？”

“不，电影只是顺便的，股市才是战场。对方明显是指望着等收购足够的股份之后，提出撤宋哲换宋明。他们知道宋哲绝对不会离开这个位子，更不可能让宋明当管理层，宋哲一定会高价回购，他们等着那个时候宰一刀呢。

“而且这是他们的第一道钱。如果他们和宋明有瓜葛，估计已经看过电影成片，他们对电影质量应该很有信心。以目前的价格来讲，其实宋氏集团的价格和价值并不匹配，还有升值空间，等电影上映后，股价会因为电影爆红而走红，到时候他们就可以在那时候把股票卖掉。这也是他们要把《银河时代》换期的原因。

“所以，现在他们还有这个打算吗？”

高林明白过来：“您现在拉高了股价，逼走了他们对股价上升空间的预期，又拒绝了宋明换档期的要求，宋明背后的人还会再掺和吗？”

“显然，要看宋明和他们到底有怎样的协议了。”

“就像阿哲绝对不会离开这个 CEO 的位子，因为他不仅要钱，他还要他努力的价值。对宋明来说，他如果倒贴上百亿去购买股权，我完全理解。”

“那他真是疯了。”

杨薇点头：“的确是疯了。”

“其实现在就剩下最后一个问题，”杨薇思索着，“我得让宋哲的新闻的影响力降到最小。我们靠自己拉股市，投资太大了。”

高林没说话，等着杨薇继续思索，杨薇想了想，打电话给冷玫：“冷姐，你准备几个通稿，我等会儿把标题发你。

“对，我准备做一个事件营销。

“好的，谢谢了。”

杨薇和冷玫沟通完毕，她给冷玫发送了邮件和通稿要安排的内容，随后开始代替宋哲处理他的日常事务。

宋哲的工作量很大，杨薇一边做一边感慨，原来宋哲过着这么生不如死的生活。

比起当年的赵阳兰，宋哲有野心得多，他一步一个脚印铺开了盘子，盘子大，事情就杂。

杨薇一边处理文件，一边问高林：“宋哲平时就这么忙？”

“对。”

“这是日常量？”

“是。”

“那他还能抽空回家和我说话和做饭？”杨薇有些奇怪。

高林笑了：“宋总一开始的时候经常熬夜，一天睡两三个小时的时候也有。后来处理惯了，他有一套处理事情的办法，效率很高。”

听着这话，杨薇有些伤心，她感受到了自己和宋哲之间的差距，完全不是通过努力就能弥补的。

“当然，”看杨薇有些失落的样子，高林补了一句：“最主要的还是靠熬夜。”

“嗯？”杨薇有些疑惑。

高林眨了眨眼："您没发现吗？宋总和您相处，总有那么一天夜不归宿。"

"好像是。"杨薇认真想了想，"不是应酬？"

"不是。"

高林摇摇头："夜不归宿的晚上宋总几乎不睡觉的，他会把一个星期的事都做完，然后陪您。"

杨薇突然感动得不能自已。

这世上哪里有那么多，有时间又有钱的霸道总裁，不过是把所有时间都不惜一切代价挪移，把陪伴当成了最重要的事情。

"以后不能这样了……"杨薇叹了口气，低下头，小声说，"你该劝着他一些。"

"其实您没回来之前，宋总都睡不好的。"高林轻笑，"失眠习惯了。现在您回来了，他一周能睡好六天，我觉得已经很好了。"

"可以更好的。"杨薇看着面前的文件，说，"以后他得对自己好一点。"

她眼里有些茫然："我也要对他好一点。"

杨薇处理完宋哲的事，已经是晚上十点整。

高林开车送她回去，她让高林先送她去了拘留所。

白天沈泉已经去见过宋哲了，沈泉每天都会和杨薇说明宋哲的情况。

宋哲涉及的案子比较大，保密措施做得很好，律师暂时也见不到宋哲，在等到所有文件办理下来。杨薇还有很多事要处理，宋哲在里面，不管什么情况，也要等沈泉见到人才能做决定，于是两天过去，她在这个时候，终于来到了拘留所门口。

她也不能进去，就在门口静静地看了一会儿。

高林看着杨薇的举动，有些奇怪："太太，您这是做什么呢？"

来了，也见不到人，看看大门又什么用？

杨薇笑了笑："回去吧。"

杨薇没好意思告诉高林。她来，就是觉得能离宋哲近一点。

第十六章　退出吧

杨薇休息了一晚上，等第二天早上，她准时在六点钟醒过来。

她运动了半小时，一边吃早餐，一边听早间新闻。

早间新闻还是围绕着宋哲的事情展开的。所有人都在猜想宋哲到底出了什么事，媒体都含沙射影，似乎是统一了口径暗示宋哲有问题。

高林站在旁边，看杨薇平静地吃着东西，不由得笑起来："以前太太也是这么生活，我还以为太太不喜欢过这样的日子。"

毕竟一出去就天高任鸟飞，一开始足不出户叫火锅外卖的事给高林冲击太大了。

杨薇听着这话，也知道高林的意思，她说："因为没有选择过，所以不知道自己要什么，所有事都尝试过了，觉得这样生活也很好。

"好习惯我留下来了，早睡早起，健康饮食，但是想吃就吃，也不委屈自己，我觉得这样生活，挺好的。"

高林笑着，没有回话。

杨薇想了想道："沈律师还没见到阿哲吗？"

"说今天就会见到了。"高林恭敬地说，"据说早上会安排会面。"

杨薇点了点头，把担心都藏在了心里。

早上开盘后，股价没有停下，直接开始往上冲，看着这个架势，杨薇便明白了宋明一定在自己补钱。

所有人皱着眉没说话，只能跟着加价，一路把价格加到了顶点。于是又是开盘不到十分钟，直接涨停。

西融的经理有些紧张了，他走上前来，和杨薇商量：“杨总，这样加下去不是办法，光靠我们自己强行拉盘……”

“不用担心。”杨薇抬手，打断了经理的话，“明天会有新的资金入场的。”

听到这话，所有人松了口气。杨薇白天安排了四场饭局，开始一家一家地借钱。

江淮安和武邑是会出手帮他们的，可是这还不够，毕竟杨薇不能让他们为了宋哲把自己的公司也搭上。

杨薇白天跑了四个宋家的老搭档之后，晚上六点就到了演出会场。她坐着上妆，向维紧张地说：“薇薇，你别紧张，别害怕，今天你一定会表现得很好的！”

杨薇听到这话，笑得不行：“你看上去比我紧张多了。”

“没有，”向维强行解释，“我对你这么有信心，怎么会紧张？”

演出在八点开始。

杨薇一边化妆，一边处理公务，同时将今天整场演出的内容过了一遍。

等八点开始的时候，杨薇坐在后台，听着主持人说话。

她闭着眼睛，感受自己的心跳声。这是她第一场正式演出，第一场大家为了她买票的演出，属于她个人的舞台。

她曾经无比期望，有一天，她会站在金方的演出会场，举办一场个人的演出，座无虚席。今天，就是她人生的第一步。

尽管这一步她做了无数铺垫。从她开始做直播，她大着胆子站在街上练习，然后比赛、拍电影、一路天南海北走哪儿讲到哪儿……

她做了这么多努力，终于有了这一场演出。她必须做好，她可以做好。

杨薇认真想着，听到主持人说“欢迎”，音乐突然变了之后，她睁开眼睛。冷玫和向维都注视着她，在她睁开眼的时候，他们觉得她似乎获得了某种力量，让她整个人看上去镇定又强大。

杨薇起身，跟随着音乐往舞台走去。

杨薇刚一露面，震天的欢呼声几乎要把屋盖掀翻，杨薇抬头看去，只见到会场周围密密麻麻的都是人。

而她站在一个很小的舞台上，舞台上放着巨大的屏幕，她的身影落在屏幕上。

周边座无虚席，哪怕是最远处的座位，都坐满了人，甚至有些人还站着。

杨薇知道，这些人大多数都是她的粉丝，也有一部分是为了近日的新闻来的。

杨薇看着会场的荧光棒有节奏地挥舞，似乎是有人组织，一起有节奏地喊她的名字：“薇薇！薇薇！”

看着这样的场景，有一种说不出的感动涌上来，杨薇抬手调整耳机，似乎有些不好意思，低下头轻笑起来。

完美的侧颜在大屏幕上展现，这个动作让许多人尖叫起来。

“很高兴，”杨薇抬起头，目光扫过所有人，“和大家见面。

“我是杨薇。

“很高兴，今天能见到你们。”

杨薇说完后，尖叫声此起彼伏，几乎持续了一分钟。

会场里满满的都是人，这都是她的积累。她通过将近三年的时间，用努力和心血，培养了这些人。

她安静地听着这些欢呼，他们从天南海北走到她面前，她静静享受着这一切，用腼腆的笑容遮掩自己内心那份澎湃与激动。

等到所有声音都安静后，她才慢慢说：“我刚才一直在听你们的声音，因为我特别担心这是我老板给我买的水军。”

这话说出来，便有零散的笑声，杨薇走在舞台上，舞台不大，她坐在中间的高椅上，好像在和所有人闲聊一样。

没有任何人觉得这是一场表演，反而像是一位朋友坐在对面，和他们侃侃而谈。

她会和下面的观众互动，一边提问，一边回答，然后每个回答，都妙趣横生，笑点密集，整个会场的笑声一波接一波。

向维和冷玫紧张地看着舞台上，然而没多久，两个人的心不由自主地放下来。

杨薇的状态太好了。她的表演和之前准备的差别很大，之前准备的，像一场精心策划过的脱口秀。而此时此刻她在做的，像是一场随意发起的直播。

只是她的感染力又比直播强了一些，笑点太多了，整个会场氛围太好，时间的流逝让人浑然不觉。

“这是她的个人风格。”冷玫感慨，“我见过许多脱口秀表演者，都很少有她这样的，能把表演做得毫无痕迹。”

“大概是她做直播的习惯。”向维分析着，“她是把直播的自然感融到了表演里。”

“她控场能力太强了。”

在这种随意聊天的情况下，居然还能让所有人的情绪跟着她走。

“那是因为，她表演过太多场了。”冷玫叹了口气，“我和苏简聊过，他们纪录片的素材库很大，这两年里，杨薇表演过的次数远比他记录的多。她在所有地方都表演过，偏远山村、繁华城市，她走过许多地方，看过各种各样的人，她或许在这过程中，揣摩透了怎么去引导人的情绪。”

冷玫眼里满是赞赏：“她会走得很远的。”

厚积薄发的人生，总会走得很长。

向维点了点头，抬眼看向杨薇，演出已经接近尾声，所有人差不多都已经忘掉了来到这个会场前的烦心事，内心全是愉悦。

杨薇喝了口水，站起身，对大家说："大家知道，作为艺术作品，所有的结尾都该有一个升华。但升华总是不那么好笑的，它总要给你们灌点鸡汤，说点人生大道理，然后给你们一种充满正能量的感觉。如果没了这一步，各种评论人就会说，哦，你这个作品太差劲了。

"我这个人挺不要脸的，我一直觉得我在搞艺术。"杨薇笑着说，"所有创造人类精神文明的内容，都是一种艺术。只是说有些艺术高雅，有些艺术通俗，有些是精品，有些不是。从我开始直播，就是怀着一种在创建艺术作品的心态在做这件事。

"所以我得升华一下。"

"好。"下面齐齐回答。

杨薇笑容淡然："其实就在昨天，我还在考虑着，要不要撤掉这次演出，最近家里出了点事，大家也该知道，就是我的丈夫宋哲，他作为证人被传召。

"他被传召之后，就有人试图做低股价，我要替他稳住公司，所以我的状态不是很好。但是我想我必须准时赴约，才得对得起大家的票价，所以我最终还是决定来了。因为，在过去，"她深吸了一口气，"我无数次为了他，为了宋家，放弃了我自己热爱的东西。所以这一次，我特别想努力一次，拼尽全力，看看我到底能做得多好。

"我很感谢，"杨薇眼眶有些红，"我做到了。

"我上台前特别害怕，我怕我做不好，可是当你们叫我名字的时候……"杨薇有些哽咽。

在这个时候，突然有人开始叫她的名字。这呼唤开始有了节奏，一声接一声："杨薇！杨薇！"

杨薇眼里带着泪光，她低下头，有些狼狈地擦了眼泪。

她突然感受到，人生中有另一种力量，在失去赵阳兰，宋哲不在，她身边谁都没有的时候，依旧支撑着她。

她保持着得体的微笑："谢谢。"

她低声说："当你们叫我的名字的时候，我突然觉得，我可以做好一切。"

"我尽我全力，我很好。"她抬起头来，目光扫过众人。

她过去从来不敢说这句话，因为她无法认可自己，总在看自己的短处，她不知道自己是怎么成长到今天的，她能够如此认真、从容地去面对现在的自己。

她有瑕疵，她有做不好的地方，可她依旧觉得，她有勇气和能力，去做她所有想做的事，她很好。

"这场演出表演完了，我非常感谢。我能走到今天，首先我要感谢所有爱我的人，也就是在座的你们、即将在网上看到视频的你们、过去看我直播的你们，是这三年来，一直陪伴我的你们。

"其次我还有一个人要感谢，他叫宋哲。

"你们知道，我曾经离开过他。"杨薇说着他们的过去，"我在十三岁时认识他，然后爱上他。那时候我自卑，他傲慢，我们互相喜欢，但一直互相伤害。后来我累了，我无法一直爱着一个伤害我的人。我不喜欢他了，所以我离开他了。"

所有人沉默着，这段历史，对于老粉来说并不陌生。

"可我们重新在一起了，其实如果不认真回忆，我都会想，我们为什么要分开？可是当我认真回想的时候，我知道，是因为我不爱那时候的宋哲了。所以我们重新在一起，不是破镜重圆，而是重新相爱。

"我重新爱上了今天的宋哲，今天的这个人，他特别好。"

杨薇把语气加在"特别好"三个字上，所有人都笑了。杨薇的语气里不由自主地有了甜蜜："我曾经以为人是不会改变的，可他让我看到，一个人的改变能够有多大。

"他学会了爱一个人，学会了从别人的角度考虑问题，学会了克制情绪，学会了温柔。

"我觉得这样一个男人，哪怕我过去没爱过他，现在我也会爱上他。

“也是他让我意识到，所谓的缺陷不是不可以改变，所以我也变了。我学会了宽恕自己的缺点，学会了勇敢，也学会了豁达。

“爱能让一个人变得更好。”

杨薇朝着大家深深鞠躬：“谢谢你们。

“让我感受到，我被全世界爱着。”

全场静默着，片刻后，掌声如潮水般涌来，杨薇站在灯光下，静静地看着观众席。

这时候，有人大声询问：“薇薇，我能为你做什么？！”

那个粉丝的声音在一片安静里变得格外响亮，所有人都看着杨薇，杨薇笑了。

“我希望你们能告诉别人，”杨薇温和地说，“宋哲只是个证人，他没有犯罪。”

“好！”许多人应了声。

杨薇再次说了声“谢谢”，最后和所有人告别后，下了舞台。

她走下去的时候，大家一直在鼓掌，她舒了口气，冷玫走上前，紧紧抱住她。

“干得好。”冷玫夸赞，“太棒了。”

杨薇笑着没说话，她突然感受到了，那种发自内心的安定力量。她只有一件遗憾的事，就是宋哲不在现场。

杨薇的演出现场是直播的，她还在后台卸妆，微博上就热闹起来了。

#宋哲是证人#的话题被疯狂刷起来，等她第二天早上醒的时候，这个话题已经被刷成了热搜。

许多人在重复着她的话。

“宋哲只是证人，不是犯罪，不信谣，不传谣。”

杨薇看着话题，整个人放松下来。等早上开盘之后，西融开始操作，不久后他们惊讶地发现，交易量上去了。

这在杨薇的意料之中，股价跌下去的主要原因是宋哲的不利消息引起股民对公司的担忧，现在公司以正面形象上了热搜，宋哲只是证人的消息一扩散，股价开始回升也正常。

然而杨薇很快又发现了她的粉丝在刷“宋哲是证人”的时候，还跟了另一句话。

“每人一支宋氏股，明年涨到二百五。”

现在宋氏传媒的股票价格是二十五元，二百五等于涨了十倍。

杨薇明白，她的粉丝在试图帮她抬高股价。

杨薇静静地看着电脑，感动得说不出话来。

过了好久后，她发了一条微博。

“谢谢。”

只有两个字，但她下定决心，绝对不能让她的粉丝亏了。

这时候，高林急急忙忙赶过来。

“查到了，”他忙说，“太太，今天南海人寿举牌了。这个南海人寿和东南金融、宝山投资三家公司，都是周家的私下产业。他们家的影视公司这次国庆的确有一部大制作片子要上，宋明肯定是和他们狼狈成奸。”

听到“周氏”，杨薇并不奇怪，宋氏传媒在国内的竞争对手不算多，能够叫上号的，也就是北方的几家传媒公司，周氏的确是最有资本的。

想了想之后，杨薇立刻说：“你帮我安排一下，我要见周老先生。”

周老先生本名周文山，是一个地道的北方人。

周家在北方颇有经营，本来和南城应该是井水不犯河水。只是这些年周家涉及电影行业，就和宋家有了竞争。

杨薇下午到达周家见到周文山时，周文山正在花园里喂鱼。他修建了一座园林风格的宅子，从细节处就看得出他颇为风雅。

他喂鱼时，杨薇也没有打扰，只是安静地站在他身后，看着这个年迈的长者。

周文山已经年近六十，头发花白，因为腿脚不便，他坐在轮椅上，由助理照顾。

他喂完鱼，从助理手中接过热毛巾，一边擦手，一边说："以前我就听说，宋家的儿媳妇很厉害，我想着一个小辈，能厉害到哪里去，结果你能找到这儿来，真是出乎我的意料。"

杨薇静静地听着，没有说话。

周文山将帕子递给助理，让轮椅面对杨薇，领着她往饭厅走去："我真是很好奇，你这么千里迢迢跑来见我，是为了什么？"

"我知道，您和宋明先生有一些协议。"

杨薇开门见山，周文山也不意外。

杨薇找到了这里，知道得多，并不奇怪。

"我猜想，最初的时候，宋明应该是和您商议，你们送宋哲进去，然后放出一些谣言，导致宋氏传媒股价降低，这时候您开始大量收购宋氏传媒的股价，同时宋明帮你压住《银河时代》的上映时间。等您低价购入大量宋氏传媒股份后，宋哲也该出来了，您再和宋明手里的股份联合，就比宋哲多，然后你们把宋哲赶出管理层，让宋明正式管控这个公司。

"这么一来，宋哲只有两个选择，要么高价买您手中的股份，稳住他的控制权。"

杨薇冷静地分析着："这样您可以大赚一笔，并且让宋哲元气大伤，后续无力和您竞争。"

"要么，宋哲退出管理层，让宋明接管宋氏传媒。

"但宋明只是你的傀儡，宋明接管公司后会把《银河时代》放出来，同时定下多部大明星大流量的制作，借着这些明星的名声，抬高股价，您会在这时候把股份卖出去获利。然后借着宋明的内幕消息，对宋氏集团的股份进行反复操作。

"这样一来，宋氏集团退出了优质电影内容的圈子，您釜底抽薪，彻底抽走竞争对手。

“另一方面，您也能在股市上大赚一笔。一举多得，不是吗？”

周文山没说话，他抬眼看了杨薇一眼：“然后呢？你又怎么猜想？”

“可是我打破了你们的计划。”

杨薇笑了：“股价没有出现你一开始预料的暴跌，您现在收购股价的成本偏高。成本已经这么高了，您还能有多少利润？”

这话终于让周文山的神情有些改变，杨薇知道自己猜中了他的意思，于是接着说：“我知道，宋明一定给了您一些其他的优惠。比如说现在你们购买股票的差额，他会补一部分。改变《银河时代》的上映时间，也可能是你们的约定。可是我今天来就是想告诉您，周先生，您做这些，都是竹篮打水，一场空。

“你们的股份不可能有我和宋哲的多的。这一点，我可以保证。”

周文山没有说话，他沉默了很久，其实杨薇说得对，股价已经涨得很高了，他很难从股价上获利，只能让宋明当上 CEO，然后从此把宋氏传媒变成自己的养分。可如果，完成收购股份后，他和宋明的股份加起来也没有宋哲和杨薇的多，那他等于什么都没有。

杨薇和宋哲的股份都是公开的，按照他们的预计，最后宋哲出来的时候，宋哲手里的股份足够找他麻烦了。

“周先生，”杨薇知道周文山在想什么，她直接说，“宋氏传媒是宋家的集团，您永远不知道根基有多深。”

听到这话，周文山便明白了，董事会里一定有一些他们不知道，但会站在杨薇和宋哲这边的股东。宋明的计划，或许一开始就是错的。

“周先生，其实我今天特意来，就是来建议您退出。”

周文山没说话，杨薇的话明显已经打动了他，然而他不知道该如何收手。

钱已经砸下去那么多，如果此刻停下来，那就是功亏一篑。他不能确定杨薇话中的真假，因此他没有说话。

周文山也好，杨薇也好，时常谈判的人都明白一个道理，任何决定都不能当场表明，因为人的情绪会对同一件事产生不同的感知。同一份合同，不同的情绪下看，感受不一样。

杨薇明白周文山在考虑什么："周先生，您可以再考虑一下，我来，就是给您一个提议。现在我和宋明之间，您可以选择一个人合作。"

"怎么合作？"周文山抬眼看向杨薇。

杨薇接着说："我知道，您的顾虑在于，如果此时收手，您之前的投资就功亏一篑，那我建议您不妨换个想法，和我合作。只要您愿意提供宋明私下和您这边公司进行交易的证据，我可以给您提供一个全身而退的方案。"

"什么方案？"周文山眼里有了一丝波动。

"首先，国庆档上，《银河时代》电影开头可以插入贵公司的电影广告，贵公司电影开头也插入《银河时代》广告，宋氏传媒旗下的电影院在第一天排片量，全国每家电影院只会比你们的多一场，后续排片全看票房数据。当然，你们公司旗下的电影院也是如此。而第三方电影院我们公平排片，两部电影合作放映，在营销费用上不做刻意竞争。这样我们双方都可以省下一笔钱，如果电影质量没有问题，我相信票房和预期不会有太大差距，我们应该是一个双赢的结局。"

周文山没说话。

杨薇充满自信地说："不仅是这部片，未来五年内，我们都可以承诺和你们一直做着这种互利合作，要么错开档期上映，或者联手合作上映，把竞争做成互惠，扩大市场蛋糕。"

"还有呢？"

周文山面色平静，明显这个方案打动不了他。两人一起走进会客厅，杨薇坐到周文山对面，助理给杨薇倒了茶，杨薇说："其次，我会和您签署一份对赌协议，《银河时代》上映后一个月内，宋氏集团股价会超过你们现在的收购价，那时候您可以暗中出手，不仅可以保本，还能赚一笔。如果到时候没有超过你们的成本价，我和宋哲会无条件以你们的成本价收购此刻我们谈话之前您购买的所有股份，保证您可以全身而退，怎么样？”

“你对这部电影这么有信心？”周文山说。

杨薇一脸平静：“我是对宋哲有信心。”

她无条件地相信，宋哲有着超乎常人的能力。

每个人都以为宋哲身后站着赵阳兰，站着她，所以宋哲一路平坦地走到今天，可是一个人站在巨人肩膀上摘到苹果，并不代表他自己就没有能摘苹果的能力。她相信，哪怕没有她和赵阳兰，他也是一个极优秀的人。

周文山静静地思索着。

杨薇看着他的表情，轻笑：“和宋明合作，既没有多大好处，还有很多风险。和我合作，那就是保本稳赚。您还在犹豫什么？”

“天上掉馅饼，”周文山平淡地说，“我觉得这种事，总是要小心一点才好。”

“周先生，您知道为什么过去每个和宋家做过生意的人，都会再合作吗？”杨薇喝着茶。

周文山下意识地问：“为什么？”

“因为阿姨说，从别人手里抢钱，钱来得快，但走得也快。带着大家赚钱，才是持续生财之道。”

“中国的电影未来是很广阔的，”杨薇抬眼看着周文山，“宋哲今年选的几部电影，都是过去没有的题材，《银河时代》是宋氏最大的一笔投资，就是想要填补中国电影里科幻题材的短缺。我们的市场，从来不局限于内陆，而是想在某一天，能在整个亚洲，整个世界，占有一席之地。

“我和宋哲，从来没想过要和您在商业上竞争，这除了烧钱创造不了什么。如果我们要竞争，我希望是在产品内容上竞争，这才是良性的、能让我们走得更远的竞争。”

周文山听着杨薇的话，轻轻笑了：“你不要和我打官腔，咱们私人的谈话，不用说这些。”

“周先生，”杨薇认真地说，“钱赚到一定程度，就会有自己的使命感，我不是在和您打官腔，这是诚意。”

周文山神态有变。

杨薇诚恳地说：“周先生，互联网让文化得以快速流通，我们和全世界正在加深互相理解的进程，这是我们文化产业最好的时代。我说这些，是希望您能看到我和宋哲的野心，也就明白了今天我所有行为的动机。我希望和您合作，但说实话，就算今天您拒绝了我，不和我合作，我也有其他办法。”

“这是我的诚意。”

杨薇将一张内存卡递给了周文山，随后站起身来，对周文山说：“您好好考虑，我先告辞了。”

说完这些，杨薇离开了周家的别墅。

杨薇走后，周文山的助理将内存卡插入电脑中，打开文件夹，里面是很多段录音。

助理随便点开了其中一段，就听见宋明的声音：“小周先生，你放心，这事我绝对能摆平……”

周文山的脸色变了变。

小周先生是周文山的儿子周佑。

助理的脸上也不太好看，他看了周文山一眼：“先生，杨小姐的意思是？”

周文山没说话，好久后，他深吸了一口气。

“让周佑去自首。”

“什么？！先生，是不是太草率了？这种私人录音不能当证据……”

“是不能当证据，”周文山平静地说，“可是你觉得，杨薇能把这段录音送给我们，她手里只会有一段录音吗？

“就算只有一段录音，只要宋明进去，我们被供出来是早晚的事情。杨薇这是给我们一个机会。自首可以减刑，让小佑把罪扛了，不要拖更多人下水，他顶多是个从犯，宋明才是主犯。”

助理没说话，他明白周文山是铁了心要弃车保帅。

杨薇到达机场的时候，收到了周文山答应她条件的信息。杨薇收起手机，对助理说：“把准备好的协议发给他，确认签字后我会亲自再过来。”

杨薇飞回南城时，已经是晚上了，这一天股价稳定，杨薇这边也就不再大量注入资金了。

高林给杨薇说了今天的情况：“沈律师说，宋总的拘留期快到了，他在办理手续了，如果没有问题，明天就可以去接宋总。”

杨薇听到这话，半天才反应过来。她的内心汹涌澎湃，面上故作镇定，可是微微颤抖的手，泄露了她的情绪。

她低头应了一声，拿着手里的合同：“那安排一下时间，明天我亲自去接他。”

高林看着杨薇的样子，压着笑意，低下头。

杨薇忍不住问：“你这是什么表情？”

“啊，没什么。”高林连忙说，“就是觉得，要是先生知道您在担心他，一定很高兴。”

杨薇听出高林语气里的揶揄，面露尴尬，她轻咳了一声，低下头，审阅合同：“该干吗干吗去吧，别站在这儿看热闹。”

杨薇表面情绪浮动不大，可当天晚上，在没有任何咖啡因的影响下，辗转反侧，完全睡不着。

清晨六点，她起床，怕自己因为失眠皮肤状态不好，认认真真化了妆，确认自己妆容完美，衣着得体后，她吃了早餐，然后就给高林打电话。

高林听杨薇说要去接宋哲，有些发蒙：“太太，宋总至少也要等工作人员上班后去接才合适，现在才七点半，是不是太早了一点？”

“不早了。”杨薇认真地说，“咱们过去要一个小时，中间要是堵个车就半个小时，九点他该出来了。”

九点工作人员才刚刚上班，出来什么啊？

高林觉得杨薇是脑子糊涂了，但是他也能理解杨薇“救夫心切”，加上杨薇是他的上司，也就没有多说，以最快的速度去接了杨薇。

杨薇带上了各种宋哲可能需要的东西，还带了碗鸡汤：“也不知道他在里面吃得好不好，有没有受苦，要是他胃太差，直接喝鸡汤是不是会不舒服？你说……”

高林头一次发现杨薇这么唠叨，他没有说话，到了警察局后，两人先见到了沈泉。沈泉也是大清早被杨薇叫起来的，他有起床气，但不敢对杨薇发作，于是就找高林的麻烦。高林问什么，他都一脸高冷。

沈泉带着杨薇把手续办了，宋哲终于被人带了出来。

他身上的衣服有些皱，精神状态看上去不是很好，但是仍旧从容温和。

杨薇看着宋哲，脑袋一片空白，她静静地凝视着他，仿佛过了一个世纪。

宋哲打量着面前的杨薇，慢慢勾起嘴角：“怎么一动不动的？是不是太帅，看傻了？”

听见宋哲的声音，杨薇才回过神来，她吸了吸鼻子，走到他面前，主动握住他的双手：“你吃过早餐了吗？”

“还没呢。”宋哲看见杨薇的样子，心里有些难受，他反握住她的手，带着她往外走去，“昨天沈律师和我说今天就能出去了，我一晚上都睡不着，就想着今天能见到你了，一想今天能见到你，我就想，出来后第一顿饭得和你吃。”

说着，宋哲撇撇嘴：“而且里面的饭菜也不好吃。”

“你……你没受苦吧？”杨薇有些紧张，她脑海里浮现出一些影视剧里的审讯室，“里面是不是黑漆漆的，用血红大字写着坦白从宽、抗拒从严？”

宋哲听到这话就笑了，他和杨薇一起坐进车里，忍不住问：“你是哪儿听来这些的？其实也还好，就是反复问一些问题，你也别乱想，都是有监控的，法治社会。”

杨薇舒了口气，不知道为什么，他一出来，她心里就一阵阵发酸，觉得特别委屈，她吸了吸鼻子，勉强笑着：“没事就好。”

宋哲坐在车上，杨薇给他喝了点鸡汤，暖了暖胃，然后把近来的情况和他说了一下。

宋哲对于会发生的事一点都不意外，然而当杨薇和他说已经把事都解决了的时候，他还是有些惊讶。

杨薇把整个过程和宋哲详细说了一遍，宋哲静静地听着，等杨薇说完了，杨薇看见宋哲不说话，有些好奇：“你怎么不说话？”

“不知道该说什么，”宋哲苦笑，“就是觉得委屈你了。”

杨薇呆了呆，宋哲握着她的手，垂下眼帘，声音里带了几分愧疚：“总让你操心，总让你帮着我收拾烂摊子，我觉得自己特不算个男人。”

“宋哲，”杨薇有些无奈，“你有这种想法，我才觉得你特不算个男人。”

“嗯？”宋哲有些听不懂。

杨薇只能说：“我觉得你像个爹。”

宋哲的表情僵住了。

杨薇靠着他，继续说：“两个人在一起，本来就是互相依靠，没有谁要一直背负谁的人生，也没有谁有一直要宠爱谁的权利。我和你生来平等，我智商上没有缺陷，能力上也没有比你差，为什么你要觉得，我得像一个花瓶一样立在那里，才是对我好呢？

“其实我很感谢阿姨。”

杨薇柔声说：“她早早把我培养成今天的样子，给了我选择人生的能力。我很高兴能帮你做什么，一点都不觉得自己辛苦。如果有一天我什么都做不了，在你出事的时候只能着急得哭，我才会觉得特别悲哀。”

“明白。”宋哲叹了口气，“你要你的人生有价值。”

杨薇付出那么多，一路学习、奋斗、努力，从来不只是为了嫁给一个男人。她是为自己活着的，不是为某一个人。她不需要谁为她撑起一片天，她自己就是一片天。

爱来时她与对方相辅相成，爱离开她也能迎风独立。

“可是我总想着，凡事我能为你做到最好。”宋哲笑了笑，“不是因为我觉得你不行，你该被养着，而是我希望你一辈子能顺顺利利，没有任何需要操心烦忧的地方。”

前面开车的高林有些听不下去了，打断了他们：“你们要不要睡一觉，过一会儿就到家了。”

意识到高林还在，杨薇有些尴尬，宋哲却没有半分羞涩，应了一声：“就你话多。”

他转头看着杨薇，拍了拍自己的肩膀：“睡吧。”

他其实也看出杨薇眼中的红血丝，知道自己不在的时间里，杨薇一定过得不好。

怎么能过得好呢？每天算着几十亿的资金流出去，稍有差池就满盘皆输。一边担心他，一边担心公司，又怎么睡得好？

就像他在里面，他看不见她，担心外面的情况，也快要崩溃了。

如今见着了，两个人就像吃了一颗定心丸，无论未来会发生什么，似乎都没有什么关系了。杨薇靠着宋哲，慢慢睡过去，宋哲听着杨薇的呼吸声，觉得这似乎是世界上最好的催眠曲，他闭上眼，也睡了过去。

高林回头看了一眼依偎着的两人，不知道为什么，突然觉得有些鼻酸。

宋哲是被高林叫醒的，他睁开眼，看见车已经停在了家里的停车库。高林小声说：“宋总，到家了。”

宋哲缓了缓，叫醒了杨薇。

杨薇还有些迷糊，宋哲干脆说：“我抱你进去吧，你继续睡。”

杨薇应了一声，宋哲先出来，然后弯腰把人抱起来，便进了屋。

杨薇轻轻掀开眼帘，看了一眼宋哲，宋哲看见怀里猫一样的姑娘，笑了笑：“继续睡。”

杨薇没说话，听话地闭上眼。

宋哲将杨薇轻轻放到床上，给她脱了鞋，盖上被子，他坐在床边，静静地看了她片刻。

杨薇的面容看上去秀丽又温和，没有半分防备。宋哲傻傻地笑，低头吻了吻她的额头，轻手轻脚拿出换洗的衣服，走出房门。

新来的保姆做着饭，高林去整理资料。

宋哲在另一个浴室洗完澡，到客厅看近来的文件，听高林的报告。其实杨薇已经和他说得差不多了，只是看到文件和确切的数据，宋哲能了解得更清楚。

等宋哲翻完所有文件后，他叹了口气："最近真是让她操心了。"

"是啊。"高林苦笑，"太太每天早上起来眼睛都是红的，妆都挡不住憔悴了。"

宋哲有些难受，点了点头。

高林沉默了片刻后，对宋哲说："哦，还有，太太最新的演出您一定要看。"

"嗯？"宋哲愣了愣，随后笑起来，"那是一定的。"

"不过有点可惜，"宋哲遗憾，"她第一次演出，我居然不在。"

"是啊。"高林赞同地点头，"居然不在，太可惜了。"

这话让宋哲有些好奇，不由得问："她都说什么了？"

高林朝他挤眉弄眼："您看看就知道了。

"您吃早餐吧，太太还给我安排了公司的事，我先回公司，您好好休息一天。"

宋哲点了点头，送高林出去。

高林被宋哲的举动吓得不轻，连忙说："宋总，客气了，您别吓唬我，太客气了。"

宋哲笑了笑，温和地说："对身边人好一点，应该的。"

第十七章　爱你是我做过最对的选择

宋哲回到屋里，一边吃饭，一边用手机看杨薇的演出录播。

宋哲看着舞台上的杨薇时，感觉到内心的温柔和心动，他注视着手机里的人，看着整场演出到达尾声，然后看见杨薇，用认真的语气说："我重新爱上了今天的宋哲，今天的这个人，他特别好。"

他感觉到一种强烈的、激动的、无法言喻的情绪奔涌而出。

宋哲心跳加快，处于一种十分激动的状态。

她爱上他了，她重新爱上他了！

宋哲不是没有担心过。在杨薇和他结婚的时候，甚至他和她分别的这一个星期，他反复思考他们之间的关系。

宋哲一直在想，杨薇对他的感情，到底是爱情，还是长期以来的亲情。他过去做过那么多混蛋的事情，她真的能够接受一个犯过这么多错的他吗？

比起找一个罪行累累的他，去爱另外一个从未给过她伤害的人，会不会更好？

宋哲反思他们之间的关系，直到此刻，他听她对所有人说"我们不是破镜重圆，而是重新相爱"……

如果这份感情在她眼里是崭新的，没有过去的那份困扰，她是真的重新爱上他，那么……

或许跟他在一起，她是真的幸福。

宋哲的手微微颤抖，激动得不断深呼吸，他特别想见她，特别想拥抱她，特别想和她纠缠在一起，听她反复和他说——

她重新爱上他了，他很好。

她的话让他充满了和她纠缠在一起的冲动，于是他小心翼翼地克制着自己，来到卧室。

宋哲刚才离开房间的时候，为了让杨薇好好睡觉，他拉上了大部分窗帘。此刻他还是怕吵到她睡觉，于是轻轻躺到她身边，静静地打量她。

他看着面前的人，觉得似乎怎么都看不够。他感觉时光过得飞快，不知道过了多久，杨薇醒了过来。她一睁眼，就看见躺在她面前的宋哲，在黑暗里，有些迷糊地叫出他的名字："宋哲？"

"嗯。"宋哲看着她，笑着应声。

杨薇清醒了几分，她没动，侧着身子看他："你躺在这儿做什么？睡不着吗？"

"没有睡不着。"宋哲的声音有些喑哑，"就是想看看你。"

这话让杨薇觉得有些不好意思，她轻咳了一声，低声问："吃过东西了吗？"

"吃过了。"宋哲目不转睛地看着她，"你饿吗？"

"还好吧。"杨薇被宋哲盯得有些不自在，她觉得他的目光太过赤裸，她不敢看他，也不敢动，总觉得自己是被野兽惦记的猎物，如果她动了，他就会扑过来。

她故作镇定："早上吃过了，然后一直睡觉，也不觉得饿。"

宋哲没说话，杨薇觉得气氛有些尴尬，她鼓起勇气看着他的眼睛。那双眼睛里有她的影子，深邃又广阔，满满都是她。

宋哲的眼睛是真的漂亮，像夜空，像银河，她看着那双眼睛，觉得有种说不出的魔力，让她心跳加快，口干舌燥。

她的目光不由自主地滑落，想避开他的视线，又落在他的唇上。

宋哲的唇很薄，是樱花色，她看着他唇的瞬间，就想起那柔软的触感。

杨薇呆呆地看着宋哲的唇，宋哲感受到她的视线，在黑暗中，低笑了一声，他突然靠过来，伸出手，按在她的后脑勺上，压着她，靠近他。

宋哲的唇有些凉，吻住她的时候，让她呼吸急促起来。她觉得自己像是溺在了水里，偶尔浮上岸来，他像蝴蝶一样轻盈地落在她身上，然后振翅而飞。

干柴烈火，一切来得顺理成章，像是滔天洪水般翻滚而下，瞬间淹没了他们的理智。

他强势又温柔，进退得当，恰到好处。

讨论人性时，之所以将“性”嵌入其中，许多人深深明白，这个过程，往往会表达人的情绪。藏得住的是动作，藏不住的是人心，细节之处，便是灵魂深处最真实的想法。

杨薇无比清楚，宋哲骨子里始终是那个骄傲的少爷，他容不得她拒绝，也不允许她低头服输。只是如今他比以往乖太多了，以往他不让她拒绝，就是强行夺取，如今他学会了耐心诱哄她，带她尝着甜头，然后再在她理智全无时，不容置疑地掠取。

等最后一刻，宋哲猛地拉开床帘，光透过窗户温柔地落在两人身上，杨薇在阳光下美得让人心惊。

宋哲抱紧了她，闭上眼睛，哑着声音：“我爱你。”

杨薇没说话，她感觉微风从窗户轻轻袭来。

这风清爽又温柔，她抱着宋哲，感觉余生应当如此。

好久后，她说：“我也是。”

宋哲和杨薇在床上躺了一会儿，两人一起洗漱后，宋哲去给她做吃的，她则坐在沙发上看新闻。

没一会儿，杨薇接到了一个电话，通话时，杨薇嘴角带笑，似乎有些高兴。

“嗯，知道了。”

宋哲走出来，放下碗筷，看着她，说：“和谁打电话这么高兴？是男人的话，我会吃醋的。”

杨薇轻笑，起身和他一起去厨房端碗：“宋明被抓了。”

宋哲微微一愣，抬眼看向杨薇，杨薇耸了耸肩：“周佑自首了，提供了宋明与他进行内幕交易的证据。诬告加内幕交易罪，我已经让沈泉的律师团处理了。”

宋哲没说话，杨薇有些疑惑，她看了一眼宋哲，突然有些担心：“你……不会觉得我做得太过吧？”

“你胡思乱想些什么呢？”宋哲听到这话，笑了，“我只是突然有些感慨。”

“毕竟是你二叔。”杨薇不知道怎么就迟疑了，“我是不是该给他留条生路？”

“从他为了私利置公司于不顾那一刻开始，他就不是我二叔了。”

宋哲说：“我可以容忍他对我不满，也可以容忍他搞小动作，但是他不能拿着宋家当礼物送给别人。

“以前我可以容忍他，是因为他虽然和我不和，但总归是为了公司好。只是我们的理念有冲突，宋氏传媒不仅要赚钱，它还应该承担自己应该承担的责任。就像卖奶粉的，它不仅卖奶粉，还要想着卖好的奶粉，在赚钱的时候给这个国家的婴儿提供保障。每个企业都有它的社会责任，我们作为文化公司，就得承担起我们的责任。

“我希望宋氏传媒是因为拍好电影赚钱，也希望我们能承载着文化走出去。

“二叔不接受这个想法，我理解。毕竟每个投资人都想赚快钱。大 IP 加流量，来钱又快又多，我做的事对投资者来说是不太能接受。只是他走到这一步，是我没想到的。”

宋哲深吸了一口气，朝杨薇笑了笑：“我本来也没几个亲人，他这样，真的太让我失望了。”

杨薇没说话，她站在宋哲身边，莫名感觉到，有一种孤独在他身上涌现。

杨薇后知后觉地意识到，其实在宋哲的人生里，对亲情始终有一种渴望，他或许比她更需要陪伴和爱。

因为她曾经得到过一份完整的、健康的爱。在她年少的时候，她的母亲虽然普通，可她曾经毫无保留的，给予过她母爱。

赵阳兰和宋彦青不同，他们的感情太克制，也太委婉，在宋哲年少时，他很难去感知身边人的爱意。

越是缺少，越是追逐，宋哲对感情的需求，其实比她多。于是在宋明被抓的情况下，他很难不被触动，哪怕这个人和他向来不和。

杨薇想了想，轻轻地握住宋哲的手。

宋哲有些奇怪，回过头，诧异地看着她。

杨薇低着头，温柔地说："我在呢。"

这一次，杨薇没有像以往一样，用坚韧又镇定的语气和他说这些话。她语调柔软，带了些撒娇的味道，她不是他的支柱，她在依赖他，或者说陪伴他。

宋哲头一次觉得，自己在杨薇面前，终于像一个丈夫，一个男人。

"以后咱们会有一个新的家，会有宝宝，宋哲，"杨薇抬起头，看着宋哲的眼睛，认真地说，"你可要答应我，要好好爱他，好吗？"

宋哲不知道为什么，在杨薇的话说出口的瞬间，突然红了眼。

他觉得杨薇有一双能够洞察人心的眼睛，看穿人心中所有的缺点和遗憾。

"好。"他柔声说，"我一定会对他好，对他特别特别好。"

宋哲回来，就意味着所有闹剧尘埃落定。

第二天下午，宋哲出面召开记者招待会，简要说明近日的情况。宋氏集团股价因为宋明入狱产生了微弱的变动，之所以微弱，一方面在于宋明入狱的确是不利消息，可是宋哲的回来以及杨薇在此次事件中所展现出来的魄力，以及她与宋哲复婚的消息，成为宋氏集团的重大消息。

宋哲回来的第三日，正式进入国庆黄金档，《银河时代》随之上映。上映第一天，宋哲叫上了江淮安、夏啾啾、武邑、顾岚和苏简等一群人，然后带着杨薇一起去包场。

《银河时代》是国内少有的科幻片，宋哲投入大笔资金制作，特效是宋氏传媒旗下特效公司一手制作，百分之百国产原装。

进入电影院时，武邑笑嘻嘻地说："哲哥，到时候要是五毛特效，我们也不会笑话你，你别觉得尴尬。"

宋哲冷笑了一声，抬手推了武邑一把："你等着看吧，不哭着出来，我帮你把你看上的那辆新车买下来。"

"这可是你说的。我们说好了。"

"要是你哭了呢？"

"我哭了你们蜜月旅游的钱就包我身上了。"武邑信誓旦旦地拍胸脯。

等他们走出电影院的时候，武邑哭得一把鼻涕一把泪，边哭边说："我这辈子最恨这种煽情故事了，你们好好拍科幻片搞这种煽情做什么？"

宋哲"呵呵"一笑，拍了拍武邑的肩膀，笑着说："我会好好度蜜月的，你放心吧。"

一群人看完电影，像年少时一样去吃火锅，大伙开了酒，一边喝一边聊天。

杨薇看着热气腾腾的火锅，觉得好像一切都没有变过。然而当她感觉到手心的温度时，她知道，还是有变化的。

自己身边的人变了。

她忍不住转过头去看宋哲，他俊美的五官带着嚣张的笑意，正和武邑打赌吹牛。

三个男人喝高了，嚷着要回母校天台看日出，杨薇、夏啾啾和顾岚拗不过他们，只能跟着他们一起过去。

半夜里的市一中还和以前一样，安静得有些可怕，他们六个人找了很久的墙，互相拉扯着翻了过去，然后一群人上了天台，坐在一起聊天。

他们来之前，去小卖部买了饮料、瓜子以及一大堆垃圾零食，顾岚给所有人发了报纸，大伙围成一圈坐着，一边聊天，一边打牌。

“我记得咱们以前就是这样，”武邑一边出牌一边说，“这是多少年没回来了？”

“好久了。”江淮安有些怀念。他抬头看了一眼宋哲，笑着说，“那时候阿哲老欺负杨薇。”

“我哪里欺负了？”宋哲解释，“我这是爱！”

“哦，爱。”江淮安点了点头，突然说，“那我们来玩一次真心话大冒险？”

宋哲听着这话，觉得有些不妙，他下意识地想拒绝，却听杨薇说：“好啊。”

“这……”

“你是有什么不能说的吗？”杨薇微笑着看过来。

宋哲哪里敢说一个“不”字？只能咽了咽口水：“没有。”

于是一群人开始玩真心话大冒险，首先玩数七，谁输了谁选择真心话或者大冒险。

玩这种数学类的智商游戏，江淮安和杨薇几乎立于不败之地。

剩下四个人轮流着被发问。

“武邑你第一次什么时候？”

“还……还没。”

宋哲叹了口气：“老武，你以前不是总说你身经百战吗？”

再来一轮。

“夏啾啾，第一次接吻和谁？”

夏啾啾回答得理直气壮：“江淮安！”

江淮安露出了一抹微笑。

再来一轮，还是夏啾啾。

“夏啾啾，你的初恋是谁？”

江淮安露出自信的笑容。

夏啾啾有些不好意思地说出一个遥远的名字：“沈随……”

江淮安笑不出来了，他居然忘了！

再来一轮，是顾岚。

“顾岚，你谈过恋爱吗？”

“致郁系”问题。

顾岚黑着脸：“没有。”

再来一轮，还是顾岚。

“顾岚，你喜欢男生还是女生？”

顾岚咬牙：“男生！”

再来一轮，终于轮到宋哲了。

江淮安面露狡黠：“你什么时候开始喜欢杨薇的？”

听到这话，所有人都看了过去，杨薇也露出疑惑的表情。

宋哲红着脸，觉得这个问题难以启齿。

武邑看见宋哲的反应，高兴得叫起来：“快啊，说啊，有什么不好意思的？不都是你老婆了吗？快说啊！”

宋哲憋了半天，才说：“第……第一次见面……”

杨薇听着这话，睁大了眼，她有些难以置信。

宋哲耳根子红透了，说话都有些结巴：“就，就觉得她，挺好的……”

或许那时候只是一种好感。然而爱情这件事，大概第一次相见，就能确定基调。

杨薇过了好久，才缓过神来，她低笑，假装什么都不知道。

游戏还在继续，等玩到半夜，大家陆陆续续睡了。他们像年少时一样，靠着墙，等着阳光。

杨薇靠着宋哲，这次她没像当年一样睡着，她的头搭在他的肩膀上，和他十指相扣。

她和他断断续续说着话，看着天开始有了亮色。

太阳一寸寸升起，他们都沉默了。

杨薇看着阳光洒在这座城市，她突然说："你有没有想过，如果那时候咱们离婚，我嫁给了另外一个人，我们没有再在一起，那你会怎么办？"

宋眺望着远方。

"我想过。"他平静地说，"想过很多次。"

"结果呢？"

"最开始的时候，我觉得我无论如何都要留住你。

"后来的时候，我就想你高兴就好，我只要你幸福就行。

"再后来，我突然觉得，其实爱一个人是一种体验。"

杨薇抬眼看宋哲。

宋哲看着阳光，神色平静："爱过一个人，就会明白怎么爱这个世界，怎么爱自己。如果那时候你离开我，没有回头，我会祝福你过得好。

"而我会保留着这份体验，继续走我要走的路。"

"会难过吗？"

"会遗憾。"宋哲低头轻笑，"但是我爱过你，这件事已经足够幸运，我不难过。"

"真的？"

杨薇笑着看他，宋哲回头凝视着她，一时说不出话来。

好久后，他在她的注视下，慢慢说："会难过。

"可是，我长大了。"

长大意味着冷静，意味着自持，意味着承担责任，也意味着拥有了一个更加坚韧、更加强大的自己。

"哪怕你没和我在一起，但爱你这件事，不是只有难过。无论如何，我都不会后悔。"

杨薇静静地听着，她曾经以为，这世上最动听的情话是——我爱你，愿用我的爱，将你宠成孩子。

可如今她觉得，最好的爱，是这份爱让他成长为更好的自己。

少年固然让人喜爱，可岁月里最终是那个圆满又温柔的他，才真正耀眼。

杨薇看着宋哲，她感觉自己因为他心动，喜悦，温柔。

在阳光彻底洒落在这座城市时，她突然笑了。

“我也是。

“爱你这件事，无论如何，我都不后悔。”

因为爱着他，她成为更好的自己。没有遗憾，更不后悔。

宋哲喜欢杨薇，这是他生命里最大的幸运。而杨薇遇到宋哲，是她世界里最大的惊喜。

一份感情，能经历起伏和风雨，却仍旧如宝石般闪耀，晨露于晨光之中，晶莹剔透，明亮如初，这样的感情，用一生回顾，也觉不凡。

只是这样的感情少有，因为不是每个人都愿意等另一个人长大，也不是每个人，都会因为爱长大。

失去总比拥有容易，坚持总比错过更难。

只是他们比较幸运，她等到了宋哲，而宋哲，也终于追到了她。

开始的时候，杨薇并没有想举行婚礼。

第一次结婚的时候已经十分隆重，如今离婚又复婚，要是再搞个婚礼，杨薇总觉得，这不是请大家来祝福的，是请大伙来看笑话的。于是她和宋哲商量，就小范围请大家吃个饭就行了。宋哲笑笑，不说答应，也没说拒绝，只是说：“再看看吧。”

《银河时代》上映之后，宋哲很忙。

票房一路飙升，远超所有人的预期，股价也是一路暴涨，票房没有停下来，谁也不知道股价什么时候停下来。

杨薇也停掉了所有演出项目，除了直播什么都没做。

宋哲难免有些奇怪，问她：“为什么不继续演出？”

杨薇笑了笑：“不想借东风了，要是又借了这次东风，总觉得怪怪的。”

杨薇心里有几分骄傲，想让人正视她的付出。

宋哲有些无奈地叹了口气：“站在巨人肩膀上摘苹果就不是自己的努力了？全世界都说我有个好爹我还一声不吭呢。”

杨薇笑着推他，他也不躲，反而靠上来，将她环在怀里，低头说：“下周去美国，跟我过去？”

“行啊。”

宋哲这次去美国，是去做一个电影推广。

像现在这些电子科技产品的发布会一样，他专门做了一个未来几期宋氏集团即将推出的作品的发布会，其中也包括《银河时代》。

《银河时代》是宋氏集团投放到北美的第一部电影，宋哲希望能一炮而红。

杨薇跟着宋哲休息了几日，随后陪他一起到洛杉矶。

发布会那天，宋哲站在落地窗前，凝视着这个城市，明显有些紧张。杨薇很少看他这么紧张的样子，她走过去，从他背后轻轻抱住他：“在想什么？”

“这座城市有点陌生。”宋哲笑了笑，他回过头来，看了她一眼，“要是知道我第一场发布会是在美国做，我应该来美国上大学。”

“没什么区别。”

杨薇想了想：“还是英国好，你在英国上过大学，再来美国感受一下，很可能就会想，‘这批臭流氓’”。

宋哲笑了，杨薇在他面前讲了英国女皇面对记者提问“您对美式英语怎么看”时那句经典台词。

“They’re wrong.（他们是错的。）”

宋哲心领神会，他笑着说：“你的美国同学知道你这么说话的话，还会让你走出美国吗？”

“哦，无所谓。”杨薇面无表情，“他们上一次不想让我离开的时候，不也没成功吗？”

宋哲听着这话，突然想起来，有些紧张地问：“那时候没有人追过你吧？”

“你说什么傻话。”杨薇淡淡地瞟了宋哲一眼，用看傻子一样的眼神看他，似乎觉得这个问题对她而言就是一种羞辱。

宋哲顿时放心了，他就知道杨薇的感情经历非常简单。

这一刻，杨薇却开口说：“怎么可能没人追我？从中学就很多人追了好吧？”

宋哲呆了，片刻后，他说：“我怎么不知道？！”

“别人追我，”杨薇莫名其妙，“你怎么知道？”

“不对，”宋哲满脸怀疑，“那时候你天天跟我混在一起，我怎么可能会不知道？”

“哦，”杨薇解释得非常自然，“以前收我保护费的一个男同学，就是在小巷子里拦住我、被你狠狠揍了一顿的那个，他就是来和我告白的。”

宋哲终于知道为什么中学时候那么多人喜欢收杨薇的保护费了，原来不是收保护费的，而是来告白递情书的。

他突然很感谢自己的热血心肠，为他挡走了许多障碍。

他深吸了一口气，握住杨薇的手，认真地说：“我真的很感谢，我是这么善良一个人。”

往自己脸上贴金的能力越来越厉害了。

他们一起吃过饭，便乘车出去，到了发布会地点，宋哲检查了所有的设备、PPT、灯光……

他准备好一切，然后看着人陆陆续续走进大厅。

这次他们邀请了诸多著名媒体和影评人，发布会是他们开拓市场的第一步，宋哲站在后台，一直在做深呼吸。

杨薇看到宋哲很紧张，不由得笑了：“你从早上紧张到现在，还没紧张完？”

她走到他面前，替他正了正领带，柔声说：“宋哲，你可是天不怕地不怕的宋少爷，这种小场面，你没问题的。”

听了这话，宋哲苦笑：“杨薇，我以前不在意，可这次，我在意。”

“有什么不一样吗？”杨薇抬眼看向他。

宋哲认真地说：“以前是赚钱，现在是实现梦想，不一样。”

过去他做的事，是将他父亲的事做一遍。而现在他做的事，是在做他父亲想了一辈子，却都没有做到的事。

杨薇突然从宋哲身上，看到了几分赵阳兰和宋彦青的影子，这两个她一直景仰和追随，却始终不能靠近的人。

她记忆里的宋彦青，是一个温文尔雅的男人。他有责任，有担当，所有人见到他，都要恭恭敬敬、发自内心地唤一声“宋先生”。

因为这个男人，他不仅是一个商人，还是一个企业家。

他做的每一件事，都无愧于心，无愧于人，他在那个时代里，培养了一种强烈的责任感，他的东西，先是产品，才是商品。他的企业，先是梦想，才是商业。

杨薇静静地看着宋哲，他生得十分俊美，金丝边眼镜让他更显书生气。他的轮廓比起当年鲜明许多，他站在她面前，仿佛就能撑起一片天地。

她穿着平底鞋站在他面前，额头刚刚过他的肩，她垂眸看着他的胸膛，突然生出一种莫名的情愫，觉得面前这个人，似乎真的成为一个男人，一个可以让她依靠，让她敬仰，陪伴着她的男人。

她伸出手，环抱住他。

宋哲有些诧异：“怎么了？”

“老公。”杨薇低低地叫了一声。

宋哲整个人都呆了，他第一次听见杨微叫他“老公”，杨微的声音清冽，这声“老公”叫出来，却有几分撒娇的感觉，他整个人昏昏沉沉的。

杨薇说：“我在下面看着你，加油啊。”

宋哲呆呆地应了一声，整个人还在那声“老公”里回不了神。

杨薇过去从未叫过这个词，或许是她内敛的性情使然，叫这个词让她觉得十分羞涩。因为从未叫过，所以叫出来的时候，杀伤力才格外巨大。

宋哲站到舞台上，整个人还是晕晕乎乎的。他一直保持微笑，嘴角含春，但始终不在状态，直到主持人将话筒交给他，拍了拍他的肩膀，认真地说：“接下来，就是我们宋先生的时间了。”

宋哲在接过话筒的瞬间，突然冷静下来，他握着话筒，环顾四周。都是陌生的面孔，和过去他在国内完全不一样。

他们在静静等待，此刻仿佛是一场考试，他们都是考官，而宋哲，则是这次的考生。

文化是一个国家文明程度的象征，工业和农业给了一个国家立足于世的底气，而文化产业，却是这个国家外交名片的象征。

宋哲带来的不仅是电影，还是一种价值观、一种文化水平，他如同一名将军，带着千军万马跨洋而来，在这片土地上一展拳脚。他怎能不紧张，怎能不害怕？

宋哲接过话筒，沉默了片刻，然后将目光落在身穿礼服的杨薇身上，他感觉自己拥有了一种说不出的勇气，他轻轻笑起来，温柔地说：“大家好，我叫宋哲。”

宋哲开口的瞬间，杨薇惊觉，他说话的方式，与她有十成相似。她不由自主地弯起嘴角，更加专心地注视着台上的人。

宋哲一开始还有些拘谨，后来就慢慢放开了，他本是肆意张扬的人，中间干脆脱了西服的外套，穿着水洗蓝的衬衣，卷起袖子，用激光笔指着屏幕上的 PPT，讲着这次带来的几部影片。

“这次我们一共带来了四个题材的影片，科幻、悬疑、奇幻和纪录片。其中两部已经在中国上映，成绩不菲。

“我们首推的电影是科幻片《银河时代》……”

宋哲在台上侃侃而谈，杨薇的目光自始至终没有离开过他。

讲到最后，宋哲干脆坐在椅子上，十分随意地开了一瓶矿泉水，神色温柔："最后推的是一部纪录片，它叫《言行万里》，投资成本不到六百万元，最后创下十一亿元的票房，中国内陆平均评分 9.2 分。

"它真实地记录了一个语言大师走过中国诸多典型代表城市的过程，用语言作为媒介，去展示中国不同阶层的面貌。这部电影最初我只是随便投资，但当它的成片出现时，我就决定，我得带它过来。

"它让我感受到，这世上最动人的感情，就是真情。

"而这世上最残忍的剧情，是真实。

"我第一次感受到纪录片的力量，感受到它作为电影所体现出的不同寻常的魅力。而它的主角，今天也来到了现场。"

说着，宋哲抬起手，指向杨薇。

灯光落在杨薇身上，她有些错愕，然而她很快收敛起自己的表情，优雅地起身，朝所有人点头致意。

"她很漂亮，是吗？"

宋哲的这句话让现场的气氛顿时热了起来，有人吹着口哨。

杨薇保持微笑，表情得体。

宋哲走下舞台，来到她身边，镜头随之而来，宋哲柔声说："过去她曾经是我的妻子。那时候我和她都有各自的缺陷，我傲慢，她自卑，她作为一个豪门太太，从来不知道自己要什么。而我知道自己要什么，却不知道怎么去要。

"我们花了很漫长的时间去寻找自己，这部电影，就是她寻找的过程。你们将会随着她的眼睛，去感受这个世界，感受中国，也将清楚地感知到，一个人内心的成长，到底是怎样的。"

听着这话，所有人都客气地给出掌声。

宋哲转头看向杨薇，抿了抿唇，温柔地说："当我们成长后，很幸运，我们再次走在一起。她觉得我们是再次复婚，不需要婚礼。

“哦，其实这场发布会已经结束了。”

宋哲突然插入了一句，杨薇整个人都是蒙的，她完全搞不懂宋哲一出接一出是什么，其他人也一样。

但紧接着，她就明白了。她看见宋哲突然从口袋里掏出一枚戒指，单膝跪到地上。

大家在短暂的错愕后，兴奋地叫起来。

然后所有人听着宋哲说：“可是我觉得，每一场相爱都是重新开始，都该被尊重。”

“我爱你，”宋哲看着杨薇，眼睛明亮，“我想和你在一起，希望你成为我的合法妻子，我将爱你、陪伴你、呵护你，直至永远。我请求你——

“嫁给我！”

这句话出来，所有人都跟着起哄。

杨薇看着面前的人，他含着笑，神色郑重又认真，看不出半分玩笑。

杨薇有些无奈，但依旧有小小的欣喜涌上来。

好久后，她低声说：“你这是做什么啊，这不是你人生里很重要的时候吗？”

“是啊，”宋哲笑着说，“可是，你是我人生最重要的人啊。”

杨薇愣了愣，听见宋哲又说：“所以，向你求婚这件事，当然要在最重要的时刻进行。”

“我要让所有人都知道，”宋哲的声音里带着笑，“我爱你，你是我生命中最重要的事，你与梦想同行。”

听到这话，杨薇笑着，觉得眼睛酸涩。

耳边是起哄声，她伸出手，垂着眼睛。她看见当初被她放在宋家的戒指重新戴回自己手上，然而这一次，她的心情与当初完全不一样。

她没了当年的自卑，洗去了当年的忐忑，她对这份感情，笃定又平和。她知道，爱他这件事，是她生命里，做得最对的选择。

后记　当一个优秀的人

最初写《灿烂的她》的时候，希望写一个轻松愉快的故事，想写一个过于在意外在表现的人，寻回内心的故事。然而结束的时候，不得不承认，成长从不是一件愉快的事，它永远磕磕绊绊乃至鲜血淋漓。

杨薇的成长，饱含隐忍和心酸。她更像每一个小姑娘，甚至是每个人的投射。宋哲不在意别人的看法，可杨薇在意，她在意别人的期许，他人的目光，犹如我们在意父母、老师以及亲友的想法。于是她一直活在他人的看法中，成为一个“完美”的人。我写文的过程里，曾经有很多人在杨薇去当主播的时候和我说，为什么要将一个这么优秀这么完美的人，送去做主播这种职业呢？

然而我想问，为什么去寻找自己内心的本真，就不能做这些呢？

这世上从无低俗的载体，只有低俗的思想。当一个优秀的人用另一种方式表达自己，她也同样优秀。

我曾在某乎上看到一个问题：“三十而立是一种怎样的体会？”

有人回答，三十而立的感觉就是，你明白了什么话重要，什么话不重要。十几岁的时候，任何人的评价都很重要，三十岁却只会为了亲人伤心。成长其实就是这样一个过程，逐渐分辨孰重孰轻的过程。三十而立，四十而不惑，五十而知天命。辨别人生想要的和不想要的，该要的和不该要的，才是最重要的学习。这比你考上了什么大学、选择了哪个专业、学没学会微积分，都重要多了。

宋哲的成长虽然与杨薇的方向截然不同，本质却一样。杨薇学会了放下，而宋哲学会了拾起。宋哲从来不在乎别人，他活得肆意张扬，他有着强烈的爱一个人的情绪，可他从来不懂得如何表达，因为他不在意别人的看法。

不懂在寒冷时想起他人的寒冷，不懂在他人痛苦时想起他人的痛苦。这无疑是幼稚和自私，可是人的所有行为，都是经过后天学习的。我们不该责怪这个人，而该看到他那颗足以扭转一切的赤子之心。

即使宋哲的成长过程与杨薇截然相反，但他也逐渐明白什么重要，什么不重要。

自尊并不是最重要的，骄傲也不是最重要的。最重要的是如何成为一个圆满的、平稳的、与这个世界平衡的自己。平衡自己的内心，不为外界所扰；也平衡于世界，不让自己干扰他人。

整个故事写完的时候，明确地分成四个节点：杨薇学习寻找自我、宋哲明白自己的错误、两个人各自寻找真正的自己，以及最终的圆满。

这样四个节点用四十万字展现，其实非常难以把握，试图从一部言情小说中展现这样的主题，对我来说也的确有些困难。

可我尽量去尝试，我想这篇文对于一部分人来说未必是好文。可如果能让一部分人明白成长的价值，永远铭记，要学会原谅自己的失败、要去摸索成长、永远不放弃自己，这本书也就算值得了。

2019年6月12日

墨书白